Wang Anyi
Kleine Lieben

Zwei Erzählungen

Aus dem Chinesischen von
Karin Hasselblatt

Carl Hanser Verlag

Titel der Originalerzählungen:
Jinxiugu zhi lian (Liebe im Verwunschenen Tal),
Zhongshan Nr. 1, Nanking 1987
Huangshan zhi lian (Liebe im Schatten des Berges),
Shiyue Nr. 4, Peking 1986.

ISBN 3-446-15231-8

Satz: Utesch Satztechnik GmbH Hamburg
Druck und Bindung: Pustet Regensburg
Printed in Germany

Liebe im Verwunschenen Tal

Der letzte Taifun war vorübergetobt und hatte das erste Herbstlaub auf den Balkon geweht. Man konnte den gelben Blätterteppich nur ahnen, denn das Dämmerlicht verschloß Türen und Fenster. Verborgen im Dunkel, aber deutlich zu hören, begannen plötzlich riesige Regentropfen auf das Laub niederzuprasseln. Dann wurde das Prasseln allmählich zum Nieseln, bevor es schließlich ganz verebbte. Als die blanken Strahlen der Sonne am nächsten Morgen jeden Winkel des Balkons ausleuchteten, fanden sie ihn über und über bedeckt mit gelblichen und bräunlichen Blättern, an denen bereits die Fäulnis nagte.

Ich möchte eine Geschichte erzählen, die Geschichte einer Frau. Die Winde des nahenden Herbstes wehen kühl und frisch, die Sonne scheint hell und klar, Friede kehrt bei mir ein, und ich kann mich in aller Ruhe an die Geschichte erinnern. Ich glaube, auch sie nahm ihren Anfang nach einem heftigen Herbstguß. Der Regen war vorüber, und als die blanken Strahlen der Sonne am nächsten Morgen jeden Winkel des Balkons ausleuchteten, fanden sie ihn über und über bedeckt mit gelblichen und bräunlichen Blättern, an denen bereits die Fäulnis nagte. Sie erwachte und setzte sich zunächst auf die Bettkante. Schlaftrunken und mit einem schalen Geschmack im Mund gähnte sie so ausgiebig, daß ihr das Wasser in die Augen trat. Ein Bein zog sie zu sich heran, das andere ließ sie herunterbaumeln, die Zehen berührten den Boden. Aus den Augenwinkeln sah sie zu ihrem Mann hinüber. Wie ein Hampelmann lag er mit ausgestreckten Armen und Beinen da und breitete sich auf der von ihr gerade freigegebenen Hälfte des Bettes aus. Es mußte der Wind sein, der das Bambusrollo und damit die morgendlichen Sonnenstrahlen bewegte, so daß der Körper bald heller, bald dunkler schien, wie es auch in ihrem Innern bald lichter und bald dunkler aussah. Ein Gefühl, als sei ihr Herz an eine Schaukel gebunden und bewege sich auf und nieder, bis ihr übel wurde. Ihr Mann jedoch rührte sich nicht. Doch plötzlich, als habe er im Traum jemanden rufen hören, ruderte er mit allen vieren in der Luft herum, drehte sich um und setzte sich schließlich mit übereinandergeschlagenen Beinen auf. Noch ganz benommen starrte er leer geradeaus, als meditiere er. Dann tastete er auf dem Kopfkissen herum, bekam als erstes einen Ohrstöpsel zwischen die Finger und stopfte sich ein Ohr zu. Gleichzeitig schlossen sich seine Augen wieder zur Hälfte, und seine Miene nahm einen weichen, lebendigen Ausdruck an. Da ergriff ihn von neuem so etwas wie ein Freudentaumel. Sie hatte ihn die ganze Zeit im unsteten Licht der Morgensonne bewegungslos angestarrt, in Gedanken weit, weit fort. Schließlich erwachte er mit einem strahlenden Glanz in den Augen, und als er sie auf der Bettkante sitzen sah, fragte er, was es zum Frühstück gebe. Sie sagte es ihm und erhob sich. Da ließ er ein Bein auf den Boden hängen und zog das andere zu sich heran. Sie trat auf einen der Sonnenstreifen am Boden, und sie hatte sechs Lockenwickler im Haar: vorne zwei, hinten zwei, links und rechts je einen, ein albernes Käppchen. Auf der Bettkante sitzend zählte er leise die Lockenwickler. Sie setzte den Reis von gestern auf den Gaskocher, putzte sich dann in aller Ruhe die Zähne und wusch sich das Gesicht. Als er hinausging und sie hereinkam ins Zimmer, streiften sich ihre Schultern, dann putzte er sich draußen an der Waschschüssel die Zähne, und im Zimmer war das Surren des Ventilators zu hören.

Am Frühstückstisch saßen sie sich frisch und ausgeschlafen gegenüber. Der steife Kragen seines strahlend weißen

Hemdes rieb sich an den Bartstoppeln, und Gesicht und Hände verströmten das warme Aroma der Sandelholzseife. Er kratzte mit den Bambusstäbchen in seiner Schale herum. Ihr pechschwarzes Haar hatte sie hinter den Ohren hochgesteckt, so daß sich nur noch die gekräuselten Spitzen einiger Strähnen auf den Wangen ringelten, aber so natürlich aussahen, als seien es Naturlocken. Sie beachteten einander nicht, als wären sie sich so vertraut, daß es eigentlich nichts mehr am anderen zu entdecken gab. In aller Eile schlangen sie den faden Reis in sich hinein und waren dabei so angestrengt auf der Hut, sich nicht die Lippen zu verbrennen, daß ihnen der Schweiß auf die Stirn trat. Sie ließ die Stäbchen sinken, erhob sich ein paar Zentimeter von ihrem Stuhl und stellte den elektrischen Fächer an. »Ganz schön heiß«, sagte sie und hörte ihn wie ihr eigenes Echo antworten: »Ganz schön heiß.« Sie hatten aufgegessen. Es war halb acht, Zeit für ihn zu gehen, und um zwanzig vor acht mußte auch sie aus dem Haus. In blauem Rock und weißer Bluse sprang sie behend wie ein junges Mädchen die dreckige Treppe hinunter. Die unsichtbaren Strahlen der Sonne schienen durchwirkt von einer kühlen Brise. Sie warf den Kopf in den Nacken, damit der Wind ihr Haar nach hinten wehte, und sie fühlte sich froh und leicht.

Es war ein Morgen wie alle Morgen, ja, es war sogar einer der besseren unter all den immer gleichen Morgen, und wenn etwas Besonderes um ihn war, so dies, daß ungewöhnlich viel fauliges Laub auf dem Balkon lag, aber darauf hatte sie gar nicht geachtet. Ihr Zuhause war ihr durch und durch vertraut, es war nichts mehr aufregend oder interessant, auf nichts mehr war achtzugeben, um es neu zu sehen. Erst in dem Augenblick, als die Haustür hinter ihr zufiel, begann ihr Leben, und alles innerhalb der Hausmauern war bloße Vorbereitung darauf, eine Übung hinter den Kulissen eines Theaters. Hinter den Türen trockneten allmählich die Blätter auf dem Balkon, rollten sich auf, lösten sich von dem lackierten Boden und glitten darauf hin und her, bis sie nach und nach durch die Eisenstäbe der Brüstung davonwehten. Sie sah die trockenen Blätter, die zwischen den Bäumen zu Boden gerieselt waren und sich, von der Sonne golden beschienen, aufgerollt hatten, um die ganze Straße entlang angeberisch zu funkeln. Ich konnte nicht anders als ihr zu folgen und zuzusehen, wie ihre Fußspitzen übermütig den golden bedeckten Boden suchten, um mit Wonne darauf herumzutreten, daß es nach allen Seiten sprühte, eine sorglose Studentin, mochten die Passanten denken. Denn ihr graziler Körper war noch von keiner Schwangerschaft gezeichnet, ihre Kleidung von einfacher Schlichtheit, und sie trug statt des üblichen kleinen Ledertäschchens von der Größe eines Geldbeutels auf dem Rücken eine riesige, prall gefüllte Ledertasche. Einige Passanten konnten einen neidischen Blick nicht unterdrücken, den Neid auf ihr jugendliches, sorgloses Gebaren. Sie ging voller Ruhe und Gelassenheit. Und doch lag bereits etwas in der Luft, ja, es kündigte sich etwas an. Wahrscheinlich war ich die einzige weit und breit, die das spürte. Ihr Weg führte sie durch die lebendigste Allee der Stadt, vorbei an majestätischen Bauwerken in französischem und antikem Stil. Das üppige Grün der französischen Sterkulien beiderseits der Straße machte ihren Weg zu einem sonnigen, farbenprächtigen Gang, den sie ganz und gar zu Fuß abschreiten wollte, wie lang er auch sein mochte – nie hätte sie einen Bus genommen! Leider war er extrem kurz. Als sie aus den schützenden Schatten der Bäume heraustrat, sank ihre Stimmung ein wenig, und sie fühlte sich matt. Doch das Gebäude, in dem sie arbeitete, ein dreistöckiger Bau, weiß wie ein Vergnügungsdampfer, war in nicht allzu großer Ferne schon an seinem nicht etwa weißen, sondern merkwürdig blauen Widerschein zu erkennen. Da riß sie sich zusammen und hatte wie immer eine Spur von Aufgeregtheit im Herzen. Sobald sie das Gebäude betrat, würde sie zahllose neue

und alte Kollegen treffen. Und immer, wenn sie im Begriff war, sich in deren Mitte zu begeben, durchfuhr sie eine gewisse Aufregung. Fast jedesmal dasselbe.
Mit den Fingern ordnete sie ihr gewelltes Haar. Sie betrachtete ihren Schatten, den die Sonne an die Wand neben ihr warf. Wie in einem Spiegel musterte sie ihre Silhouette und war ein wenig gerührt. Da war sie auch schon an den Eingangsstufen des Gebäudes angelangt. Die Glocke schrillte zum Zeichen des Arbeitsbeginns, Menschen hasteten die Treppe hinauf, andere mit einer Thermosflasche in der Hand hinunter, um sich noch schnell Wasser zu kochen. Grußlos hetzten sie aneinander vorbei. Sie mischte ihren Schritt unter das Getrappel zahlloser Füße und betrat ihr Büro im ersten Stock. Ein Rest Tee vom gestrigen Tag war noch in der Tasse, auf dem gläsernen Regal hatte sich Staub angesammelt, und ein Bürokollege, der Alte Wang, fegte ihr vor den Füßen herum. Sie rangelte mit ihm um den Besen, doch erfolglos, und nahm schließlich ihre Tasse, um sie auszuspülen. Vor der Toilette mußte sie warten und warf dabei einen Blick in die Abendzeitung des Vortages, die ein Kollege auf seinem Schreibtisch liegengelassen hatte. Die meisten Artikel hatte sie bereits gelesen, aber hie und da fand sich doch noch eine Neuigkeit. Wasser rauschte, die Tür sprang auf, und heraus kam die alte Li und ging etwas verkrampft an ihr vorbei, ohne sie zu sehen. Als sie eintrat, schlug ihr Zigarettenrauch entgegen, und in der Porzellanschüssel sah sie eine Kippe, die auf dem langsam nachströmenden Wasser herumschwamm. Sie kippte den Teerest hinein, wischte mit dem Finger einige Dreckflecken fort und spülte die Tasse penibel ab. Da kam die nächste Kollegin herein, schüttete ihren Tee weg und stand neben ihr, um die Tasse auszuspülen. Es war die kleine Zhang mit der neuen Dauerwelle, die ihrem schwarz schimmernden Haar einen kühnen Schwung verlieh. Überschwenglich lobte sie die neue Lockenpracht, doch die kleine Zhang widersprach:

Nicht so schön wie deine! Sie wehrte bescheiden ab, denn an ihrem weisen Urteil gab es ohnehin nichts zu rütteln. Die kleine Zhang erklärte ihr, wie die Dauerwelle gemacht worden sei und gab ihre Erlebnisse beim Frisör zum besten. Sie hörte geduldig zu, und erst als jemand kam, um sich die Hände zu waschen, ergriff sie die Gelegenheit, machte Platz und ging.

Inzwischen war der Postverteiler dagewesen und hatte einen Stapel Briefe auf ihrem Schreibtisch hinterlassen. Mit noch feuchten Fingern blätterte sie sie flüchtig durch und schloß vom Absender auf den ungefähren Inhalt. Dann goß sie Tee auf. Ihre gerade gekauften Teeblätter befanden sich in einer Dose im linken oberen Schreibtischschubfach neben Eßschale und Stäbchen, beides in eine Serviette gewickelt. Mit der Teetasse in der Hand ließ sie sich in einem Armsessel nieder. Es gab insgesamt nur zehn dieser bequemen Sitzmöbel, und die als letzte gekommen waren, mußten mit schmalen, harten Stühlen vorlieb nehmen. Sie war genau mit dem Wiedererscheinen der Zeitung als jüngste »Veteranin« in die Redaktion eingetreten, und in den Jahren danach waren allmählich Studenten nachgerückt, so daß sie inzwischen lange nicht mehr die jüngste Redakteurin war. Doch sie erinnerte sich genau, daß sie bei Wiedererscheinen der Zeitung die jüngste gewesen war, und wenn alles weiterging wie bisher, konnte sie eigentlich nie wirklich alt werden. In den Sessel geschmiegt sah sie durchs Fenster auf den einen gewaltigen Baum, der aus dem entlegenen Nordwesten hierher verpflanzt worden war. Durch die dicht gewachsenen Äste und Blätter konnte sie dennoch das kleine Ziegelhaus gegenüber ausmachen, das ein spitzes Dach hatte, wie sie es nur aus Märchen kannte, und einen halbrunden Balkon.

Ich stand hinter ihr und sah über ihre Schulter hinweg durch den dichten Baum, wie ein kleines Mädchen aus dem roten Ziegelhäuschen herauslief, an der Eingangs-

treppe kurz zögerte, dann hinuntersprang und schließlich quer über den Hof durch das reich mit Blumenornamenten verzierte Eisentor davonstürzte. Danach erschien ein kleiner alter Mann und blieb unschlüssig am Tor stehen.
Ein Trolley-Bus kam näher, die Schaffnerin schlug durchs Fenster laut gegen die Karosserie, um zu signalisieren, daß die nächste Haltestelle angesteuert wurde.
Sie riß sich von dem Ausblick los, nahm lustlos die Briefe vom Tisch und schlitzte mit einer nicht sehr scharfen Schere einen Umschlag nach dem anderen auf, um dann einen Briefbogen nach dem anderen vor sich auszubreiten. Eine heimliche Hoffnung war in ihr, aber so verschwommen, daß sie nicht wußte, was es war, auf das sie wartete, noch ob es einen Grund gab, auf irgend etwas zu hoffen. Und so hoffte sie vergebens, bis sie alle Briefe gelesen hatte. Doch wie um einen letzten Funken zu schüren, klingelte in diesem Augenblick das Telefon. Es stand direkt neben ihr. Sie nahm den Hörer ab und meldete sich, doch der Anrufer wollte den Alten Wang sprechen, es war eine weibliche Stimme, seine Frau vielleicht. Beim Klang der Stimme am anderen Ende der Leitung hatte der Alte Wang sofort seine Arbeit sinken lassen, um den Hörer entgegenzunehmen. Nun gab es endgültig keinen Grund mehr herumzusitzen, sie mußte etwas tun. Aus dem Regal hinter ihr angelte sie sich aus einem kleinen Stapel das zuoberst liegende Manuskript und legte es vor sich auf den Schreibtisch. Es war uninteressant und gewöhnlich und außerdem in höchst eigenwilliger Handschrift verfaßt. Sie versenkte sich in die Lektüre.
Wie aus heiterem Himmel verstummte plötzlich das allgemeine Bürogemurmel. Es war wie bei einem Defekt beim Film: Die Bewegung ging weiter, aber der Ton fehlte. Eine geheimnisvolle Stille, als kündige sich ein besonderes Ereignis an. Doch niemandem fiel etwas Ungewöhnliches auf, alle waren vertieft in ihre Arbeit – viel Arbeit! – und jeder hielt die seine für die wichtigste von allen und für

weltbewegend. Die Stille jedoch war nur von kurzer Dauer, bis eine Biene hereingeflogen kam und im Kreise herumsurrend einen kleinen Tumult verursachte. Fast alle sprangen von ihren Schreibtischstühlen auf, einige wedelten mit einem Manuskript wie mit einem Fächer vor ihrem Gesicht hin und her, andere schwangen Bücher und Hefte, einige sagten, man solle das Biest totschlagen, andere warnten, man dürfe es nur nicht reizen, dann bestünde keine Gefahr, sonst würde womöglich wirklich jemand gestochen. Wenn das auch nicht alle glaubten, so wagten sie dennoch nicht, überstürzt zu handeln, und die Biene drehte einige elegante Kreise und surrte dann wieder zum Fenster hinaus. Zurück blieben golden schimmernde Linien in der Luft, die sich nur langsam auflösten. Das Durcheinander des regen Bürobetriebes setzte wieder ein, der Defekt des Filmes war behoben: Bewegung und Ton stimmten wieder überein. Am kommenden Montag, sagte der Alte Wang zu ihr, tage auf dem Lushan der Pen-Club, es würden zwar nicht viele, dafür aber die erst- oder doch wenigstens zweitklassigen Schriftsteller zu einem Gespräch über Literatur erwartet. Es werde sicher sehr anregend, und die Redaktion beabsichtige wohl, jemanden hinzuschicken. Bei seinen letzten Worten dachte sie sofort daran, daß es großartig wäre, wenn sie hinfahren könnte. Ihr Herz klopfte. Die alte Li und die kleine Zhang erzählten eine Anekdote gerade so leise, daß man sie zwar im ganzen Raum verstehen konnte, aber nicht durch die Wände hindurch. Unwillkürlich hörte sie genauer hin. In diesem Augenblick ertönte das Zeichen zur Pausengymnastik, alle erhoben sich, die Stühle scharrten laut auf dem Parkett. Die Sonne funkelte auf dem Fenster direkt neben ihr, so daß sie stark geblendet wurde. Deshalb zog sie sich in das andere Ende des Raumes zurück, das gegenüber einer düsteren Gasse lag, aus der sie das Gurgeln eines Abwasserkanals hören konnte. In die schmale Gasse drang kein Sonnenstrahl, dicke Sand- und Staubwolken wehten auf das Pflaster nieder und ließen das Sträßchen kalt und zugleich anheimelnd erscheinen, ein idealer Ort, wenn man ein sicheres Versteck suchte: kein Mensch weit und breit. Den Rücken dem im Sonnenlicht blitzenden Fenster zugewandt, starrte sie abwesend in die schmale Gasse hinunter. Undeutlich hörte sie, daß ihr Name gerufen wurde, antwortete aber nicht. Entweder wurde sie ein zweites und drittes Mal gerufen, oder eben nicht, und in dem Fall würde sie weiter allein am Fenster stehenbleiben und ihren Gedanken nachhängen.

Ich sah in die Gasse hinunter und dachte an meine Geschichte.

Es gab nichts zu sehen: aufgebrochenes Straßenpflaster und einen Abflußkanal, den ein Wasserschwall hinabfloß, um am Ende geräuschvoll in der Erde zu verschwinden. Dann herrschte wieder Stille.

Die Sonne war inzwischen weitergewandert, so daß sie nicht mehr schmerzhaft blendete. Da brach die Musik der Pausengymnastik ab, Stühle scharrten, man setzte sich wieder. Sie horchte, ob man sie erneut rufen würde, und als nichts dergleichen geschah, wandte sie dem Fenster den Rücken und marschierte durch den ganzen Büroraum zurück zu ihrem Schreibtisch. Auf halbem Wege lag rechts eine Tür, die durch einen kurzen Flur und über zwei Stufen nach links in das Zimmer des Chefredakteurs führte. Gerade als sie an dessen Büro vorbeiging – wann immer sie sich später zurückerinnerte und an diese paar Schritte dachte, schien es ihr ein unendlich weiter Weg gewesen zu sein und die Zeit fast eine Ewigkeit –, auf halbem Wege, als sie gerade am Zimmer des Chefredakteurs vorbeigehen wollte, trat der stellvertretende Chefredakteur – es gab keinen Chefredakteur, er existierte nur dem Namen nach, in Wirklichkeit gab es nur den stellvertretenden Chefredakteur – der stellvertretende Chefredakteur also trat aus dem Zimmer, blieb auf den zwei Stufen nicht weit von ihr stehen und sagte:

»Der Pen-Club tagt auf dem Lushan. Du fährst hin, ja?« Der stellvertretende Chefredakteur, immer noch auf den beiden Stufen im dunklen Flurabschnitt, von hinten drang etwas Licht durch die angelehnte Tür, gab ihr so im Gegenlicht stehend genauere Auskünfte, wann das Treffen beginne und wo, wer die Verbindungsperson zur Leitung des Pen-Clubs sei, undsoweiter. Dann eilte er mit seiner Aktentasche unter dem Arm die zwei Stufen hinunter und verschwand, um in einem Restaurant einen von weither angereisten Schriftsteller der dritten Kategorie zu treffen. Sie legte die zweite Hälfte des Weges zurück und blieb neben ihrem Schreibtisch stehen. Die Sonne war inzwischen noch weiter gewandert und beschien ein anderes und eine Weile später wieder ein anderes Fenster, und kurz darauf läutete es zur Mittagspause. Die, die zum Essen nach Hause gehen konnten, gingen nach Hause, und die, die nicht nach Hause gehen konnten, gingen nicht nach Hause. Sie ging nicht nach Hause, sondern kramte ihre Emaille-Schüssel aus der Tasche hervor und ging hinunter, um sich etwas zu essen zu kaufen. Die Kantine war verbunden mit der Aula, und Dampf- und Rauchschwaden von Reis und Gemüse schlugen ihr entgegen.
Es hatte sich bereits eine Schlange von zwanzig Leuten gebildet, zwanzig Menschen in einer Reihe, und alle unterhielten sich miteinander. Sie war die einundzwanzigste in der Schlange und die einundzwanzigste Stimme in dem allgemeinen Gewirr. Während sie sich unterhielt, sah sie jedoch ständig den Lushan vor sich. Sie war noch nie auf dem Lushan gewesen, sie war überhaupt noch nie im Gebirge gewesen, und ihres Wissens gab es im Lushan-Gebirge nur die Höhle der Unsterblichen in dahinjagenden Wolken zu besichtigen. Sie sah sich am Eingang der Höhle stehen und einen Rock tragen, den sie vor langer Zeit selbst genäht und dann nie zu tragen Gelegenheit gehabt hatte. Er war gefüttert und bestens für den auch im Sommer ungewöhnlich kalten Lushan geeignet. Aber sie konnte

sich selbst nicht recht erkennen, der Rock schien ihr merkwürdig fremd, es schien gar nicht ihrer zu sein, wie auch sie selbst mit einem Mal eine Fremde war. Das erregte sie ein wenig, und immer lautstärker unterhielt sie sich, bis sie die anderen fast in Grund und Boden brüllte. Als die sie befremdet anstarrten, schämte sie sich. Da war die Reihe an ihr, und sie kaufte ihr Essen.
Den Rest des Tages war sie geistesabwesend, und da sie sich keinen anderen Rat wußte, fing sie immer wieder eine belanglose Plauderei an. Von Zeit zu Zeit blickte sie wieder in das Manuskript und las mit Erfolg, doch in Gedanken war sie auf dem Lushan. Sie mußte beim Lesen des Manuskriptes an diesen Berg denken. Dabei wurde sie müde und fühlte sich überfordert, zwei Dinge zu gleicher Zeit und mit Leib und Seele tun zu müssen. Sie hob den Kopf und sah aus dem Fenster, um konzentriert an etwas anderes zu denken, aber sie wußte nicht, woran sie denken sollte und wie, und sie fühlte sich auch damit schon überfordert: von ganzem Herzen an eine einzige Sache zu denken. Sie brauchte ihren Blick nur auf das Manuskript zu senken, und schon erschien hinter jedem einzelnen der eigenwilligen Schriftzeichen ein wolkenumkränzter Gebirgszug.
An die schmale Gasse, die sich allmählich belebte, verschwendete sie keinen Gedanken mehr. Ein paar Jungen kehrten von der Schule heim, schlugen an die Hintertüren und schrien sich heiser dabei, danach kamen Männer aus Zhejiang, die Emailletöpfe zum Tausch anboten. Wie Opernsänger deklamierend betraten sie die Gasse, und wie Opernsänger verließen sie sie wieder. Die letzten Strahlen der weit, weit im Westen versinkenden Sonne tauchten die Gasse in gelbliches Licht und erinnerten an das Kommen der Nacht.
Da erst verdunkelte der Himmel sich allmählich.
Ein Tag neigte sich seinem Ende zu, sie war matt und gab ein düsteres Bild ab: Angegriffen wirkte sie und wie von einer unsichtbaren Staubschicht überzogen, der Rock fal-

tig wie eine überreife Frucht. Sie wollte nach Hause, um jeden Preis wollte sie nach Hause. Ja, sie wollte gehen. Eine Art Minderwertigkeitsgefühl machte sich in ihr breit und deprimierte sie. Sie wollte heim.
Ungefähr eine Stunde verbrachte sie damit, sich nach ihrem Zuhause zu sehnen. Dann ertönte das Feierabendsignal.
Die Allee lag warm und ruhig in der Dämmerung. Sie ging eilig inmitten der Fußgängermenge. Keiner achtete auf den anderen oder wurde beachtet, jeder ging hastig seines Weges, denn es war der Heimweg. Welch eine Wohltat war der Wind, der mild und angenehm über die Menschen dahinstrich und ihre müden, deprimierten Körper erfrischte. Die Sonne war weit hinter ihrem Rücken am Ende der Allee versunken, als gäbe es dort eine Stadt, hinter deren Wall und Graben die Sonne sich nun aufhielt. Mit der Sonne im Rücken hetzte sie weiter und immer weiter und kam völlig ausgepumpt zu Hause an. Als erstes kramte sie den Briefkastenschlüssel hervor und sah nach der Post. Außer der Abendzeitung war nichts gekommen, und wenn sie es sich genau überlegte, konnte auch nichts weiter gekommen sein. Dennoch fühlte sie sich noch müder als zuvor, die Müdigkeit beugte sich wie ein gewaltiges, unsichtbares Lebewesen immer mehr über sie und drohte sie zu erdrücken, so daß sie sich ihr mit ihrem ganzen Körper entgegenstemmen mußte. Langsam ging sie die Treppe hinauf. Das Geländer war so durchgerostet, daß es keine Stütze mehr bieten konnte, die Wand war mit einem verdreckten Bild bemalt, und unten türmte sich der Müll. So blieb nur, behutsam Stufe um Stufe hinaufzusteigen, ohne sich festzuhalten. Hinter einigen Flurfenstern brannte bereits Licht, andere waren noch dunkel. Ihres war stockfinster. Sie wußte genau, daß er bis zu einer Viertelstunde nach ihr kommen konnte, und doch konnte sie eine Spur Ärger und Ungeduld nicht unterdrücken. Als sie die Tür aufsperrte, schlug ihr stickige Schwüle entgegen und hüll-

te sie ein, so daß sie binnen Sekunden in Schweiß gebadet war. Den ganzen Tag hatte sie sich frisch und wohl gefühlt und war nun von einem Augenblick zum nächsten klitschnaß. Mißmutig trat sie ein und stieß Fenster und Balkontür auf. Als sie auf dem Balkon die dicke Schicht schmutziggrauer Blätter sah, erinnerte sie sich vage an den Herbststurm und Regen der letzten Nacht.
Voller Groll begann sie, Reis zu waschen und dabei so erregt in sich hineinzuerzählen, daß ihr Atem immer schneller ging. Unruhig wartete sie auf ihn, aber er kam einfach nicht. Sie wußte genau, daß er frühestens in zehn Minuten heimkommen konnte, erwartete ihn jedoch voller Ungeduld und begann Verdacht zu schöpfen, in den sie sich so hineinsteigerte, daß ihr die Tränen kamen. Noch fünf Minuten. Doch da hoffte sie plötzlich, er möge sich verspäten, um zehn Minuten vielleicht, oder noch mehr. Dann nämlich wäre ihre Wut begründet, und sie könnte sich nach Herzenslust austoben. Aber natürlich kam er pünktlich, um Schlag sechs Uhr hörte sie seinen Schlüssel sich im Schloß drehen. Fast war sie enttäuscht und versuchte mit aller Kraft, ja geradezu verbissen, ihren wachsenden Zorn zu unterdrücken. Die Tür bewegte sich in den Angeln, und um den Gaskocher nicht zum Verlöschen zu bringen, öffnete er sie vorsichtig einen Spalt breit, streckte zunächst sein gutmütig und rechtschaffen lächelndes Gesicht ins Zimmer und zwängte sich dann selbst hinein. Da war es um ihre Selbstbeherrschung geschehen, und sie schrie ihn wütend an: »Los, schnell! Das Feuer geht aus!«
Eilig schlüpfte er ins Zimmer und schloß die Tür. Doch er hatte sich zu hastig bewegt, die Flämmchen des Gaskochers kämpften mühsam gegen den Windhauch an und verloschen schließlich eines nach dem anderen. Das reizte sie noch mehr, und eine Flut von Vorwürfen ging auf ihn nieder wie die unaufhaltsamen Wassermassen nach einem Dammbruch.
Er wich ins Schlafzimmer aus und machte sie damit noch

wütender. Der Heber klapperte unnötig laut in der Pfanne, während sie ohne Punkt und Komma redete, weniger um ihre Wut an ihm auszulassen, als um sie sich selbst zu erklären. Sie mußte Gründe für ihren Ausbruch finden, sonst wäre sie verloren, ja, in ihren eigenen Augen war sie bereits verloren. Da riß ihm der Geduldsfaden, und er machte endlich den Mund auf: »Schon gut, schon gut.« Er wollte um des Hausfriedens willen klein beigeben, doch der Überdruß und die Ungeduld in seiner Stimme brachten sie auf und kränkten sie. Oft hatte sie sich ausgemalt, er würde sie unterstützen, vielleicht, nahm sie an, könnte das sie beruhigen – aber er übte sich immer nur in Geduld. In Zeiten der Ruhe hatte sie ihm diese ihre Hoffnung auseinandergesetzt, doch fehlte es ihm an Mut, es zu versuchen, und so ließ sich ihre Annahme nicht bestätigen, und sie war enttäuscht von ihm. Solange niemand ihr half, sich zu zügeln und zu beherrschen, konnten sich ihre Gereiztheit und ihr Jähzorn, ihr Abscheu vor den Menschen und vor sich selbst ungehindert entfalten. Widerwillen und Müdigkeit bemächtigten sich ihrer, ohne daß sie sie in den Griff bekommen oder erklären konnte. Um sich zu beweisen, daß es nicht an ihr lag, wenn sie den Unmut anderer erregte, suchte sie umso lebhafter und geschwätziger nach Erklärungen. Die ganze Wohnung war erfüllt vom lauten Zischen der im siedenden Fett bratenden Gemüse- und Fleischwürfel, doch zum Glück war er von einer unerschütterlichen Geduld beseelt, die fast schon an Apathie grenzte. Er beherrschte sich, und als sie sein stilles Erdulden, seine Behutsamkeit sah, tat er ihr leid und tat sie sich leid. Sie fühlte sich minderwertig und zutiefst betrübt und verspürte den Wunsch, ihr Verhalten zu ändern. Aber er kannte sie bis auf den Grund ihres Wesens, sie konnte ihm nichts vormachen. Sie war nun einmal so, ja, so war sie nun einmal. So und nicht anders. Jawohl, wütete sie mit Tränen in den Augen in sich hinein, stumm. Keiner hörte sie toben, nur das laute Zischen des Öls war zu hören, und es verdarb ihm den Abend und verdarb ihr den Abend. Je matter sie nach und nach wurde, desto größer wurde erneut ihr Wunsch nach Tröstung. Sie brauchte die Wärme liebevoller Zuwendung, um sich ausruhen und erholen zu können. Doch es gab keine Tröstung. Unerbittlich hatte sie zahllose Schlachten geschlagen, und er war abgestumpft gegen ihr Gelärme, was blieb ihm auch anderes übrig, als abgestumpft zu sein. Er mußte Augen und Ohren schließen, um sich vor ihrem nächsten überraschenden Ausbruch zu schützen, und nur durch seine Zähigkeit überlebte er in dieser Zeit, deren Größe ihre Gewöhnlichkeit war. So wohnten sie jeder für sich einsam unter einem Dach, rieben sich aneinander und hatten doch einen unüberbrückbar breiten Graben zwischen sich. Und keiner konnte dem anderen helfen.

Sie aßen zu Abend. Trotz des Auftritts kurz zuvor hatten beide großen Appetit und wollten anschließend noch fernsehen. Nach und nach wurde sie ruhiger, doch war es mehr und mehr die Ruhe grenzenloser Einsamkeit, die nur von der angenehmen Stimme der Fernsehansagerin gemildert wurde. Sie waren dieses Lebens überdrüssig, doch keiner von beiden fand den Weg heraus aus ihrem bescheidenen Heim, sondern suchte stattdessen sein eigenes Quentchen Glück darin zu finden. Sie schienen aneinandergebunden, untrennbar, und es mochte kommen was wollte, wenn sie nur beieinander blieben. So verbrachten sie in dem kleinen Zimmer die Abende, einer auf dem Bett, der andere auf einem Stuhl, er las ein Buch, sie die Zeitung, und dann tauschten sie, und er las die Zeitung und sie das Buch. Dabei lief im Fernsehen eine plump erzählte Geschichte von Trauer und Freude, von Trennung und Wiedervereinigung, ohne daß sie ihr wirklich folgten. Sie sollte nur ein wenig Leben ins Zimmer bringen, das sonst allzu trist und verlassen gewirkt hätte.

Sie war inzwischen wieder ganz ruhig geworden und mußte erneut an den Lushan denken. Das munterte sie sogar ein wenig auf. Nach einem Wutausbruch war ihr Gemüt besänftigt und friedlich und voller Mitleid. Jetzt erst erzählte sie ihm von der Dienstreise und er fragte, wann sie losfahre. In fünf Tagen, sagte sie, und so kamen sie ins Gespräch, in ein ruhiges und friedliches Gespräch. Er legte sich zu ihr aufs Bett, und sie konnte sich endlich an ihn schmiegen, um die lang ersehnte Wärme in sich aufzusaugen. In diesem Augenblick war sie grenzenlos sanft und friedlich. Er streichelte sie wie eine heimatlose Katze, und sie dankte es ihm behutsam. Sie waren durchströmt von einem tiefen Glücksgefühl, das alle Mühe und Last des Tages und den Mißklang des Abends unbedeutend erscheinen ließ. Alles Unglück vergangener und kommender Zeiten legten sie zur Seite und lebten nur dem Glück des Augenblicks. Aus diesem kurzlebigen Glück sammelten sie Kraft, um zügellos weitschweifigen und langweilig schalen Zeiten gewachsen zu sein. Erst fielen ihr die Augen zu, dann auch ihm, und sie glitten langsam in den Schlaf hinüber. Im Traum ließen sie einander los und ruhten jeder für sich bis zum Anbruch des Tages. Der erste Schimmer der Dämmerung fiel durch die Ritzen des Bambusrollos, und die Lichtstreifen verwoben sich zu einem leuchtenden Netzwerk, das den Boden des ganzen Zimmers bedeckte. Dann ging die Sonne auf. Sie erwachte und setzte sich zunächst auf die Bettkante, der Wind bewegte das Bambusrollo und damit die Sonnenstrahlen, so daß sein Körper bald heller und bald dunkler schien, da ruderte er plötzlich mit allen vieren in der Luft herum und setzte sich schließlich mit übereinandergeschlagenen Beinen auf. Wie betäubt starrten sie einander an, aller Zorn und alle Nähe des vergangenen Abends hatten sich spurlos aufgelöst, als sei es nur ein Traum gewesen.

Fünf Tage später war es endlich soweit. Sie hatte eine Liegewagenkarte für den Acht-Uhr-Zug gekauft. An dem Tag mußte sie nicht zur Arbeit und konnte ausschlafen. Nachdem er aufgestanden war, fiel sie wieder in unruhigen Schlaf und hatte einen langen Traum, von dem sie aber nichts in Erinnerung behielt. Als sie die Augen aufschlug, überschwemmte die Sonne den Fußboden und stieg langsam bis zum Bettrand empor. Lange sah sie auf eine Notiz, die er auf seinem Kopfkissen hinterlassen hatte, war aber zu faul, die Hand danach auszustrecken. Ihr war so behaglich zumute, daß sie nicht einmal den kleinen Finger rühren wollte. Wie gut es doch tat zu schlafen, dachte sie. Ganz langsam bewegte sie Arme und Beine und spürte die kühle und glatte Bambusmatratze, hin und her, vor und zurück. Sie wollte gern weiterdösen, aber leider war sie so ausgeschlafen, daß sie nicht einmal mehr die Augen richtig zu schließen vermochte. Blinzelnd sah sie durch den Widerschein ihrer eigenen Wimpern hindurch und ließ langsam ihre Pupillen wandern. Auf dem Bücherschrank stapelten sich alte Zeitungen, und darauf lag Staub, der im Schein der Sonne aufwirbelnd hell leuchtete. An der Balkontür rankte eine herrliche Hängeorchidee, die jedoch abgestorben war und die Schatten ihrer lauchähnlichen Blätter auf den Frisiertisch warf; auf dem Frisiertisch lag ein elektrischer Rasierapparat, das Kabel noch in der Steckdose. Sie erinnerte sich undeutlich, gerade noch irgend etwas gehört zu haben, als hätte sie selbst ein Geräusch gemacht. Vor der Tür lagen achtlos hingeworfen seine Hausschuhe, der Topf stand noch auf dem Kocher. Ihr Blick hatte einen Kreis beschrieben und war zu seinem Kopfkissen zurückgekehrt, auf dem, beschwert mit ihrer Armbanduhr, der Notizzettel lag. Sie raffte sich dazu auf, nach dem Papier zu greifen. Er habe Teigtaschen gekocht, stand auf dem Zettel, sie seien im Topf auf dem Kocher, und am Nachmittag werde er sich freinehmen, um sie zum Bahnhof zu bringen. Sie lächelte,

rekelte sich träge, drehte sich um und legte sich in einer bequemen, wenn auch ungraziösen Haltung zurecht. Plötzlich hatte sie keine Lust mehr zu der Reise, wieso sollte sie eigentlich fahren? Es war doch wunderschön daheim, wieso sich den Strapazen einer Reise unterziehen? Sich eine Nacht im engen Zug um die Ohren schlagen, dann den Verlag suchen, verhandeln, ein Hotel suchen. Ihr kamen mit einem Mal Bedenken, wo sie wohl die nächste Nacht verbringen würde. Sie hatte keine Ahnung. Sie würde allein und hilflos in der fremden Umgebung herumirren. Sie empfand ein wenig Reue, aber dafür war nun keine Zeit mehr, sie mußte noch einiges erledigen, ihre Sachen packen, ach, es war alles zum Davonlaufen. Mit einem Mal fielen ihr alle Vorzüge ihres Mannes ein und daß sie ihn nun zehn Tage hier alleinlassen und selbst nicht glücklich dabei sein würde, nein, für sie würde es sogar noch viel mühseliger sein. Sie fühlte sich wie erschlagen, spürte aber, daß die Zeit immer mehr drängte. Eilig sprang sie aus dem Bett, und als sie in fliegender Hast alles erledigt hatte, war es noch nicht einmal Mittag. Da wurde sie von neuem nervös und wartete voller Unruhe, daß es endlich dunkel würde und die Stunde ihrer Abreise schlage. Sie wurde immer ungeduldiger. Gegen Abend war sie alles gründlich leid und von ihrer eigenen Unruhe vollkommen erschöpft. Wieder stieg Wut in ihr auf. Sie kochte innerlich und hielt ihrem Mann zahllose Kleinigkeiten vor. Und obwohl er seit langem daran gewöhnt war, ließ er verzagt den Kopf hängen und trank seinen Schnaps. Wie als Beilage zum Essen schwatzte sie unaufhörlich drauflos, den Kopf voller Lockenwickler, die in allen Farben schrill durcheinander leuchteten.
Schließlich riß ihm der Geduldsfaden, er sah auf und machte ein paar Mal Anstalten, etwas zu erwidern, sagte dann aber nur:
»Vergiß es, du mußt gleich aufbrechen, ich lege mich nicht mit dir an«.

Damit senkte er den Kopf wieder über sein Schnapsglas. Aus irgendeinem Grund ließ seine Äußerung sie innehalten und dann antworten: »Wenn ich nicht fortführe, dann würdest du mit mir streiten, he? Welchen Grund hättest du denn, mit mir zu streiten, wenn ich fragen darf?« Doch obwohl sie nun ein neues Thema hatte, über das sie ohne Punkt und Komma hätte lamentieren können, war sie auf einmal still. Ihr Schweigen kam ihm eigenartig vor. Unwillkürlich hob er den Kopf, und die beiden sahen einander an. Dann versenkten sie sich wieder in ihre Mahlzeit.
Viel später mußte sie oft an diesen Abend denken, an die letzte Mahlzeit vor ihrer Abreise, bei der er wie absichtslos – nur um sich zu verteidigen – zu ihr gesagt hatte:
Vergiß es.
Du mußt gleich aufbrechen.
Ich lege mich nicht mit dir an.
Jeder einzelne dieser Sätze, so schien ihr später, war ein Omen gewesen. Doch zu jener Stunde ahnten sie das beide nicht. Sie fühlten sich nur tief im Innern ein wenig verunsichert – aber ein bißchen Verunsicherung, was hieß das schon! Dachte sie genauer darüber nach, löste sich die Unsicherheit auf und war nicht mehr zu fassen. So wiegten sie sich schnell wieder in Sicherheit und waren bis zu ihrer Abreise friedlich. Als der Zug sich gerade in Bewegung setzte, das Abfahrtsignal war schon ertönt, fiel ihr noch etwas ein, das sie ihm sagen wollte. Hastig zog sie das Fenster herunter, streckte den Kopf hinaus und sagte: Das Rippchen und das Fleisch im Kühlschrank, die brauchen zwei bis drei Stunden zum Auftauen; er müsse am Mittag heimkehren, um sie herauszunehmen; und, nicht vergessen, beides zum Auftauen auf einen Teller legen, sonst steht hinterher alles unter Wasser ... Die Sirene schrillte zum zweiten Mal zur Abfahrt, und er verstand sie schlecht, sie mußte jeden Satz wiederholen. Mitten in ihren Erklärungen brach die Sirene ab, der Zug rollte nun, und er ging nebenher. Er ging und ging und fiel schließlich in Dauer-

lauf. Sie lehnte sich weit zum Fenster hinaus und wollte um jeden Preis zu Ende sprechen, aber der Zug fuhr immer schneller, und er blieb immer weiter zurück. Der Wind pfiff ihr um die Ohren, daß sie ihr eigenes Wort nicht verstand. Er aber rannte immer noch, als ginge es um sein Leben, da rief sie: »Hör auf zu rennen!« Als er die Bewegung ihres Mundes sah, meinte er, sie habe ihm noch etwas Wichtiges zu sagen und lief umso schneller. Aber der Zug gewann immer mehr an Geschwindigkeit und ließ ihn weit hinter sich, bis er nur noch ein schwarzes lebendes Pünktchen war. Da fühlte sie sich plötzlich ganz jämmerlich, und die Tränen stiegen ihr in die Augen. Der Zug ließ den hell erleuchteten Bahnhof hinter sich und brauste in die Landschaft hinein, über die sich schon der Mantel der Nacht gelegt hatte. Immer noch hatte sie den Oberkörper aus dem Fenster gestreckt und schaute zurück. Mit den Augen verfolgte sie den Schwanz des Zuges, der auf den Schienen pfeilschnell durch die schwarzen Felder dahinraste. Hier und da blitzte das Wasser in den pechschwarzen Reisfeldern auf, und am fernen Horizont flimmerte ein Lichtschein, der sofort wieder erlosch. Der Mond ging auf, leuchtend am Firmament über ihr, und sie beobachtete den blassen Schatten des Zuges, der in der Weite zwischen Himmel und Erde dahinglitt.

Warum bloß war er so gerannt! dachte sie und schluckte ihre Tränen hinunter, was gab es denn großartig zu sagen, das sie nicht von dort aus in einem Brief hätte schreiben können. Wieso hatte sie es genau in dem Augenblick sagen müssen. Sie spürte undeutlich, daß sie das alles gar nicht hatte sagen wollen, auch nichts anderes, es war völlig gleichgültig, was sie sagte. Beim Ertönen des Abfahrtsignals hatte sie das merkwürdig dringliche Gefühl überkommen, gerade jetzt mit ihm reden zu müssen, weil es sonst zu spät sei. Aber wieso zu spät? Ach, ja, wegen des Abfahrtsignals, denn wenn das Signal abbrach, setzte sich der Zug in Bewegung, sie fuhr fort und ließ ihn zurück, und

deshalb hatte sie vorher noch schnell mit ihm reden müssen und angestrengt nachgedacht. Ja, was gab es noch zu sagen? Und da ihr in der Eile nichts anderes eingefallen war, hatte sie von dem Fleisch im Kühlschrank und vom Auftauen angefangen und gegen die Sirene angebrüllt. Ach, diese Sirene, die die Menschen zur Eile drängte, sie schien lauter Trennungen einzuläuten. Tief in ihrem Innern kreisten ihre Gedanken um einen eigenartigen Verdacht.
Dieser Verdacht belastete und plagte sie einige Augenblikke, und sie nahm ein Buch aus ihrer Tasche, um zu lesen. Das Lesen machte sie schläfrig, sie stand auf, ordnete das Bett und legte sich schlafen. Im Halbschlaf dämmerte sie dahin, und ihr Traum war erfüllt von der Schaukelei und dem regelmäßigen Rumpeln des Zuges. Sie schlief den tiefen Schlaf totaler Erschöpfung. Der Wind pustete ihr die Nebelschwaden der Nacht um den Körper und verklebte ihre Haut kalt und feucht mit schmutzigen Kohle- und Rauchstäubchen. Im Traum wusch sie ihren Körper und wusch ihr Haar und war glücklich dabei und spürte doch auch Bedauern, vielleicht, weil sie genau wußte, daß es nicht mehr war als ein Traum. Als sie sich später, im Hotelzimmer, gründlich wusch, fiel ihr plötzlich der Traum wieder ein. Normalerweise konnte sie sich an ihre Träume nie erinnern.

Die Mitglieder des Pen-Clubs versammelten sich in der Kreisstadt, um sich am Tag darauf ins Lushan-Gebirge zu begeben. Bis auf zwei Schriftsteller, die mit dem Abendflugzeug erwartet wurden, waren alle bereits eingetroffen. Der Pen-Club hatte sich nicht veranlaßt gefühlt, für die von überall her anreisenden Redakteure eine Unterkunft zu reservieren, doch glücklicherweise war bei einer Genossin noch Platz auf der Matratze, und man rückte bereitwillig zusammen. Einige Redakteure hatten in weiter entfernten Gästehäusern Unterkommen gefunden, andere waren direkt auf den Lushan gefahren. Bequemer ging es kaum: Sie konnte von früh bis spät mit den Schriftstellern verkehren, und selbst wenn sie zum Verdruß des verantwortlichen Redakteurs nicht den ganzen Tag über Manuskripten brütete, so knüpfte sie doch erfolgreich Kontakte und erschloß Quellen für spätere Manuskripte. Und dabei versprühte sie ihren ganzen Charme und brillante Argumente, und das alles mit dem rechten Maß an Taktgefühl, so daß sie den denkbar günstigsten Eindruck hinterließ. War sie gerade mit einem Gast beschäftigt, wartete schon der nächste darauf, begrüßt und mit freundlichem Geplauder auf sein Zimmer gebracht zu werden. Auch wenn es nur ein Abend war, durften die Schriftsteller sich nicht langweilen, und daher wollte man Karten für die Oper besorgen. Die Schriftsteller aber wünschten eine Jiangxi-Oper zu sehen, für die die Gegend berühmt war, die daraufhin eingeleiteten langwierigen Erkundigungen jedoch ergaben, daß sie nur in einer kleinen Stadt des Kreises gespielt wurde, und als sie die Karten dafür gekauft hatte, hatten sich einige Schriftsteller nach den Strapazen der Anreise mit Fieber ins Bett gelegt, und auch die übrigen hatten das Interesse an der Oper verloren. Es ging hektisch zu, es ging chaotisch zu, und man wartete einen günstigen Augenblick ab, um sie zu fragen, ob sie den Chef des Verlages zum Flughafen begleiten werde, um weitere Schriftsteller abzuholen. Sie willigte mit Vergnügen ein.

Da es bis jetzt über alle Erwartung gut klappte und sie sich nach der Zugfahrt nach Herzenslust hatte waschen können, war sie heiter gestimmt, die Leute um sie her waren lebhaft, aber nicht ungeduldig, und sie dachte bei sich: Wie gut, daß ich hergekommen bin! Sie mochte gar nicht daran denken, daß sie all das hätte verpassen können. Sie hatte keine Lockenwickler in ihr frisch gewaschenes Haar gedreht – was lächerlich und abstoßend aussah –, hatte sich nur frottiert, gekämmt und das Haar mit einem Lederband geschickt am Hinterkopf zusammengefaßt. Dazu trug sie ein ärmelloses gelbes Kleid und Riemchensandalen, wirkte jung und vital. Kurz nach dem Abendessen bat man sie, nun mit zum Flughafen zu fahren.

Mit dem stellvertretenden Leiter der Literatur- und Kunstabteilung des Verlages, Yao, fuhr sie in einem kleinen Wagen Richtung Flugplatz. Unterwegs unterhielt sie sich mit ihm über die Nöte der Verlagswelt und die erfreuliche Entwicklung und Veränderung des Romans, sie erzählten sich Gerüchte und Anekdoten von den beiden Schriftstellern, die gleich mit Flug Nummer 1157 eintreffen würden, der Alte Yao unterbrach hie und da, um Erklärungen zu den Sehenswürdigkeiten zu geben, an denen sie gerade vorbeifuhren, und schon waren sie am Flughafen angelangt und setzten sich in die Wartehalle, denn es war noch fast eine Stunde Zeit bis zur Ankunft der Maschine. Aber von Unruhe getrieben sprang sie im nächsten Augenblick wieder auf und ging zum Informationsschalter, um sich versichern zu lassen, daß das Flugzeug keine Verspätung habe. Dann erst entspannte sie sich und machte es sich im Sessel bequem, wartete und plauderte. Der Fahrer ihres Wagens kannte sich aus und hatte einen Bekannten getroffen, der sie auf das Flughafenfeld brachte, um ihre Gäste dort in Empfang nehmen zu können.

Das Flugfeld schien eine grenzenlos weite Ebene zu sein, die am Horizont mit dem Himmelsgewölbe verschmolz. Durch die dichte Wolkendecke waren weder Sterne noch Mond zu sehen, undeutlich erkennbar kauerten die Flugzeuge wie riesige Vögel auf dem Asphalt, und einige Wagen krochen wie dicke Käfer lautlos um sie herum. Das Feld war menschenleer, der Wind schmiegte sich an den Boden und umschmeichelte die Beine. Sie standen unschlüssig herum, waren unsicher, wohin sie ihren Schritt lenken sollten. Das Flugfeld vor ihnen ausgedehnt und fast leer und über ihnen der Himmel, so standen sie inmitten

der Weite des Himmels und der Weite der Erde, ergeben und schutzlos. Ergriffen von dem Gefühl des Ausgeliefert-Seins fielen sie in Schweigen, standen sie stumm und eingehüllt in das Dunkel des zugleich nahen und fernen Himmels, bis ihnen jemand sagte, das Flugzeug dort vorne, das habe die Flugnummer 1157, auf die sie warteten. Sie gingen darauf zu.
Es war eine kleine Maschine, die fast völlig von der Finsternis rundum verschluckt wurde. Sie durchschritten das Dunkel, und bei der Maschine angekommen, trat gerade jemand auf die nur fünf, sechs Stufen zählende Leiter hinaus, schritt das Treppchen herunter und zu ebener Erde langsam weiter, einen nicht genau erkennbaren Gegenstand in der Hand. Ein Gepäckwagen kam seitlich herangefahren und wartete darauf, daß ausgeladen wurde. Sie bewegte sich Schritt für Schritt vorwärts, als der Alte Yao neben ihr plötzlich innehielt und mit einem Mal herzlich vorgebrachte Höflichkeitsfloskeln durch die Luft schwirrten, zwei, drei Menschen waren es, deren Stimmen sich in der Weite des Platzes verloren. Sofort hielt sie – einen Meter weiter bereits – ebenfalls inne, wandte sich um und sah zwei etwa gleich große Männer in mittlerem Alter; der eine trug eine Brille, der andere nicht. Der Alte Yao stellte sie vor, und die beiden lächelten sie freundlich an. Der Brillenträger reichte ihr die große und warme Hand und schüttelte die ihre, die ein wenig kalt war. Dann streckte der Brillenlose ihr seine Hand entgegen, um sie ebenfalls zu begrüßen. Aber sowie ihre Fingerspitzen einander berührten, schreckten beide wie elektrisiert zurück, suchten erneut die Hand des anderen und zuckten wieder heftig zusammen. Erst beim dritten Versuch gelang es ihnen, einander die Hand zu reichen, und sie schämten sich. Es ärgerte sie ein wenig, daß der Tag, an dem alles wunschgemäß gelaufen war, nicht hatte makellos bleiben können, und viel später erst würde sie begreifen, wie bemerkenswert gerade dieser Makel war. Für den Moment jedoch

fühlte sie sich blamiert und niedergeschlagen. Sie wandte sich ab, um mit den anderen zur Wartehalle zu gehen. In dem Augenblick, da sie sich umdrehte, funkelten plötzlich die Sterne am Himmel auf, einer nach dem anderen trat zwischen den Wolken hervor und schaute auf die Erde herunter. Sie schienen zum Greifen nahe, hob man jedoch den Kopf, sie zu begrüßen, rückten sie plötzlich in weite Ferne. Im bleichen Licht der Sterne wirkte der Flughafen noch weitläufiger als zuvor und von einer unaussprechlichen Verlassenheit. Sie gingen auf das hell erleuchtete Flughafengebäude zu, um im Wartesaal das Gepäck abzuholen, insbesondere ein schwarzes, handgemachtes Ledertäschchen des Brillenträgers. »Und Sie?« fragte sie den Brillenlosen. Er klopfte an seine orangefarbene Tasche auf Rollen, die er jedoch wie einen Rucksack trug, und schwieg. Nur der Brillenträger sprach. Unter fröhlichen Reden spazierte er neben dem Alten Yao her und schlug ihm ab und zu übermütig auf die Schulter. Der schmächtige Yao wirkte neben ihm noch dünner und unscheinbarer als sonst. Der Brillenlose marschierte hinterdrein, hörte mit halbem Ohr zu und lächelte milde, die Tasche auf dem Rücken. In der Wartehalle packte sie die Tasche von hinten, um ihm beim Absetzen zu helfen; das Gepäck aus dem Flugzeug ließ noch auf sich warten. Er löste die Trageriemen, mit vereinten Kräften ließen sie die Tasche zu Boden gleiten, und als sie sich wieder aufrichteten, lächelten sie sich zu. Verlegen wandte sie sich ab, um sich von den geistreichen Reden des anderen Schriftstellers in ihren Bann ziehen zu lassen. Er gab gerade ein Erlebnis zum besten, das sich unmittelbar vor dem Besteigen des Flugzeuges zugetragen hatte, und bei der Pointe angelangt, wollte sie sich ausschütten vor Lachen, überströmend von Glück spürte sie, daß auch er genau zuhörte, und sie fragte sich, ob es so etwas wie Trauer oder Ärger auf der Erde überhaupt gäbe. Ach, wie gut alles war! Mit einer leichten Drehung wandte sie sich dem geöffneten Fenster der

Wartehalle zu, durch das eine leichte Brise hereinstrich, und sah die Sterne, sah einen ganzen Himmel über und über mit Sternen bedeckt.
Das Gepäck war da, und der Fahrer ging mit dem Brillenträger zur Ausgabe, um dessen Tasche zu identifizieren. Der Alte Yao, sie selbst und er blieben an dem hohen, breiten Fenster zum Flughafenfeld stehen, und dem Alten Yao, der wohl etwas erschöpft war von seinen Gastgeberpflichten, fehlten die rechten Worte. Auch sie zog es vor zu schweigen, und er war ohnehin nicht sehr redselig. So herrschte einen Moment Ruhe. Sie spürte, daß der Alte Yao ihr einen flehenden Blick zuwarf, doch sie blieb bei ihrem Schweigen, denn die Stille schien ihr nicht etwa peinlich, sondern natürlich und verständnisinnig. Das gewollte Geplauder des Alten Yao hatte überflüssig und ungeschickt gewirkt, und so sahen sich die drei nun einfach nur freundschaftlich an und lächelten. Hinter ihm hing hoch oben an der Wand eine gewaltige Uhr, deren Zeiger genau ein Viertel nach neun anzeigten. Sie konnte ihren Blick nicht abwenden und starrte so fest auf ein Viertel nach neun, daß ihr das Weiterrücken des großen Zeigers fast entging, bevor sie sich endlich losriß. In diesem Augenblick kamen die anderen mit dem Gepäck. »Los, gehen wir«, riefen die Männer einander zu, und »Gehen wir!« echote sie, indem sie sich bückte, um seine orangefarbene Tasche aufzunehmen. Er wollte es nicht zulassen und griff nach dem anderen Tragriemen, aber auch sie gab nicht nach, und so faßte er schließlich mit seiner freien Hand nach der ihren und löste sie vom Riemen der Tasche. In seiner Pranke verschwand ihre Hand wie die eines kleinen Mädchens. Sie mußte sich fügen und schämte sich. So setzten sie sich in Bewegung, in langer Reihe durchmaßen sie die große Wartehalle und schritten unter der riesigen Uhr hindurch.
Als sie einstiegen, setzte der Brillenträger sich auf den Beifahrersitz. Er, sie und der Alte Yao saßen im Fond des

Wagens, sie in der Mitte. Er fragte sie, ob er rauchen dürfe, und statt einer Antwort klappte sie den Aschenbecher an der Seite heraus, und er steckte sich eine Zigarette an. Der Rauch strich wie ein leichter Windhauch über ihr Gesicht und bewegte ihr Haar. Sie war ganz unvermittelt zu Tränen gerührt. Ebenso unvermittelt stieß sie einen tiefen Seufzer aus. Sie war sehr, sehr glücklich, denn obgleich nur eine Nacht vergangen war, war alles plötzlich wie verwandelt, nicht nur das Leben, sondern auch sie selbst. Wo waren alle Sorge, Nervosität und Ungeduld der vergangenen Tage geblieben? Aufgelöst in Rauch, als hätte es sie nie gegeben. Ihre Seele war klar und rein. Als sie so unvermittelt aufseufzte und der Alte Yao sich leicht überrascht zu ihr drehte, machte sie sich Vorwürfe, daß sie vor lauter Wohlbehagen aus der Rolle fiel. Er aber wandte nicht einmal den Kopf, als verstünde er auch so genau. Da sah sie ihn vorsichtig von der Seite an, als er die Zigarette im Aschenbecher ausdrückte, und sah seinen Hals, der die Linie der Backenknochen aufnahm. Sie rief sich seinen Roman ins Gedächtnis, den sie gelesen hatte, und plötzlich schien er ihr ganz vertraut und sehr geheimnisvoll.
Der Wagen raste dunkle Straßen entlang, und dunkle Baumschatten flogen links und rechts vorbei. Sie saß zurückgelehnt, sah über seine Schulter hinweg in die nächtliche Welt, und alles schien wie ein Traum. Nach und nach waren mehr Lichter zu sehen, sie brausten auf die Stadt zu, die Jinggangshan-Straße entlang, die so breit war wie die Chang'an-Straße. Ein Mahnmal zur Erinnerung an den Aufstand von 1927 ragte mit einem Stern als Spitze stumm gen Himmel, einem hell erleuchteten Stern, der, durchsichtig schimmernd, nichts erhellte als sich selbst. Der Wagen verlangsamte seine Fahrt, als von allen Seiten die Autoschlangen wie Flußarme zusammenströmten.
Morgen geht's ins Gebirge, erklärte sie ihm. Er war erfreut, das zu hören. Im Lushan-Gebirge sei es angenehm kühl, fuhr sie wie eine Einheimische fort zu erläutern, und ob-

wohl der Herbst längst angefangen habe, sei es immer noch heiß hier unten. Der reinste Bratofen, sagte er. Auf dem Lushan sei es besser, meinte sie, man müsse den ganzen Tag einen Pullover tragen, Vorsicht sei geboten, fügte sie mit einem Seitenblick auf ihn hinzu. Er trug ein kurzärmeliges Sporthemd und Shorts, deren kurze Hosenbeine den Blick auf zwei von dichten Kräuselhärchen völlig schwarze Schenkel freigaben. Mit leichtem Widerwillen wandte sie ihren Blick ab. Er habe einen windabweisenden Mantel dabei, sagte er und wies nach hinten zum Kofferraum, wo sich seine Tasche befand. Da schien der Alte Yao wieder zu sich gekommen zu sein und begann, Legenden vom Lushan zu erzählen; er redete, ohne Luft zu holen, bis sie am Gästehaus ausstiegen und der Brillenlose sagte, er habe sich vor seiner Abreise eigens die »Legenden des Lushan« gekauft. Der Alte Yao war bereits eilfertig zum Kofferraum gestürzt, um ihre Taschen herauszuholen, und hatte die Bemerkung nicht gehört. Nur sie hatte sie mitbekommen, und verständnisvoll lächelten sie einander zu.

Es war bereits elf Uhr, als sie zurückkehrte, und die junge, kindliche Schriftstellerin, mit der sie das Zimmer teilte, schlief bereits. Aus Angst sie aufzuwecken knipste sie keine Lampe an, sondern tappte im Licht des Mondes, das durch die dünnen Vorhänge sickerte, zu ihrem Bett und ließ sich lautlos darauf nieder. Auf dem Rücken liegend streckte sie Arme und Beine durchgedrückt von sich; es tat gut, sich so zu recken und zu strecken, und es sah obendrein schön aus: Unter halb geschlossenen Lidern musterte sie ihren vom Mondlicht umflossenen Körper und war so gerührt von seiner Weichheit und Schönheit, daß ihr die Tränen kamen. Dann entspannte sie sich, rollte den geliebten Körper zusammen und in die frisch bezogene Decke ein und begann, sich den ereignisreichen Tag ins Gedächtnis zu rufen, wobei sie wie eine Schülerin am Ende eines Tages ihr eigenes Verhalten kritisch beleuchtete. Sie war insgesamt zufrieden mit sich, nur bei dem merkwürdigen Seufzer im

Auto war sie betrüblicherweise aus der Rolle gefallen. Aber wie auch immer: es war ein guter Tag gewesen, und weitere gute, vielleicht sogar bessere, standen bevor. Aus diesen zehn Tagen würde sie alles herausholen, und sie würde nichts zu bedauern haben. Fast meinte sie, die Versammlung des Pen-Clubs würde nie zu Ende gehen, konnte einfach nicht zu Ende gehen, ja, diese zehn Tage schienen wie eine Ewigkeit. Aufgeregt und ruhig zugleich schlief sie ein. Im Traum saß sie wieder im Zug, der sich laut scheppernd über die Schienen bewegte, ohne jemals anzuhalten. Er wand sich in dem Raum zwischen endlosem Himmel und endloser Erde dahin, zog einen langen Schatten hinter sich her und stieß von Zeit zu Zeit einen Signalpfiff aus.

Um fünf Uhr am nächsten Tag erreichten sie den Lushan. Sie kamen in der Nähe eines klaren Sees in einem villenähnlichen Bau für Kurgäste unter, hinter dem Haus eine im fernen Dunst verschwimmende Gebirgskette. Die Redakteure und Journalisten traten nun gleich rudelweise auf, und da die Verlage ihre Schriftsteller nicht länger gegen sie abschirmen konnten, blieb den Verlagsvertretern nichts anderes übrig, als wutschnaubend mit zu Tisch zu gehen und darüber zu wachen, daß nicht etwa ein Manuskript in die Hand von Unbefugten geriet. Und das bei einem Bankett, zu dem eben diese Verlage geladen hatten – es war, als würden sie fremder Leute Hochzeit bezahlen.
Sie war die einzige, die sich völlig natürlich benahm, sie war taktvoll und sprach die Schriftsteller auch sonst nicht dauernd auf ihre Manuskripte an, geschweige denn jetzt und hier, wo sie selbst kaum einen Gedanken daran verschwendete. Manuskripte in Auftrag geben, durchsehen, drucken, Zeichen um Zeichen auf Druckfehler durchsehen, all das schien in weite Fernen entrückt, weiter noch

als ihr voriges Leben. Auch sie war nicht mehr die, die sie vorher gewesen war. Sie schien von Kopf bis Fuß wie ausgewechselt, war gelassen und beherrscht, und das machte sie glücklich. In der Tiefe ihres Herzens machte sie es sich zum Ziel eines jeden Tages, Haltung zu bewahren. Sie wünschte sich über alles, ein ruhiger Mensch zu werden, zum grenzenlosen Glück für die Menschen und für sich selbst. Sie spürte das Wohlwollen der anderen und daß sie gern mit ihr zusammen waren, daß sie sie nie ausschlossen und es bedauerten, wenn sie nicht mit von der Partie war. Wie schön das Leben doch sein konnte!
Zur Zeit der Abenddämmerung setzten sich die Nebelschwaden über der Bergkette wie durch allmächtige Naturgewalten berührt in Bewegung und wanderten herüber, in Sekundenschnelle war der See vor ihren Augen verschwunden, eingesunken in ein grenzenloses Wolkenmeer. Wundersamer Weise hatte sich auch die Bergkette aufgelöst und ließ nur hie und da einen Gipfel die Dunstschwaden durchbohren wie vereinzelte Inseln die Fluten des Ozeans. Wie ein Geist senkte sich die Sonne schläfrig in die wolkige Masse. Feuchte Nebel erfüllten leise zischelnd die Luft. Da stürzten alle auf die Terrasse und lehnten sich an das Geländer, um sich schwatzend an dem weiß-dunstigen Gewaber und seinem leisen Zischeln zu ergötzen. Als hätten sie die Schwerkraft des Wassers abgeworfen, flogen die Nebel federleicht in alle Richtungen, schienen plötzlich eine tiefe Wahrheit der Berge preisgeben und sie im nächsten Augenblick wieder einfangen zu wollen, und immer schien all das bloße Halluzination zu sein. Die Tagungsteilnehmer hatten Jacken und Mäntel in allen Farben des Regenbogens übergeworfen, sie spürten die feuchtkühle Luft und daß der Nebel sie bereits von allen Seiten einhüllte, zwischen ihnen hin und her schlüpfte und sie trennte, wie sehr sie auch zusammenrückten. Wenn zwei sich die Hand reichten, so quoll auch aus dem Zwischenraum ihrer Handflächen Nebel hervor und ent-

fernte sie scheinbar voneinander. Allmählich wurden sogar die Stimmen dumpf und schläfrig, waren sie zu Anfang ganz nah gewesen, so wehten sie nun wie aus weiter Ferne herüber. Auch die Umrisse der Menschen verwischten bis zur Unkenntlichkeit. Dunstschwaden stiegen zwischen ihm und ihm, ihm und ihr in Spiralen empor oder wanden sich dahin wie Meerwasser zwischen Felsen. Getäuscht durch den Nebel schien alle Befangenheit von den auf der Terrasse Stehenden abzufallen, und fast zu gleicher Zeit begannen sie mit nun lauten Stimmen angeregt zu sprechen, nicht zu den anderen, sondern zu sich selbst, der dichte Nebel grenzte die Menschen gegeneinander ab, so daß jeder für sich allein und umschlossen schien. Lautstark beschrieben sie das Wabern und Verformen der Wolken, das sie jeder für sich beobachteten, wollten mit Nachdruck die Neuigkeiten weitergeben, die aus den Bergen durch den Nebel herübersickerten, doch vermochten sie nie zu den anderen durchzudringen, denn jeder einzelne stand freudig erregt in seiner ganz eigenen Landschaft.
Sie sprach nicht. Ein Gefühl der Unbefangenheit erfüllte sie mit seltener, tiefer Ruhe. Diese Landschaft im Nebel konnte man nur in völliger Ruhe verstehen; Berge, Wasser und Täler unter einer Wolkendecke, das gehörte ins Reich des Schweigens. Stumm lehnte sie am Terrassengeländer, und das Geschwatze und Gelärme drangen nicht an ihr Ohr. Nie waren mehr Weite und mehr Leidenschaft in ihr gewesen. Und in ihrer tiefen Ruhe spürte sie, daß auch er schwieg, erspürte sie seine innersten Gedanken inmitten ihrer Ruhe, sein Nachdenken über die Berge, und da teilten sich ihm ihre Gedanken gleichsam Satz für Satz mit.
Sie standen durch zwei Personen voneinander getrennt an der Brüstung. So konnten sie sich nicht einmal einen flüchtigen Blick zuwerfen, als sie sich inmitten des erregten Tohuwabohus in Schweigen hüllten und dieses Schweigen dem jeweils anderen galt und ihren sprachlosen Gedanken. Mit einem Mal schien es ihnen, als unterhielten sie

sich, oder nein, sie hatten sich schon die ganze Zeit unterhalten. Nun, da sie gar nicht die Absicht hatten, irgend etwas weiterzugeben, gingen Meldungen zwischen ihnen hin und her, Neues von den hinter Wolkenbänken versteckten Bergen, Neues vom See und Neues von dem im Nebel verborgenen anderen. Inmitten der Menge ringsum und ihrer fast gewalttätigen Unterhaltungen waren einzig die beiden Stummen es, die wirklich miteinander sprachen. Nur sie waren wirklich füreinander da, ergänzten einander, verstanden Berge und Wasser, und alles in der Tatenlosigkeit Erfahrene und Erlangte war mehr als das in Rastlosigkeit Zusammengeraffte.
Sie war stolz auf ihr Schweigen, stolz, daß sie in den Bergen zu lesen verstand, stolz und immer stolzer darauf, daß sie und er schweigend die Berge erkannten – doch dabei schauderte es sie leicht, und sie war verwirrt. Sie ahnte, daß etwas geschehen würde. Sie fürchtete dieses Etwas, erregte sich in diesem Etwas und spürte dieses Etwas: All dies schien vor Dezennien bestimmt, schien ein Ganzes mit ihrem Leben zu bilden, schien eins zu sein mit Land und Landschaft, war Schicksal, war Natur, und sie konnte ihm nicht davonlaufen, wollte ihm auch nicht davonlaufen.
Aber nichts geschah.
Als der Himmel sich langsam verdunkelte, gingen sie erregt zum Abendessen ins untere Geschoß. Es gab die drei Spezialitäten des Lushan: feldhuhn-ähnliche, jedoch dikkere, zartere Hühner, judasohr-ähnliche, jedoch erheblich nahrhaftere Steinohren, silberfisch-ähnliche, jedoch viel wertvollere Steinfische. Sie saßen an verschiedenen Tischen, sie an der Ostseite mit Blick nach Westen, er an der Westseite mit Blick nach Osten, und sahen einander über zwei Tafeln hinweg an. Sie wandte sich ab und blickte zum Fenster hinaus, wo genau gegenüber ein stufenloser Wildpfad den Berg hinauf führte, um risikofreudige Menschen zu zwingen, sich zwischen Bäumen und Geröll selber sicheren Halt zu suchen. In den länger werdenden Schatten

der Abenddämmerung wankten zwei menschliche Gestalten bergab, Wasserflasche um den Hals, Stock in der Hand, und die bis zu den Knien hochgekrempelten Hosenbeine gaben den Blick auf blutig gerissene Waden und Schienbeine frei. Mehr rollend als gehend langten sie auf der asphaltierten Straße an, die sich von dort aus in zahlreichen Kurven serpentinenartig um Berge und Täler wand. Von weit, weit her drang eine Glocke an ihr Ohr, die mehrere Male schlug. Da merkte sie, daß sie keine Uhr trug, sie hatte beim Waschen gerade vergessen, sie wieder anzulegen. Dann eben keine Uhr, das machte nichts, an diesem Ort schien die Uhrzeit überflüssig, die Zeit hatte jede Bedeutung verloren, hier gab es Tag und Nacht, Sonnenauf- und -untergang, und das genügte.
Es wurde Nacht, die Sternenlichter gingen an und wurden in den wabernden Nebeln vom Wind umhergetrieben. Lange fixierte sie das hellste der Sternchen, folgte mit den Augen seinem munteren Treiben, bis es sich in ihre Augen senkte und von den Augen in ihr Herz, und da sprang ihr das Herz aus dem Leib heraus, um in fernen Wolken müde zu leuchten. Von dort erhellte das Sternchen *seinen* in unendliche Weiten gerichteten, angespannten Blick. Ihr Herz, an den Platz des Lichtes getreten, leuchtete dem wie abwesend suchenden Blick seiner Augen, tauschte mit seinem Herzen den Platz, es drang in seinen Körper ein und schlug dort anstelle seines Herzens lebhaft, während dieses am Ort des Lichtes, am Himmel hell erstrahlte und dem Licht in ihrem Innern zufunkelte. Plötzlich merkte sie, daß unendlich viele Lichter aus ihrer Brust ins Freie drängten.
Erschreckt fuhr sie zusammen, wandte sich dem Tisch zu und sah, daß gerade ein neues Gericht aufgetragen worden war. In weiter Ferne schlug wieder eine Glocke. Da wußte sie, daß über der langsamen, langen Reise ihrer Gedanken und ihres Verstandes in Wirklichkeit gerade ein Augenblick vergangen war, und das berührte sie auf geheimnisvolle Weise. Zwei Tische weiter und durch zwei Reihen

von Schultern von ihr getrennt saß er und rauchte, der Qualm wand sich empor und durch die dicke, heiße Luft zu ihr herüber und kam dennoch nicht beschmutzt bei ihr an, sondern hatte wie vordem immer noch eine bittere Frische. Sie spürte das sprachlose, richtungslose Strahlen seines Herzens und lebte auf in diesem Strahlen. Alles, was sie tat, hatte darin seine Bedeutung und war von glücklichem Eifer beseelt. In diesem Augenblick wurde sie um ein Ideal reicher.

Eine Stunde nach dem Abendessen sollte im Speisesaal eine Tanzveranstaltung stattfinden. Nachdem die Tische herausgeräumt worden waren, zog sie sich auf ihr Zimmer zurück und schloß sich im Badezimmer ein. Sie stand lange vor dem Spiegel und musterte ausgiebig ihre Gestalt, und aus dem Spiegel schien sie ein zweites Selbst anzusehen, das den Kopf voll zu haben schien von Dingen, die es loswerden wollte und dann doch schwieg in vollkommener Übereinstimmung von Herz und Verstand. Sie bewegte ihr Gesicht leicht hin und her und untersuchte jeden Winkel darin. Da schien ihr das Spiegel-Selbst plötzlich gänzlich fremd, als kennte sie sich gar nicht und müsse sich von neuem kennenlernen und erforschen, um mit jenem Selbst warmzuwerden. Aber es blieb dabei: Sie kannte sich kaum. Sie war sich fremd, fern und doch merkwürdig vertraut. Entschlossen beendete sie ihre Selbstbetrachtung, stieß die Tür auf und trat hinaus. Sie wußte nicht, wieviel Zeit verstrichen war, das Zimmer jedenfalls war genauso leer wie zu dem Zeitpunkt, da sie es betreten hatte. Die junge Schriftstellerin war zwischendurch gar nicht gekommen oder schon wieder fortgegangen.

Sie legte sich hin und schloß die Augen, um durchzuatmen. Es war ein harter Tag gewesen, und doch fühlte sie keine Anzeichen von Überanstrengung. Unter den geschlossenen Lidern spürte sie, wie ihre Pupillen hin und her jagten. Es war fast beunruhigend ruhig im Zimmer, kein Laut drang herein, als seien die Menschen allesamt spurlos verschwunden. Sie lag bewegungslos und lauschte angestrengt auf ein Glucksen und Rauschen, das von draußen hereindrang. Regnete es? Sie richtete sich halb auf, um aus dem Fenster zu sehen – doch draußen war es pechschwarz und nichts war zu sehen, und das Wasserrauschen übertönte jedes andere Geräusch. Sie überlegte kurz, stand auf und ging auf die Terrasse hinaus. Der Mond stand am Himmel, war nur halb zu sehen und beleuchtete die Wolkenschwaden, die über dem See verschwommen dahinglitten; das laute Rauschen kam von einer Gebirgsquelle, deren Wasser sich seinen Weg bahnte in einen Bach, der dem Blick verborgen blieb durch dicht stehende Bäume, die einzig dem Klang seines mächtigen Rauschens freie Bahn ließen. Aufmerksam lauschte sie dem unablässigen Strömen des Quellwassers und spürte ein leichtes Fieber in sich, als warte sie auf irgend etwas. Ich warte darauf, daß der Tanzabend eröffnet wird, sagte sie sich. Also spannte sie alle Sinne an im Warten auf den Beginn des Tanzabends. Doch als sei sie es leid, wurde sie bald darauf erneut nervös und kam in eine völlig unnötige Unruhe. Doch sie wollte sich diese Unruhe nicht gestatten und legte sich wieder auf ihr Bett. Ihre Pupillen bewegten sich lebhaft unter den Lidern und beschleunigten ihren Herzschlag. Da drang verschwommen das gleichmäßige Wogen einer Walzermelodie an ihr Ohr, und nichts hielt sie mehr auf dem Bett. Sie warf sich ihre Jacke über die Schulter und verließ das Zimmer. Der Flur lag merkwürdig ausgestorben da, als habe man sich verschworen, sie zu meiden, dachte sie gekränkt und wütend zugleich und beschloß, sich umso zurückhaltender zu verhalten. Langsam näherte sie sich dem Ende des Flures, betrat die Treppe und ging behutsam hinunter. Die Tür zum Speiseraum war geschlossen, strahlende Festbeleuchtung illuminierte den Saal, Menschen wogten an der Milchglastür vorüber, die Musik dröhnte, es war jedoch kein Walzer, sondern ein schneller Vierer. Der Tanzrhythmus schien sich ihr aufzudrängen, er peitschte das Blut in ihren Adern auf und ließ ihr keine Ruhe. Nichts hielt sie mehr, und indem sie zwei Schritte statt dreien machte, war sie auch schon an der Tür und stieß sie auf. Im Saal eine einsame, weite Tanzfläche, auf der sich vereinzelt einige Unbekannte anmutig drehten, vermutlich Bedienstete des Kurhauses. Sie war verwirrt und konnte weder vor noch zurück. Da wurde die Tür hinter ihr erneut aufgestoßen, und die anderen drängten so ungestüm herein, daß der Saal im Nu von Lärm erfüllt war. Ihr fiel ein Stein vom Herzen, und doch schämte sie sich auch ein wenig für ihr eigenes Ungestüm. Sie entdeckte ihn ganz hinten, wie immer rauchend.

Weil mehr Männer als Frauen da waren, gönnte sie sich fast keine Pause. Er aber forderte sie nicht ein einziges Mal auf. Ihre Tanzpartner standen beinah Schlange – bei jeder Frau standen die Männer fast Schlange –, sie beide aber kamen den ganzen Abend nicht zueinander. Jeder tanzte mit seinen Partnern, bald am entgegengesetzten Ende des Saales und ohne Blickkontakt, bald dicht aneinander vorbei und hintereinander her. Fast stießen sie bei einer Drehung zusammen, sahen bedauernd auf und lächelten verständnisinnig und in wortlosem Einverständnis, als hätten sie ein Geheimnis zu hüten. Sie spürte ihr Herz ruhiger schlagen und war so glücklich, als habe sie kurz zuvor etwas verloren, das sie nun wieder zu fassen bekommen und damit ihr Selbstvertrauen wiederhergestellt habe. Von da an leuchtete sein stummer, richtungsloser Blick, und sie wandte nicht mehr den Kopf oder drehte die Augen, sondern war tief beruhigt. Sie tanzte aufmerksam, mit leicht gehobenem Kopf, und ihre Fußspitzen führten hübsche Muster aus. Hoch oben an der Wand sah sie eine Uhr, deren Zeiger darauf hinwiesen, daß bereits zwei Stunden vergangen waren, doch vermochte sie keine Uhrzeit auszumachen und verstand auch den Sinn der Zeiger nicht, sie starrte nur unverwandt auf das Zifferblatt. Als sie unter der riesigen Uhr hindurchtanzte, sah sie im matten Licht eini-

ger Strahlen, die sich bis dorthin verirrt hatten, daß auch er unter der Uhr hindurchtanzte, sah, daß auch viele andere unter der Uhr hindurchtanzten.
Erst tief in der Nacht fanden sie zusammen. Es war ein schneller Vierer, bei dem die Füße keine Sekunde Ruhe hatten; sie kamen gar nicht zum Denken, sondern konzentrierten sich ganz auf ihre Füße, suchten in hektischer Geschwindigkeit im Rhythmus zu bleiben und kamen nicht einmal auf den Gedanken, ihn einfach halb so schnell zu nehmen wie all die ruhigeren Paare um sie herum. Da sie so schnell begonnen hatten, mußten sie nun in demselben Schritt weitermachen, und sie fürchteten sich ein wenig davor, anzuhalten oder zu verlangsamen: als würde irgend etwas geschehen, sobald sie nicht weitertanzten.
Wie im Fluge war der Tanz vorüber. Als die Musik verstummte, ließen sie einander sofort los, ihre Handflächen waren naß, ob von ihrem Schweiß oder von seinem oder vom Schweiß von beiden, wer weiß. Hastig gaben sie die Hand des anderen frei. Er hätte ihr eigentlich danken müssen, dankte aber mit keinem Wort, sie hätte eigentlich leicht lächeln müssen, verzog aber keinen Mundwinkel. Die Musik war vorüber, und wie lebhaft, aufregend und reich an wunderbaren, heimlichen Zweisamkeiten der Tag auch gewesen war – einmal mußte der Vorhang fallen.
Der nächste Tag war der Tag des Ausflugs zur Höhle der Unsterblichen.

Als in der Frühe die Sonne aufging, hob sich der Morgendunst, blaue Berge, steile Felsklüfte, Krüppelkiefern und kleine Zypressen tauchten wie aus dem Chaos erstanden auf, schüttelten die Nebelschleier von sich ab und traten allmählich ganz daraus hervor. Wie erwachend, ja wie lebendig geworden, so sanken die Dunstschwaden staubwolkengleich herab, leicht

und wattig und Schicht für Schicht, bis sie ganz unten auf dem gewundenen Bergweg ruhten. Die Erde wurde feucht, auf den Spitzen der Grashalme funkelten glitzernd grüne Wasserperlen. Die Sonne schien ungehindert auf die Körper nieder, warm und klar.
Sie brachen zu ihrem Weg durch das Verwunschene Tal, zur Höhle der Unsterblichen auf. Berge und Täler schienen wie eine kreisförmige Bühne, auf der Wolken und Nebel ihr magisches Spiel vom ewig wechselnden Sammeln und Auflösen, von sich ändernder Dichte und Luftigkeit vorführten und die Hügel des Tales, Felsen, Bäume und Sträucher in wunderlicher Gestalt und absonderlicher Verkleidung auftraten. Die Sonne glühte vom Himmel herab und ließ Berg und Tal in blendender Pracht erstrahlen, und Wolken, die ebenso weiß wie weich waren, wehten wie Lebewesen darüberhin. Sie blieben als ewige Dekke über dem tiefen Tal liegen und verhinderten einen Blick auf dessen ganze Ausdehnung und Beschaffenheit. Sie waren der harmlose Schmuck dieses scheinbar unendlich tiefen Tales, und wehe dem, der auch nur einen halben Schritt hineinsetzte: er stürzte in den sicheren Tod. Plötzlich – und wie zufällig – riß die Wolkendecke auf und gab einen Teil der schier bodenlosen Tiefen darunter preis, doch im nächsten Augenblick – sie hatten kaum einen Blick hinuntergeworfen – war sie geschlossen wie zuvor, entfaltete ihre weißen Ränder wie Blütenblätter und tarnte sich wieder, erfrischend und beruhigend zugleich, mit ihrer alten Maske. Und doch blieb angesichts dieser Tarnung hie und da ein Unbehagen.
Sie wanderte den schmalen Bergpfad hinauf, der sich dem Tal entlang in großen Schlaufen in die Höhe wand und es immer weiter unter sich zurückließ. An der gegenüberliegenden Felswand sah sie das Stück des Weges, das sie gerade hinter sich gelassen hatte, schmal und uneben, und wie eine weiße Linie, die mit einem kühnen Pinselstrich auf den Fels gemalt worden war, zog eine lange Reihe von

Ausflüglern ohne Anfang und Ende ameisengleich dahin. Obwohl es bereits Herbst und die Hauptsaison vorüber war, reisten noch viele Touristen durch das Lushan-Gebirge.

Das Tal wurde immer tiefer, und schon wagte sie nicht mehr, den Blick vom Weg vor ihren Füßen zu lösen aus Angst, in einem Moment geistiger Verwirrung ihren Schritt in die Wolken zu lenken. Diese Wolken waren von so bezauberndem Reiz, daß man das Bedürfnis verspürte, sie zu berühren. Sie bekam Herzklopfen und faßte unwillkürlich nach der steinernen Wand an ihrer Seite. An einem scharfen Felsgrat riß sie sich die Hand blutig, doch die Wunde gab ihr ein Gefühl von Sicherheit und Gelassenheit. Sie atmete auf. Dann blieb sie stehen, und an die Felswand gelehnt ließ sie die eiligeren Fußgänger vorgehen, nahm ihren großen, weißen Sonnenhut vom Kopf und stopfte ihn kleingefaltet in ihren Rucksack. Dann fiel ihr Blick erneut auf die gegenüberliegende Felswand, wo auf dem Weg, den sie gerade hinter sich gelassen hatte, jene nicht enden wollende Ameisenreihe dahinwanderte: hart an dem steil emporragenden Fels und dem abgrundtiefen Tal entlang und dabei lebendig wie die Arbeiter unter diesen Insekten. Sie stand wie festgewurzelt, die Sonne schien ihr mitten ins Gesicht, und sie schwitzte.

Da zog plötzlich jemand an dem Schulterriemen ihres kleinen Rucksacks und erschreckte sie heftig, und als sie sah, daß er es war, schlug ihr Herz ein wenig schneller. Sie wunderte sich nicht, schien sie doch seit dem Morgengrauen auf ihn gewartet zu haben. Nein, seit gestern abend schon wartete sie, oder noch länger schon, bevor noch die Maschine mit der Flugnummer 1157 gelandet war, hatte sie bereits gewartet. Er war nicht unverhofft, nicht unvorhergesehen gekommen, und so war sie nicht unvorbereitet. Er entriß ihr den Rucksack und warf ihn sich über die Schulter. Er selbst trug keinen – der Tabak in seiner Jackentasche war alles, was er bei sich hatte. Da ihr Rucksack

nun über seiner Schulter hing, konnte sie nicht anders, als ihm zu folgen. Sie mußten gemeinsam weitergehen, denn in der Tasche befanden sich Dinge, die sie jederzeit würde gebrauchen können: Fächer, Handtuch, Geldbeutel, und so weiter. Also setzten sie ihren Weg gemeinsam fort. Er hatte ihre Ängste sofort durchschaut und ließ sie an der Felswand gehen, während er sich am anderen Wegesrand hielt und sie vor dem Abgrund schützte. Eine lotosblumenförmige Wolke flog so dicht an seinem Fuß dahin, daß seine Zehen fast ihre Blütenblätter berührten. Er aber ließ sich nicht aus der Ruhe bringen, wanderte weiter, und auf seinen Schuhen sah sie winzige Wasserperlen aufblitzen.
Die Sonne stand hoch am Himmel, und indem sie die Wolken durchleuchtete, ließ sie Schicht für Schicht eine trügerische Welt entstehen, eine Fata Morgana. Kiefern und Zypressen breiteten behaglich ihre Arme aus, Felsen hoben geruhsam den Kopf, und zwar so ungezwungen, frei und ungestört, als fühlten sie sich hier heimisch. In dem Wissen um den Schutz seiner breiten Schultern glitt ihr Blick Stück für Stück über skurrile Steinbrocken und sonderbar gewachsene Bäume an den Hängen des Tales hinab und stieß in der Tiefe auf ein Gebüsch blutroter Azaleen, die sich in einem unvorstellbar roten Farbenmeer in grimmiger Schönheit zum Blühen geöffnet hatten. Sie konnte ihren Blick nicht abwenden, obwohl es ihr vor den Augen brannte, und senkte ihn stattdessen nur immer tiefer hinein, ihre Augen ließen sich nur mühsam losreißen, um sich an den verdorrten Reben der Schlucht entlang Stück um Stück mühsam wieder nach oben zu hangeln. Die Sonne stand schräg, und das Tal war plötzlich wieder mit Wolken zugedeckt.
Er hielt inne, wollte rauchen. Sie blieb stehen, um auf ihn zu warten. Aus der Tasche seines kurzärmeligen, dünnen Hemdes zog er Zigaretten, eine einfache Sorte, aus der Hosentasche ein Feuerzeug, keine gewöhnliche Sorte: schmal, flach und schwarz, golden plattiert. Er wollte seine

Zigarette anzünden, doch der Wind aus dem Tal blies das Flämmchen aus. Hastig legte er seine Hände um das Feuerzeug, die Flamme flackerte, kämpfte und erstarb von neuem. Er hielt seine Hand schützend nach Osten und der Wind kam von Westen, er hielt sie nach Westen und der Wind kam von Osten, er beugte sich vornüber, da wehte es von unten, und schließlich reckte er sich empor, da kam der Wind vom Himmel herunter. Der Wind blies aus allen Richtungen, umgab ihn von allen Seiten und umkreiste ihn. Es war der Wind des Verwunschenen Tales. Er war verurteilt, seine Zigarette nicht anzünden zu können, verurteilt jedenfalls, sie nicht alleine anzünden zu können. Schließlich mochte sie es nicht mehr mitansehen, trat auf ihn zu und streckte vor ihm stehend beide Hände aus, um sie behutsam um das zitternde Flämmchen zu schließen. Es flackerte heftig inmitten der gerundeten Wände ihrer Handflächen, verlosch jedoch nicht. Da nahm er hastig zwei große Züge, die Zigarette glühte nochmals auf und brannte endlich. Im Augenblick des Aufglühens hob er seinen Blick und sah sie an. Sie standen dicht voreinander, er und sie, zum Greifen nahe. Sein wirres Stirnhaar berührte beinah das ihre, beider Augen sahen einander aus nächster Nähe, ihre Blicke zwei abgerissene Seidenfäden, die sich in der Luft leicht berührten, trafen, verbanden und verstrickten und sich langsam zu einem Netz verwoben. Da ließ sie unvermittelt die Arme sinken, und das Flämmchen erlosch.

Sie wußten nicht, wann und wie sie sich wieder in Bewegung gesetzt hatten, um das Verwunschene Tal zu umrunden. Sie waren, ohne es zu merken, weitergegangen. Wie in einer Schlinge bewegten sie sich in dem unentrinnbar scheinenden Tal – was für ein langer Weg es doch war! Die Sonne hatte den Tau verdunsten lassen, der Weg war nun trocken und weich, und im Tal wogten weiße Wolken wie Wellen vor und zurück.

Deutlich hörbar stapften sie durch das verdorrte Gras. In-

dem sie leicht den Kopf hob, um an dem steil emporragenden Fels neben sich hinaufzusehen, und er in das Tal an seiner Seite blickte, rückten ihre Blicke weit auseinander und zogen die verwobenen Spinnfäden in die Länge, ohne sie zu zerreißen. Sie wußte, daß jenes seit langem angezeigte Ereignis nun endlich stattfinden würde, daß die unruhigen Vorahnungen der letzten Tage nun eingelöst und Antworten finden würden. Das flößte ihr Ruhe ein. Endlich löste sie ihren Blick beruhigt von der Felswand. Weiter vorne herrschte reges Getriebe, und nach einer Biegung kamen sie zur Höhle der Unsterblichen.
Sie stiegen ein paar Stufen zu einer Plattform hinauf, auf der dichtes Menschengedränge und ein Höllenlärm herrschten. Verwirrt suchten sie sich zu erinnern, wo sie sich eigentlich befanden. Sie drängten sich an einem steinernen Tisch innerhalb der steinernen Brüstung zu anderen, und als sie sich setzten, entdeckten sie ihre Leute fast vollzählig um einige Tische herum versammelt diese aromastoff- und zuckerversetzte, gallenbittere und klebrigsüße Limonade trinken. Sobald sie die beiden bemerkten, erhob sich ein ermunterndes Geschrei, sie sollten sich jenseits des Geländers unter eine Kiefer stellen für ein Foto.
Der Nieselregen, der eingesetzt hatte, gab ihnen das Gefühl, wieder unter Menschen zu sein, und trotz des schier unerträglichen, lärmenden Durcheinanders spürten sie eine tiefe Ruhe in sich, ihr Streben war auf anderes gerichtet. Sie ließen sich bereitwillig von den anderen herumkommandieren, plauderten mit ihnen, aßen Melonenkerne, und er rauchte. Immer noch war eine Zigarette schwer anzuzünden, aber sie half ihm nicht noch einmal. Der Augenblick, da sie die Flamme mit ihren Händen umschlossen hatte, war so kostbar und wertvoll, daß ihr eine Wiederholung wie eine Entwürdigung vorkam. Für ihn wie auch für sie war es etwas von ganz besonderer Bedeutung gewesen, das man unter keinen Umständen mißbrauchen durfte, denn jeder Mißbrauch würde alles so verfäl-

schen und banalisieren, daß es Sinn und Wert einbüßte. Es war etwas, von dem nur sie und er wußten und es verstanden, das einzig ihnen beiden gehörte. Ein Geheimnis. Inmitten dieser Menschenmassen etwas absolut Privates zu besitzen, kann so viel Glück bedeuten, daß man sich reicher fühlt als alle anderen. Aus diesem Glücksgefühl heraus war sie nun viel weitherziger als zuvor, gewann nach und nach die Sympathien aller, bis es niemanden mehr in der Gruppe gab, mit dem man besser auskam, niemanden, dem mehr Glück widerfuhr als ihr. Sie unterhielten sich interessiert jeder mit seinem Gesprächspartner, achteten aufmerksam auf jedes Wort des anderen, und ohne einander anzusehen, war jeder Satz, jede Regung ihrer Miene für den anderen bestimmt. Sie schienen an einem Komplott beteiligt, und daß niemand außer ihnen daran teilhaben konnte, erhob sie über alle anderen.
Erbarmungslos brannte bald wieder die Sonne auf sie nieder, doch sie wandte sich nicht an ihn, um ihren Rucksack wiederzubekommen und den Sonnenhut herauszuholen. Sie wollte möglichst wenig Worte mit ihm wechseln, wenig Kontakt mit ihm haben, als befürchte sie, ein nicht sehr gefestigtes oder gar auf wackligen Beinen stehendes Einverständnis zu zerschlagen. Sie wollte vermeiden, ihr wertvolles gegenseitiges Verstehen zu mißbrauchen. Er schien ebenso zu denken, denn er ging fortan nicht mehr neben ihr her, obwohl ihr Rucksack noch über seiner Schulter hing, ihn schützend und von ihm beschützt. Weit voneinander entfernt war jeder in die Menge eingeschmolzen, und das Verwunschene Tal war ein Traum geworden, ein Traum, der ständig in ihrem Innern lebte und sie von Zeit zu Zeit aufleben ließ und den sie ab und zu auffrischten. Und was für ein Glück bedeutete es, mit einem anderen Menschen über weite Entfernung hinweg dasselbe Geschehen immer neu zu durchleben. Sie hüteten ein großes Glück, als sie den schmalen Pfad entlangschritten, eingeschlossen in die Menge und eingebunden in das Stimmen-

gewirr vieler Unterhaltungen. In diesem Augenblick schienen all die Menschen um sie her bloß noch Staffage für ihre Geschichte zu sein.
Am Nachmittag fand eine Versammlung im Sitzungsraum des Kurhauses statt, und da man ohnehin immer über Literatur diskutierte, war kein konkretes Thema festgelegt worden. Redakteure und Jounalisten waren einzig hergekommen, um möglichst viele Informationen zu bekommen und füllten im Kreise sitzend schon früh den Sitzungsraum. Gegen drei Uhr fanden sich nach und nach die Schriftsteller ein und nahmen Platz. Zu Beginn herrschte wie gewöhnlich eine geschlagene halbe Stunde Stille, dann übte man sich wie gewöhnlich eine halbe Stunde lang in höflichem Einander-den-Vortritt-Lassen, und dann begann man allmählich, ernsthaft zu sprechen, anfangs zurückhaltend, dann aber gerieten die Redner immer tiefer in einen Sog hinein und wurden von einer solchen Leidenschaft ergriffen, daß originelle Standpunkte und hitzige Formulierungen nur so hin und her flogen, worauf sofort energischer Widerspruch zurückbrandete. Bei genauem Hinhören wurde deutlich, daß es gar keine Erwiderungen auf die Argumente des Vorredners waren, sondern daß ein Bruchstück von dessen Rede zum Anlaß genommen wurde, sich in eigenen gescheiten Feststellungen zu verbreiten. So wurden siebzehn, achtzehn weder ausgewogene noch gegensätzliche Diskussionspunkte im luftleeren Raum hin und her geschoben, das Gespräch war ohne roten Faden und ohne eigentliches Zentrum: Ich rede hierüber, du redest darüber. Redakteure und Jounalisten hielten die Köpfe gesenkt, kritzelten eilig auf ihrem Notizpapier und waren ängstlich bemüht, alles mitzubekommen, denn jede Silbe schien ihnen von so weitreichender Bedeutung, daß ein Verlust unendlich bedauerlich gewesen wäre.
Sie bildete die einzige Ausnahme. Die schillernden Gedanken wühlten sie außerordentlich auf, weil sie beson-

ders klug war und Verstand und Gefühl hatte und all das nicht selbstverständlich und wie eine Alltäglichkeit hinnehmen wollte. Es stand in mit jedem Argument größer werdendem Kontrast zu der Lebens- und Arbeitsweise, die ihr Beruf erforderte. Die Manuskripte vieler der anwesenden Schriftsteller waren durch ihre Hände gegangen, sie hatte Zeile für Zeile die Zeichen korrigiert und umgeschrieben, den Umbruch im Schriftsatz gemacht, Illustrationen geprüft, alles in die Druckerei geschickt, wiederbekommen und die Druckfahnen nach Auslassungen und Fehlern durchkämmt. Gedanken waren zu Artikeln geworden, die Artikel in Sätze und die Sätze schließlich in Zeichen zerlegt worden in einer letzten Auflösung und Reduktion, bei der die Zeichen jede Bedeutung verloren hatten. Wie schal war doch die Arbeit, die sie den lieben langen Tag gemacht hatte, Jahr um Jahr hatte sie an eine so abgeschmackte Tätigkeit verschwendet und es nicht einmal gemerkt. Sie hatte das Gefühl, in ihrem Körper, in ihrem Kopf sei etwas aufgeweckt worden, ein lebendiges Wasser, das nun in nicht abreißendem Strom dahinfloß. Sie war wahrhaftig ein neuer Mensch geworden.

Sie hatte gut daran getan herzukommen – es wäre ein Unglück gewesen, wenn sie es nicht getan hätte. In diesem Augenblick fiel ihr Blick auf ihn. Er saß am Kopfende eines langen, weiß gedeckten Tisches und fing gerade an zu sprechen. Nach einem Satz senkte er den Kopf, um sich eine Zigarette anzuzünden, mit vorgestülpten Lippen hielt er den Rauch im Mund, runzelte die Stirn und kniff die Augen zusammen, als wehe ihn der Qualm unangenehm an. Das Feuerzeug flackerte auf und erlosch. Da schien auch in ihr auf einmal etwas verloschen zu sein, und sie wurde ganz trübsinnig. Die phantastische Landschaft des phantastischen Verwunschenen Tales verfinsterte sich und verlor sich spurlos in diesem verqualmten, von Menschen brodelnden Raum. Im Angesicht seiner wirklichen, sichtbaren Person zerriß ihr Kontaktfaden aus dem Verwun-

schenen Tal, zerfiel zu Staub, zu feinem durchsichtigem Pulver, das in alle Winde zerstreut wurde und verschwand. Da spürte sie eine bodenlose Leere in sich. Kein Wort hatte sie gehört von dem, was er gesagt hatte, ihr Stift ruhte und begann dann, fünfzackige Sterne zu zeichnen und miteinander zu verbinden, einen nach dem anderen. Sie hatte nur mitbekommen, daß er sich nicht so aufregte wie andere, daß er wie immer ungewöhnlich zurückhaltend war und nicht die Fassung verlor, daß er nicht viel redete, aber viel sagte. Und sie wußte noch, daß die Kollegen noch stiller geworden waren und ihm mit konzentrierter Aufmerksamkeit zugehört hatten, daß die Darlegung seiner Ansichten von großer Wichtigkeit waren. Sie wußte, daß er sich verdient gemacht hatte, ja sie wußte um seinen Wert. Und gleichzeitig bekam sie Angst: Angst, das im Verwunschenen Tal Geschehene sei pures Hirngespinst gewesen, nichts als ein Phantasiegebilde, und von tiefer Unruhe aufgewühlt, wollte sie es ergreifen, berühren, spüren – gleichgültig wie hoch in den Lüften schwebend, wie verworren und unantastbar es sein mochte.
Da zuckte sie plötzlich heftig zusammen, denn genau über ihr schlug dröhnend ein gewaltiger Gong an, dem von weit außerhalb ein leises Klingel-Echo folgte. Sie war unsicher, doch als sie sah, daß der Raum in Bewegung geriet, machte auch sie Anstalten, die Versammlung für beendet zu erklären. Dann erst kam ihr der Gedanke, einen Blick dorthin zu werfen, wo hoch oben an der Wand die große Uhr hing. Demnach mußte das ferne Klingeln das Signal zum Essen gewesen sein. Den Kopf in den Nacken gelegt, sah sie etwas verstört auf die mächtige Uhr, erhob sich langsam und folgte dem Menschengedränge zur Tür hinaus. Wieder schlug die Uhr ein vibrierendes Gong-Gong-Gong, und sie ließ sich mit den anderen treiben wie eine entwurzelte Insel im Meer, fast willenlos wurde sie vorwärtsgedrängt, immer weiter.
Nach dem Abendessen wieder Tanz. Hier in den wilden

Bergen waren die Nächte sehr einsam. Die Berge hielten sich hinter Wolkenbänken verborgen, als sei dort ihr Zuhause. Nicht weit von hier sollte zwar das Örtchen Guling liegen, aber wenn Städter hierherkamen, so taten sie es um der Landschaft willen. Guling war uninteressant, und wenn erst überall obdachlose Touristen herumlungerten, war es nicht halb so attraktiv wie der Tanz hier: nicht so voller Leben. Sie wollte eigentlich nicht wieder tanzen gehen, im stillen aber auch nicht verzichten, und nach langem Zögern ging sie schließlich doch. Als sie den Saal betrat, waren schon fünf, sechs Tänze vorbei, und man war gerade auf ihr Fehlen aufmerksam geworden. Um die auf der Tanzfläche umherwirbelnden Paare herum ging sie auf Zehenspitzen an der Wand entlang bis zu einem quadratischen Tisch, an dem sie sich niederließ. Als die Musik einen Moment verstummte, drang von draußen das Murmeln des Wassers herein und erzählte Neuigkeiten von den Bergen. Genau in diesem Augenblick kam er auf sie zu, ja, es war kein Zweifel möglich, er kam auf sie zu. Aber vor ihm waren schon andere da, die auf sie zugingen, und da verlangsamte er offenbar einen halben Schritt lang sein Tempo, merkte es selbst und zögerte, als erwäge er umzukehren. Nichts zu machen: Ihr blieb nur, aufzustehen und ihm entgegenzugehen, denn wenn sie auch nur eine halbe Sekunde wartete, würde er sich zurückziehen. Mit ihrem ersten Schritt aber hielt sie ihn fest. Erst als sie schon zehn Drehungen hinter sich hatten, wurde ihr bewußt, daß sie mit *ihm* tanzte – zu nah war sie ihm und zu vertraut. Plötzlich bekamen der eigentlich bedeutungslose Abstand der Tanzpartner und deren Haltung in ihren Augen eine ganze Bandbreite von Bedeutungen. Vor Aufregung errötete sie leicht und fragte sich, wie sie eigentlich mit ihm hierher gekommen sei. Ihre Füße bewegten sich natürlich im Takt der Musik, und zusammen hatten sie auf Anhieb einen angenehmen Rhythmus gefunden. Aber sie waren alles andere als Könner auf dem Tanzparkett und mit dem

Tanzen nicht hinreichend vertraut, um zu tanzen und sich gleichzeitig zu unterhalten. Sie konnten sich nicht entspannen oder unterhalten und beglückwünschten sich im stillen, daß jedes Wort überflüssig war. Ihre Hand in der seinen, spürte sie seine Hand; ihr Atem mit dem seinen vermischt, spürte sie seinen Atem; und manchmal, wenn ihr Bein gegen das seine stieß, spürte sie in dem kurzen Stoß sein Bein. An der Seite seines wirklichen, spürbaren Körpers legte sich ihre Aufregung. Sie sah über seine Schulter hinweg in die Ferne, ihre Blicke flossen nun nicht mehr ineinander. Im Verwunschenen Tal waren sie das letzte Mal zusammengeflossen, und es war der heiligste Zusammenfluß gewesen, und jene Heiligkeit wollten sie nicht durch einen gewöhnlichen Blick kleinmachen. Sie trafen einander im Ausweichen, sahen einander im Wegschauen an. Plötzlich nahm sie ein heftiges Herzklopfen bei ihm wahr: Ihre linke Hand lag auf seiner rechten Schulter und spürte durch den Handballen das Pochen. Sie wußte, daß er nicht gleichgültig sein konnte, ausgeschlossen.
Die Musik würde gleich zu Ende sein, jeder Takt trug schon die Ahnung einer Schlußkadenz in sich, es war wie im Traum. Da hörte sie, daß er zu ihr sprach, dicht an ihrem Ohr und doch scheinbar aus weiter Ferne klang es klar, unschuldig, natürlich und einmalig unbeholfen. Es sei so stickig hier, sagte er, ob es nicht besser sei, vor die Tür zu gehen und sich dort zu unterhalten. Er sprach alltäglich und doch nicht alltäglich, als er sagte:
»Es ist so stickig hier. Ist es nicht besser, vor die Tür zu gehen und dort zu reden?«
Wenn jemandem nach ziemlich genau einem Tag diese Sätze einfielen, mußten sie symbolische Bedeutung haben.
Es ist so stickig hier.
Ist es nicht besser, vor die Tür zu gehen.
Und dort zu reden.
Jedes weitere Zögern schien überflüssig, Ablehnen absurd

und unnatürlich. Sie nahm ihre Jacke von der Stuhllehne, er Zigaretten und Feuerzeug vom Tisch, und sie gingen hinaus. Niemand achtete auf sie, denn es gingen ständig Leute ein und aus. Sie traten auf den Flur, die Tür schwang hinter ihnen zurück, schlug zu und trennte sie weit von Musik und Stimmengewirr. Auf dem Flur war es ruhig, und es war nur das leichte Tappen ihrer Schuhsohlen auf dem Terrazzoboden zu hören. Sie wußten nicht, wie sie sich zueinander verhalten sollten, sie wagten weder zu schweigen noch ihre Schritte zu verlangsamen. So hasteten sie dahin und plapperten drauflos: ein Versuch, durch gewöhnliches Gerede die Peinlichkeit des Augenblicks zu verscheuchen. Sie waren so befangen, daß die Reue sie ankam, und sie waren so nervös, daß sie fürchteten, alles zu zerstören. Aber mehr als alles andere fürchteten sie das Schweigen. Mit Zittern und Zagen begannen sie eine seichte, bedeutungslose Unterhaltung darüber, wie schlecht die Luft drinnen und wie frisch und klar sie draußen sei, daß es nachts kalt, aber gerade angenehm sei, daß das Wasser aus Gebirgsquellen süß, im Übermaß genossen aber womöglich ungesund sei. Es war unvermeidlich, daß sie sich wiederholten oder sich selbst widersprachen – aber ihnen blieb keine Zeit zu denken, denn aus Angst vor der Stille redeten sie immer hastiger drauflos. Denn mehr als alles andere fürchteten sie Stille. Im ganzen Haus war Stille und Licht, die Tanzmusik lag weit, weit hinter ihnen, und in diesem schutzlosen Raum leerer Stille und Helligkeit mußten sie etwas schaffen, das sie schützte. Ihre lärmende Unruhe machte die verlassene Ruhe des Raumes zunichte, eine Ruhe, die einer merkwürdigen Substanz glich, und sie spürten den Druck dieser Substanz. Und dann war die Stille wie eine tiefe Schallwelle, die als durchsichtige Membran auf dem Wasser schwebte; ihr Gerede störte den gleichmäßigen Lauf des Wassers, und sie hörten, wie sein Strom unterbrochen wurde. Laut palavernd traten sie auf die Eingangsstufen des Kurhauses

hinaus und wurden plötzlich der Berge gewahr, der hinter Dunstschwaden verborgenen Silhouetten des Gebirges. Ungestört von Menschen lebten die Berge dort und schienen eine friedliche Unterhaltung zu führen. Da verstummte das Geplapper. Plötzlich war nichts mehr unpassend oder peinlich, denn eingehüllt in den Mantel der Dunkelheit hatten sie etwas, um ihre Körper zu bedecken, waren nicht länger nackt und brauchten sich nicht mehr zu schämen. Die Berge verstanden die Absichten der Menschen und durchschauten alles, wenn sie auf sie hinabblickten, so daß es keiner Tarnung mehr bedurfte. Nach und nach fiel daher jede Maske von ihnen ab, und erleichtert, frei und ungezwungen standen sie auf den Eingangsstufen, ohne los- und in den Nebel und die Finsternis hineinzugehen. Als sei es noch nicht an der Zeit. Sie blieben wie auf Verabredung auf der Treppe stehen. Draußen in den Nebeln schien sich eine dem Menschen unbegreifliche Welt zu rühren.
Die Sterne beleuchteten die höchsten und fernsten Gipfel der Bergkette, unsichtbar gurgelte das Wasser des Gebirgsbaches und hielt Zwiegespräch mit dem Rauschen des Windes in den Bäumen.

Die Sonne ging auf wie am Vortag. Sie und er aber waren nicht mehr die Sie und der Er vom Vortag. Und darum hatte sich auch die Sonne verändert und ging an einem Ort auf, der weder Osten noch Westen war. Von nun an war es gleichgültig, wie weit sie von ihm entfernt war, wieviel Stufen bei dem langsamen Marsch auf dem Bergpfad zwischen ihnen lagen – sie war tief beruhigt. Als sei sie ein zweites Mal geboren worden, so frisch erschien ihr die Welt und so voller Neugier und Leben war sie. Sie stieg schier endlose neunhundertsechsundfünfzig Stufen hinab, und jede einzelne betrat sie um seinetwillen, und nur um seinetwillen ermüdete sie nicht, noch wurde es ihr langweilig, und selbst als sie am Ende ihrer Kräfte angelangt war, war sie noch voller Freude und Begeisterung. Unter dem aufmerksamen Blick seiner Augen wurde sie jedoch umso nervöser und fürchtete nichts mehr, als durch ein Mißgeschick häßlich dazustehen, und mit nie gekannter Sorgfalt wachte sie über die Figur, die sie in seinen Augen machte. Eine bildschöne Figur war es, so schön, daß sie ihr selbst fremd vorkam. Um ihrer selbst und um seinetwillen schonte sie ihr neues Selbst, denn stieße ihm irgendein Schaden zu, so würde es sie verletzen und ihn verletzen und seinen wachsamen Blick zerstören und seine Gefühle.

Gefühl, hatte sie gedacht. Das war lange her und hatte ein anderes Gesicht angenommen, und als ihr dies nun in den Sinn kam, schlugen die Wogen der Erregung hoch. Neunhundertsechsundfünfzig Treppen ging es Stufe um Stufe bergab, schon war das Rauschen der gewaltigen Wassermassen zu hören, die in drei Stufen zu Tal stürzten, und das Echo, das von den jäh abfallenden Felsmassiven zurückschlug. Schritt für Schritt eilte sie den Treppenpfad bergab, die regelmäßigen Stufen verschwammen, wenn man lange genug darauf hinstarrte, zu einer ebenen Bahn und reihten sich wie Schienenschwellen endlos aneinander. Leicht abwesend stockte sie und hob den Kopf zum Himmel, und der blaue Himmel war von Bergen ringsum eingefaßt wie das Loch eines Brunnens. Immer tiefer marschierten sie in die Schlucht hinein. Von dem blauen Himmel und den graublauen Bergketten kehrte ihr Blick plötzlich auf die eigenen Füße zurück, und sie fuhr zusammen: Beinah wäre sie von einer Stufe abgerutscht. Der felsige Weg vor ihr fiel just im Augenblick ihrer kurzen Geistesabwesenheit jäh ab, und während sich genau vor ihren Füßen ein Abgrund auftat, dröhnte ihr das Tosen der Wassermassen in den Ohren wie ein Grollen der Berge. Eine Menschenschlange wand sich auf der Steintreppe dahin wie eine kurvenreiche Ameisenkolonne, und sie sah seine Gestalt von hinten; er beobachtete sie mit seiner Rückansicht. Die Aufmerksamkeit seines Rückens auf sich gerichtet, wanderte sie mit sicherem Schritt gelassen treppab. Die eindeutig neunhundertsechsundfünfzig Stufen schienen endlos, die klare Endlosigkeit aber waren doch nur zählbare neunhundertsechsundfünfzig Stufen. Ihr Sehnen galt nicht dem dreistufigen Wasserfall, denn sie glaubte nicht, daß er erreichbar sei. Und doch mußte sie weitergehen, und es blieb ihr keine andere Wahl, als Stufe um Stufe bergab zu steigen, als treibe ihr Schicksal sie vorwärts, als treibe sie eine Art Fatalismus. Sie sah nichts als seinen Rücken, alles andere um die Treppen herum verschwand, nur sein Rücken blieb, der ihr schwankend und schwebend den Weg wies.

Gerade als sie ein Gefühl der Verzweiflung überkommen wollte, ertönte lautes Hallo, mit dem die anderen dem dreistufigen Wasserfall zujubelten und den neunhundertsechsundfünfzig Stufen zujubelten. Da erst wurde ihr klar, daß es zum Wasserfall eigentlich gar nicht weit war und man die neunhundertsechsundfünfzig Stufen geradezu an den Fingern abzählen konnte. Durch eine Gruppe dicht stehender Bäume sah sie eine Ansammlung von Menschen, sah die Gebirgsbäche, und dann fiel ihr Blick auf unendlich weiße Weiten, das Tal, das Tal im Tal, das Tal bodenloser Abgründe. Dann sah sie endlich die steil emporragenden Felswände, und an den in den Himmel gestreckten Felsmassiven einen Wasserfall leise herunterplätschern. Inmitten des tosenden Wassers war der Wasserfall dort oben besonders ruhig. Und doch war er es, der das gewaltige Grollen im Tal in Gang setzte. Es war ein ohrenbetäubender Lärm, und von den fröhlich krakeelenden Menschen waren nur die Münder in stummer Bewegung zu sehen, denn das Wasserrauschen verschlang alle leiseren Geräusche – und leise waren sie alle außer dem des Wassers. Aus azurblauem Himmel floß dieses Wasser über die drei Stufen und neun Becken einer Felsklippe in die Tiefe, sanft und zärtlich wie eine Jungfer. Das Tal war erfüllt von lauten Rufen, von Rufen einer ewigen Hoffnungslosigkeit und einer ewigen Hoffnung.

Sie hatte die letzte Stufe erreicht und trat von der neunhundertsechsundfünfzigsten zitternd auf eine leicht geneigte Steinplatte, ängstlich besorgt, auszugleiten und geradewegs auf den Rand des Überhanges zuzuschlittern und die Felswand hinab und durch die Decke weißer Wolken hindurch in bodenlose Tiefen zu stürzen. Doch ihre Füße fanden festen Halt auf dem Gestein, die Schuhsohlen hafteten auf dem groben Fels und halfen ihr, Schritt für Schritt Abstand vom Rande des Vorsprungs zu gewinnen. Sie bückte sich, betastete einen Steinbrocken und ließ sich darauf nieder. So sah sie nicht mehr die Tiefe des Tales, sondern nur die weiße Wolkendecke, die darauf ruhte. Völlig reglos verharrte die wattige Masse – es schien reine Magie – und schwebte ohne jeden Halt in der Luft, nur: durch irgendetwas mußte sie doch gestützt werden, oder war es wirklich Zauberei? Sie verschnaufte und hing merkwürdigen Gedanken nach. Da fiel ihr Blick auf die anderen, die sich am Bach am Fuße der Bergwand tummelten und ein Handtuch einzufangen versuchten, das ins Wasser gefallen und im selben Augenblick zum Leben erwacht war und wie ein Fisch über steinige Untiefen, durch Biegungen und zwischen grapschenden Händen hindurch dahinschoß. Das Rufen und Lachen wurde vom Rauschen des Wassers vollkommen verschluckt, nur die Freudentänze der dem Handtuch Nachsetzenden waren zu sehen. Wie klein sie doch am Fuße der Bergwand schienen – Kinder geradezu! – und wenn sie ihnen so zusah, hatte sie das Gefühl, daß sie sich in unerreichbarer Ferne tummelten. Er beteiligte sich nicht an der Verfolgungsjagd, sondern saß rauchend auf einem Stein am Bach. Der lebhaft schäumende Bach hatte seine Schuhe und Kleider durchnäßt, selbst sein Haar war nicht trocken geblieben. Da er ihr den

Rücken zukehrte, drehte sie sich ebenfalls um, damit ihr Rücken dem seinen zugewandt sei.

Einander abgewandt saßen sie sich gegenüber und unterhielten sich sogar.

»Du bist voll innerer Ruhe«, sagte er.

»Du auch«, sagte sie.

»Du scheinst in diese Berge hineinzupassen«, sagte er.

»Diese Berge scheinen zu dir zu passen«, sagte sie.

»Es ist, als hätten die Berge dich herbestellt«, sagte er.

»Es ist, als hättest du die Berge herbestellt«, sagte sie.

»Aber es ist viel Lärm in den Bergen«, sagte er.

»In mir herrscht ebenfalls Aufruhr«, sagte sie.

»In mir auch«, sagte er.

»Wenn der Aufruhr vorüber ist, wird Ruhe herrschen«, sagte sie.

»Danke«, sagte er.

Der Bach plätscherte dahin und schlug hell gegen das Gestein. In schwindelnder Höhe stürzte das Wasser lautlos den Fels hinunter, das Blau des Himmels deckte das Tal zu, und am azurblauen Firmament machte sie den Mond aus, der hell und klar in dieses tiefe Tal leuchtete. Es war der Mondschein, der sich am Abend zuvor aufgemacht und an diesem noch nicht angekommen war, er war aufgebrochen und noch auf dem Wege.

Hier im Gebirge schienen die Körper zu schrumpfen, die kolossalen Bergmassive preßten sie zusammen, die Körper preßten die Seelen zusammen, und die Seelen wehrten sich, stießen durch die Schale der Körper ins Freie und kauerten haltlos an der rauhen Bergwand. Sie hatte das Gefühl, ihr Herz steige ihr im Körper immer weiter empor, sie spürte deutlich, wie es zu ihrem Kopf hinaus ins Freie trat und mit Händen greifbar schien. Aber sie bewegte sich nicht. Völlig erstarrt, ohne jede Regung, zog ihr Herz müßig herum und ließ sie links liegen.

Sonne und Mond schienen abwechselnd am Himmel über dem Tal. Es war, als seien -zigtausende von Jahren an diesem Ort ins Land gegangen, und sie wußte selbst nicht, was geschehen war, sie spürte nur, daß sie sich in dem steten Wechselspiel von Sonne und Mond verwandelt hatte, daß ein Selbst sich zurückgezogen, ein anderes Selbst ihr ganz nahe und sie ein anderer Mensch geworden war. Sie war sie selbst und war doch nicht sie selbst – Himmel, wie verwirrend! Voller Zweifel sah sie sich außerstande, die neue und die alte Sie gegeneinander abzuwägen und wußte nicht, welche die Wirklichere von beiden war. Aber sie mochte das neue, das von ihm betrachtete Selbst. Ihr altes Selbst kam ihr verbraucht vor, sie war seiner überdrüssig und schätzte es nicht mehr. Ihr neues, fremdes Selbst vermochte eine Fülle neuer, fremder Gefühle zu erobern, und mit ihren neuen, fremden Gefühlen entdeckte und schuf sie ein neues, fremdes Selbst. In ihrem neuen Selbst entdeckte sie unerschöpfliche Phantasie und die Gabe, ihn bis auf den Grund seines Herzens durchschauen zu können, sein Durcheinander zu begütigen und Einfluß auf ihn auszuüben. Sie brauchte ihr neues Selbst, es führte und leitete sie und hatte sie zu einem neuen Menschen gemacht – wie glücklich sie sich schätzen konnte! Das Glück war ihr hold, und es war ihm hold, das Glück meinte es gut mit ihnen. Oh, wie dankbar sie ihm war, und wie sehr sie ihn dafür liebte!

Bei dem Wort »Liebe« schauderte sie wie ein Backfisch zusammen. In ihrem Rücken spürte sie ein Zittern von ihm, und beider Schauder durchwanderte den leeren Raum zwischen ihnen, um sich auf einem Felsbrocken in der Mitte zu treffen. Da wurde ihr bewußt, daß ihr Herz reich beladen in ihren Körper zurückgekehrt, nach einer lohnenden Reise wieder daheim angelangt war und auf seiner großen Runde reichlich Glück gesammelt hatte.

Und doch quälte sie sich schon wieder, und mitten in ihrer Freude machte sich unmerklich Kummer breit. Schemenhaft beschlich sie eine schmerzliche Vorahnung: Sie fühlte, daß ihre Liebe sich nicht erfüllen würde. Und gerade diese aussichtslose Liebe blühte und gedieh. Unaufhaltsam wuchs sie heran, trieb pausenlos neue Zweige, Schößlinge und Blätter aus, und was gestern noch ein grüner Setzling gewesen, war heute zu einem himmelhohen Riesenbaum emporgeschossen. Ihr neues Leben hatte mit diesem Baum gekeimt, hatte ihm den Boden geebnet, um darauf zu wachsen. Sie war ein zweites Mal geboren worden, weil seine Liebe sie angerührt hatte, und sie glaubte fest daran, daß auch er in der Berührung mit ihrer Liebe ein zweites Mal geboren worden sei. Sie konnte nicht mehr zurück. Drüben rief man nach ihr, die anderen hatten sich reihum gegenseitig fotografiert, und nur sie fehlte noch. Widerstrebend setzte sie sich in Bewegung und spürte die unebenen Steine unter ihren Füßen sich zum Abgrund hin neigen. Angespannt setzte sie auf der Schräge Schritt für Schritt bergan, und fast als drohe ihr die Talsohle unterhalb des Felsvorsprungs, drückte sie sich ängstlich daran entlang und fühlte sich erst geborgen, als sie sich auf einen Stein am Bach stützte, der sie vom Überhang trennte. Doch das Gefühl der Sicherheit währte nicht lange. Es war der Redakteur der Kunstabteilung des Verlages, der die Aufnahmen machte, und er hatte die Absicht und die Hoffnung, die Fotos als Titel- oder Rückseite verwenden zu können, und da er besonders große Hoffnungen in sie, die Kollegin, setzte, ließ er sie erbarmungslos die Posituren verschiedener Stars nachahmen. Sie fühlte sich geschmeichelt und zugleich unwohl, denn *er* war anwesend, hielt die Augen auf den Bach gerichtet, und obwohl er ihr nach wie vor den Rücken zuwandte, war er doch genau im Bilde über das, was hinter seinem Rücken vorging. Sie konnte nichts mehr ändern. Sie saß auf einem Felsen und konnte nicht wieder heruntersteigen, sondern sich nur geduldig den Kommandos des Fotografen beugen. Ihre Verlegenheit ließ sie naiv und verschämt erscheinen wie eine Mittelschülerin und zog die Aufmerksamkeit unbeteiligter Spaziergänger auf sich. Aber sie war außerstande, deren bewundernde Blicke zu genießen, sondern hoffte nur inständig auf baldige Erlösung wie von einer Folter. Ohne es zu ahnen, machte sie eine überaus eindrucksvolle Figur und war im Innern doch nur tief unglücklich. Schließlich erlöst, erhob sie sich voller Stolz, war erleichtert, gelöst und lebendig. Lebhaft sprang sie die Steine herunter und zu ihm hinüber, ohne eine Sekunde nachzudenken schlug sie seine Richtung ein. Sie fragte, ob er fotografiert worden sei, und er sagte, es habe ihn gequält, soso, gelitten habe er, sie verstand und lachte. Er musterte sie ernst. Sein Blick machte sie verlegen, aber es war eine andere Verlegenheit als zuvor; vermischt mit Glück und Herzklopfen. Sie hätte gern gewußt, warum er sie so ansah, fürchtete aber, daß die Frage anzüglich und dumm wirken könnte, und sie bückte sich stumm, nahm eine Handvoll Kiesel und schnippte sie nacheinander ins Wasser. Sie gingen lautlos in der Strömung unter und trudelten geräuschlos davon. Unter seinem sanft streichelnden Blick wurde ihr abwechselnd heiß und kalt. Als die Steinchen aufgebraucht waren und er sie immer noch ansah, nahm sie allen Mut zusammen, seinem Blick zu begegnen. Kaum merklich öffneten sich seine Lippen: »Alles gut?« – »Gut!« antwortete sie. Die reißenden Wassermassen, die donnernd gegen die Felswände schlugen, verstummten einen Augenblick, und seine und ihre Stimme wurden immer klangvoller, bis sie das Wasserrauschen im Tal überdeckten und sie sich mühelos und deutlich hören konnten.

Es war der verständigungsärmste und doch verständnisinnigste Dialog der Welt, der kürzeste und doch ausführlichste. Im Wechsel dieser wenigen Worte schienen sie einander alles von sich mitgeteilt zu haben. Als sie den dreistufigen Wasserfall verließen und den langen Aufstieg über die neunhundertsechsundfünfzig Stufen begannen, fühlten sie sich erfrischt, sozusagen rein und durchscheinend. Seite an Seite stiegen sie den Bergpfad hinauf, wurden aber immer wieder von Entgegenkommenden oder

Nachfolgenden auseinandergerissen, die sie nur vorbeilassen konnten, indem sie sich dicht an die Felswand schmiegten. So fielen sie allmählich immer weiter zurück. Neunhundertsechsundfünfzig Stufen steil bergauf – nach kurzer Zeit schon fing sie an zu keuchen, und als er ihr daraufhin seine Hand entgegenstreckte, legte sie die ihre hinein. Sie zog sie nicht wieder zurück, und so waren es nunmehr ihre Hände, die Zwiesprache miteinander führten.
Der dreistufige Wasserfall entfernte sich immer weiter von ihnen. Schritt für Schritt hangelten sie sich an den felsigen Wänden des Tales bergauf. Gleichmäßig führte die schmale Treppe Stufe um Stufe stetig bergan und ließ nirgendwo Platz, den ermüdeten Beinen eine Rast zu gönnen, fast war es unmöglich, tief Luft zu holen, und man mußte neunhundertsechsundfünfzig Stufen in einem Atemzug bewältigen. Mit der Zeit ordneten sie Atem und Schritt zu einem Rhythmus, der sie erleichterte: Wenn sie nur ihre Füße völlig mechanisch hoben, konnten ihre Hände sich ganz auf ihre Unterhaltung konzentrieren.
Es war an ihr, eine Frage zu stellen: »Bist du müde?« »Nein«, gab seine Hand zurück. »Danke!« zeigte sich ihre Hand erkenntlich und erhielt die prompte Antwort: »Nichts zu danken.« Dann schwiegen sie wieder. Nicht umsonst näherten sie sich ihren mittleren Jahren und wußten, daß man mit Gefühlsregungen sparsam umgehen mußte, wenn sie lange anhalten sollten. Sie hatten gelernt, sich an der malerischen Welt hinter geschlossenem Vorhang zu freuen, bevor bei geöffnetem Vorhang dann alles auf den ersten Blick offen dalag und es nie wieder so spannend sein würde wie zuvor. Sie waren Menschen, die mehr als einmal diese Gefühle erlebt und erfahren hatten – und geformt durch Empfindungen waren sie nun in der Lage, selbst Empfindungen zu formen. Sie kämpften seit langem mit ihren Gefühlen und kannten sich selbst und kannten den Gegenpart, auch wenn sie es um ihr Leben nicht zugegeben hätten. Denn sie waren bereits mit Haut

und Haar verliebt, aufrichtig verliebt, von ganzem Herzen verliebt und mit allen Sinnen verliebt – verliebt ohne Rücksicht auf Verluste. Wenn man sein Herz verloren hat, das wußten sie, hatte man eine Hälfte von sich verloren. Und lieber opferten sie diese Hälfte, als jene auszutauschen. Sie hatten Bücher gelesen, waren gebildet, welterfahren, hatten eine genaue Vorstellung davon, wie der Mensch sein sollte und jagten ihr nach. Sie liebten Tragödien und taten oft nächtelang kein Auge zu in ihrer Aufgewühltheit. Nach komplizierten Verwicklungen mit tragischen und heroischen Einzelheiten samt überraschender Wendung waren sie, von der Schlaflosigkeit matt, leicht gefangenzunehmen, und als Gefangene ihrer Tragödie spürten sie von da an etwas quer in ihrem Herzen liegen, das ihr ruhiges Leben aus der Bahn gleiten und Farbe annehmen ließ. Und sie hatten Sehnsucht nach einem schillernden Leben, mochten sich nicht mit dem Mittelmaß zufriedengeben. Sie waren der Gewöhnlichkeit überdrüssig – ungewöhnlich sollte das Leben sein! Ausgerechnet diese Menschen besaßen eine enorme Phantasie, sie hatte ihnen zu Bildung und Beruf verholfen, und Bildung und Beruf formten nun ihre Phantasie, entwickelten sie fort und füllten sie mit Energie, bis sie, einmal in Gang gesetzt, eine ganze Welt zu erschaffen vermochte, ganz zu schweigen von unmerklichen Windungen und Wendungen des Gefühls. Für das, was es ihnen wert schien, waren sie bereit, ihre Lebenskraft ohne Rücksicht auf den Preis und die Folgen zu opfern und durchschauten dabei kraft ihrer Klugheit alles bis in die Einzelheiten. Nie würden sie ihre Hoffnung mit Füßen treten, denn sie hatten begriffen, daß sie schöner war als die Wirklichkeit, ja, daß sie geschmacklos und fade wurde, sobald man sie realisierte. Daher schützten sie ihre Hoffnungen vor ihrer Erfüllung und konservierten sie auf ewig. Im Laufe der Zeit entwickelten sie, ohne es zu merken, die Fähigkeit, Wirklichkeit wieder in Hoffnung und Ideal rückzuübersetzen. So konnten sie ewig in tausend Ängsten schweben, sich ewig in Aufregung auflösen, ewig wie die Kinder hoffen und bangen und phantasieren. Daher barg ihre aufrichtige, ehrliche Liebe aus vollem Herzen tief im Innern Sicherheit und Schutz.

Aus diesem Grund mochten sie ihren Dialog nicht mit Riesenschritten kühn vorantreiben, sondern wollten in jedem Stadium genießend verweilen, bevor sie langsam weiter vordrangen. Es war wie in einem nicht sehr reichen Lager von Bodenschätzen: Sie durften nichts verschwenden, mußten stattdessen jeden Zentimeter mit einem feinen Sieb erschließen und dann erst zum nächsten Abschnitt übergehen. All das geschah, unerkannt von den beiden, in ihrem Unterbewußtsein, und käme der Tag, an dem sie es zugäben, so wäre das ihr Untergang. Doch der Jüngste Tag war weit, und sie wußten ihn sich vom Leibe zu halten. Mit einer Intelligenz, die fast an die natürliche Gabe prophetischer Voraussicht grenzte, ließen sie den Jüngsten Tag gar nicht erst am Horizont erscheinen.

Sie hatten einander bei der Hand gefaßt, und es genügte, um sie mit Leib und Seele einander zugetan sein zu lassen. Niemand würde verstehen, wie sehr sie in Unzertrennlichkeit und Liebe zusammengewachsen waren. Alle sahen nur ein vom dreistufigen Wasserfall zurückkehrendes Paar, das eifrig bemüht war, einer dem anderen beim Hinaufsteigen über neunhundertsechsundfünfzig Stufen behilflich zu sein. Die pralle Mittagssonne brannte ihnen auf die Schädel, ohne daß sie es merkten. Alle Wahrnehmung konzentrierte sich auf ihre Hände, seine rechte und ihre linke.

Zu guter Letzt bemerkten sie am Ende der neunhundertsechsundfünfzig Stufen eine Rauchsäule an der Stelle, wo das Teehaus und die Gaststätte sein mußten. Die Küche befand sich auf der den Stufen zugewandten Seite, und so vermuteten sie, daß die anderen vorn im Teehaus warteten. Auf der neunhundertfünfundfünfzigsten Stufe angelangt, betrat er als erster die letzte, und als er sie zu sich hinaufziehen wollte, wandte er unversehens zuviel Kraft an, sie stolperte genau vor seine Brust, und mit unendlicher Zärtlichkeit küßte er sie auf die Stirn. Der Kuß war nun wie selbstverständlich, denn unzählige Male hatten sie einander in Gedanken bereits geküßt – und doch: Beim wirklichen Kuß war der Vorhang offiziell gefallen, und bei geöffnetem Vorhang nun konnten sie nicht mehr ausweichen, nichts mehr ändern, sich nicht mehr zurückziehen, sie standen auf der Bühne. Sie ließen ihre schweißnassen Hände fahren und gingen, ohne einander noch einmal zu berühren, an der dicht verqualmten Küche vorbei nach vorn zum Teehaus. Dort saßen wie erwartet die anderen vor ihren zur Hälfte geleerten Tassen mit Eistee und hatten auch für sie zwei Tassen bereitgestellt. Niemand schien ihre Verspätung zu bemerken, waren es doch in Wirklichkeit nur ein paar Schritte, die sie zurückgefallen waren. Diese paar Schritte aber reichten aus, um sie in eine andere Welt zu rücken und in ein anderes Zeitalter.

Sie setzten sich und tranken klaren, süßen Tee zu fünf Pfennig die Tasse. Ein wohl siebenjähriges Kind kassierte und schenkte ein. Sie unterhielt sich mit dem Kind, fragte, wie alt es sei, und erschrak – es war schon zehn Jahre alt! –, fragte, ob es zur Schule gehe und wo und ob es Geschwister habe. Freundlich stellte sie ihre Fragen und lauschte konzentriert seinen Antworten. Er führte derweil an einem anderen Tisch ein Gespräch über den dreistufigen Wasserfall, und ob es den Tatsachen entspreche, wenn die Leute sagten: »Wer nicht am dreistufigen Wasserfall war, war nicht im Lushan-Gebirge.« Einige meinten, nicht unbedingt, er aber bejahte energisch und führte auch einen Grund an: Überall im Lushan-Gebirge habe der Mensch seinen Fuß hingesetzt und Spuren hinterlassen, der Berg zeige nur an jener einen Stelle noch sein wahres Gesicht. So führte jeder für sich ein Gespräch, in Wirklichkeit aber waren sie es, die sich unterhielten, die jeder mit seinem eigenen Thema ein fernes und doch nahes Zwiegespräch führten. Manchmal benötigten ihre Gespräche weder dem Inhalt noch der Form nach ein Gegenüber, und von nun an würden sie immer Zwiegespräche führen, und ihr Dialog würde alles zu einer ungewöhnlich tiefsinnigen Unterhaltung machen und ihm eine besondere Würde verleihen. Jedes ihrer Worte galt ihm, egal ob er anwesend war oder nicht; und auch er sprach jedes Wort für sie, ob sie nun dabei war oder nicht. Dabei wurde ihnen nicht bewußt, daß ihr Dialog einem Sitzungsgespräch nicht unähnlich war: Jeder brannte darauf zu sprechen und sich zu äußern und kümmerte sich nicht um Worte und Äußerungen der anderen. Sie achteten nur auf das, was sie dem anderen sagten, was aber der andere sagte, kümmerte sie nicht, es sei denn, er sprach über den Hörenden selbst, dann hörten sie doppelt angestrengt zu und hätten auch hundert Mal zugehört. Nichts anderes drang mehr an ihr Ohr. Sie kreisten nur um sich, interessierten sich nur für sich, und in Wirklichkeit redeten sie auch nur mit sich, während der andere eine erdachte Zuhörerschar darstellte. So waren sie noch weniger zum Austausch fähig als andere, waren einander noch fremder als andere. Da sie darauf brannten, sich dem anderen mitzuteilen, jedoch unter vielen Menschen saßen, wurden sie in die Schranken von Anstand und Erziehung verwiesen und führten stets und ständig Gespräche. Und doch: Ungeachtet dessen waren sie um vieles reicher und glücklicher als zuvor.

Das, was sie wirklich und tatsächlich ausgetauscht hatten, das war – der Kuß. Von Zeit zu Zeit spürte sie ein Glühen auf ihrer Stirn, das wie ein Brandmal genau in die Mitte gedrückt schien, und wagte nicht, es anzurühren, als fürchtete sie, die anderen könnten es bemerken oder sie könnte etwas zerstören. Sie war erregt, und zugleich peinigte sie ein keineswegs eingebildeter Schmerz: Sie wollte die Brandwunde zu einem roten A formen wie in dem Roman von Hawthorne. Und die Brandwunde würde glühen. Er trug sein Brandmal auf den Lippen. Er suchte es mit kaltem Tee zu kühlen, doch erhitzte die Brandwunde eher den Tee. Er war ein wenig aus der Ruhe gebracht, er, der seit jeher Besonnene, war aus der Ruhe gebracht. Er wagte nicht, sich mit der Zunge über die Lippen zu fahren aus Furcht, sich zu verbrennen oder etwas fortzulecken. Er rauchte, hielt den Rauch mit geschürzten Lippen im Mund, hatte dabei aber das Gefühl, daß die Rauchkringel ein Fremdkörper zwischen seinen Lippen waren. Er und sie wirkten etwas steif. Stirn und Lippen hatten etwas auf sich gezogen, was sie erschöpfte, und da sie Angst hatten, es zu verlieren, mußten sie es sorgfältig bewahren.

Als der Tag sich dem Ende neigte, fanden sie endlich Gelegenheit, aus dem Kurhaus hinaus- und in den dichten Nebel hineinzugehen, sich zu umarmen, in Hunderten von Küssen aufzulösen, Ruhe zu finden und sich einander tief ins Herz einzuprägen. Zitternd und bebend vor Angst und doch bar aller Bedenken lagen sie einer in den Armen des anderen, denn dichte Wolkenbänke hüllten sie ein, die kein Auge durchdringen konnte. Endlich durchschritten sie die Nebelwand und traten in eine andere Welt ein.

»Dem Himmel sei Dank, daß du zum Lushan gekommen bist«, murmelte er.

»Dem Himmel sei Dank, daß du zum Lushan gekommen bist«, murmelte sie.

Dem Himmel sei Dank, daß sie beide zum Lushan gekommen waren – großartiger Lushan! Wie reich hatte er sie mit Erhofftem und nicht Erhofftem beschenkt! Nebel umspielte Arme und Beine und drang zwischen ihren dicht aneinandergeschmiegten Leibern hindurch, ja, da war noch Raum zwischen ihren aneinandergeschmiegten Leibern. Wie eine wärmende Decke haftete der Dunst auf ihrer Haut. Gepriesen der Nebel, dank dem sie ihr Glück bis zur Neige kosten konnten.

»Ich werde jedes Jahr einmal zu dir kommen«, murmelte er.

»Ich werde jedes Jahr einmal zu dir kommen«, murmelte sie.

Von nun an würden sie jedes Jahr in die Stadt des anderen reisen und so Jahr um Jahr ihres Lebensabends verbringen. Ja, sie dachten das Wort ›Lebensabend‹, und als sie es dachten, wurde ihnen schwer ums Herz, kummervoll und kalt, denn sie wußten, daß wahrscheinlich noch viel mehr ›Lebensabend‹ vor ihnen lag, als sie bisher gelebt hatten, und sie nur deshalb so voller Leidenschaft daran denken konnten. In diesem Augenblick waren sie fast wie kleine Kinder, jedenfalls gewährten der Mantel der Dunkelheit und der Umhang des Nebels ihnen Schutz, um darunter jede Scham ablegen und die Stirn haben zu können, nicht altersgemäß daherzuplappern. Der Mensch hat zuweilen das dringende Bedürfnis, kindliche Unschuld wieder wachzurufen, wie unzeitgemäß das auch sein mag. Vorsichtig fragten sie einander, was sie am anderen liebten und kamen zu dem Schluß, daß Liebe keine Gründe brauchte. Nein, Liebe benötigte keine Gründe, versicherten sie einander immer wieder, um so für sich selbst den Grund zu suchen.
So dicht und schwer lasteten die Nebel auf ihnen, daß sie nichts klar sehen konnten, ja das Antlitz des anderen selbst verschwamm, als sie eng umschlungen auf einer Steinplatte am Straßenrand saßen. Dunst füllte jeden noch so kleinen Luftraum zwischen ihnen, wand sich trennend zwischen ihre Leiber, durchdrang schließlich selbst ihre Körper, daß sie sich aufzulösen meinten, aufzulösen in den Nebel hinein, und ihre Bewegungen und Worte schwebend wurden wie Dunst und sie nicht mehr sie selbst zu sein schienen.

Tags darauf ging die Sonne nicht auf, der Nebel hatte sich in feinen Regen verwandelt, der Stunde um Stunde herunternieselte. Also versammelte man sich im Konferenzzimmer, um weiter über Literatur zu diskutieren. Das Reservoir an geistreichen Äußerungen schien erschöpft, es herrschte Beklommenheit. Selbst die zwei, drei brillanten Sprecher der Vortage brachten kein angeregtes Gespräch in Gang. Die trotz des Regens zum Kurhaus geeilten Journalisten und Redakteure hingen mit starrem Blick an den Mündern der Autoren in der Hoffnung, sie würden jeden Augenblick ein goldenes Wort ausspucken. Die Zeit verstrich, Minute um Minute. Der Regen rann in Kurven und Windungen an den Fenstern herunter und verwandelte die Landschaft in eine Landschaft voller Bogen und Krümmungen. Es war so kalt, daß man selbst im Wollpullover noch fror. Sie saß am Fenster, Stifte und Notizheft im Schoß, und sah durch die triefenden Scheiben in die triefende Landschaft hinaus. Der Regen überzog die Berge, daß sie in weite Fernen rückten, schemenhaft blaß wurden und doch zum Leben erwacht, mit Klugheit beseelt und mit Vitalität gesegnet schienen. Sie schwiegen, um ein Geheimnis zu hüten, rührten sich nicht, um die Menschen aufbrechen und zu sich herkommen zu lassen. Reisten die Menschen in die Berge, war dies in Wirklichkeit ein Überfall, doch die Berge würden ihr Geheimnis nicht preisgeben, sondern den Menschen mit Schweigen begegnen. So lagen die Dinge. Sie wandte den Kopf, ließ die Berge weit, weit hinter sich und hatte das Gefühl, daß sie sich hinter ihrem Rücken zu regen begannen. Er saß am Kopfende eines langen Tisches und war ihrem Blick fast ganz verborgen. Nur seine Hand sah sie, in der er eine Zigarette hielt und zugleich mit Daumen und Ringfinger das Zigarettenetui hin und her drehte, aufstellte, hinlegte, wieder aufstellte, wieder hinlegte. Als sie seine Hände sah, schüttelte es sie: Sie mußte daran denken, daß diese Hände sie umarmt hatten, ja, genau die zwei Hände dort, die ihr so fremd waren, und gerade weil sie fremd waren, wurde ihr bewußt, daß es Männerhände waren, sie zitterte, es war eine Art glückliches Beben, wie das eines Mädchens, das zum ersten Mal das andere Geschlecht berührt. Sie war eine verheiratete Frau und so vertraut mit dem männlichen Geschlecht, daß sie den Unterschied der Geschlechter nicht mehr spürte. Sie lebte tagein tagaus mit einem Mann unter dem Dach einer engen Wohnung, lange schon verhehlten sie einander nichts mehr, waren ehrlich und offen und geheimnislos. Sie und er, sie hatten lange schon die Verschiedenheit ihrer Geschlechter verloren und damit auch das wunderbare Beben, das diese Verschiedenheit mit sich bringt. Das Beben war lange in Vergessenheit und Entfremdung versunken gewesen, und als es sie nun wieder einholte, gab es ihr ein Gefühl wie bei der ersten Liebe. Es war, als sei er ihr erster Mann. Doch er war nicht ihr erster Mann, alles Zittern und Beben verflossener Zeiten lag verborgen in den Tiefen ihrer Erinnerung und ihres Körpers, und nun, da die schlummernde Erinnerung in jenen Tiefen fast unmerklich erwachte, schuf sie zusammen mit den Weckrufen dieser Tage eine Resonanz, deren Schwingung alle bisher erlebten übertraf. Etliche Saiten schienen zugleich angeschlagen, sie spürte um das Große dieser Schwingung, ohne ihre Einzelheiten zu erfassen. Da ihr Gefühl wie nach langem Tiefschlaf ausgeruht und lange genug einsam gewesen war, hatte es nun eine besondere Heftigkeit und schuf bei der geringsten Regung ein überwältigendes Glücksgefühl in ihrem Körper. Viel zu lange war sie nach ihrer Hochzeit in Tiefschlaf versunken gewesen, hatte alle Geheimnisse des anderen Geschlechts erfahren, ohne sie je mit Phantasie und Neugier befragt und erforscht zu haben. Alles zwischen den Ehepartnern war klar, zu wenig Bemühen brauchte es und zu wenig Scham, und wieviel erfrischendes Gefühl ging doch mit der Scham einher, das nun, mit dem Verschwinden des Schamgefühls, fade und geschmacklos geworden war. Zuweilen strengte sie ihr müdes Hirn an, sich die erste Berührung ihres Mannes ins Gedächtnis zu rufen, doch so sehr sie sich auch den Kopf zerbrach, sie fiel ihr nicht ein, und sie konnte sie sich auch nicht vorstellen: Wieso sollte ihr Mann Schamgefühle in ihr wachrufen, er schien ihr ebenbürtig, schien ihr blutsverwandt. Sie empfand ihn nicht als Mann und sich nicht als Frau. Wenn sie dagegen jetzt aus der Ferne, quer durch den halben Raum, *seine* Hand sah, die eine Zigarette hielt und mit dem Zigarettenetui spielte, entdeckte sie das Männliche neu, wurde sich ihres Frau-Seins neu bewußt und der Verschiedenheit der Geschlechter. Mit welch inniger Leidenschaft er sie gestern umarmt und geküßt hatte! Und welches Glück für eine Frau, von einem Mann geliebt zu werden!

Einem plötzlichen Impuls folgend konnte sie mit einem Mal nicht mehr stillsitzen, sondern mußte sich bewegen. Aber sie bremste sich, wußte sie doch, daß er sie ansah, daß er mit seiner Hand zwischen den Schultern all der Menschen hindurch ihren Blick erwiderte. Denn wie sie sich nicht nur mit Worten unterhalten konnten, so konnten sie sich auch nicht nur mit den Augen ansehen. Dennoch vermochte sie nicht an sich zu halten und seufzte tief auf, lang und tief und hörbar. Ihr Herz war übervoll mit Glück und brauchte Erleichterung. Sofort war es ihr peinlich, und um es zu überspielen, wandte sie sich ab. Die Berge regten sich nicht mehr, sie waren in die Ferne gerückt und füllten den ganzen Himmel aus. Unter ihrem Blick wanderten sie immer weiter und weiter in die Ferne; ihr Blick schob sie fort und ging zugleich mit ihnen, und wie in Trance schien ihr ganzer Körper mitzugehen. Ein neues Selbst entstieg der Mitte der Berge. Und in dem nochmals erneuerten Leben spürte sie in ungeahnter Klarheit, daß sie eine Frau war, eine Frau!, was für ein Glück, den Körper einer Frau zu haben, um einen Mann zu lieben und von einem Mann geliebt zu werden. Sie meinte, heute erst ein Bewußtsein für ihr Geschlecht entwickelt zu haben, ein vollkommen klares Bewußtsein – alles könnte sie vergessen, nur das nicht, es war ihr stets präsent. Nur hatte es nie Gelegenheit gegeben, es – wie die Schauspieler auf der Bühne – zu entfalten, und so war sie in tiefer Einsamkeit und Mutlosigkeit versunken. Sie wußte besser als jede andere Frau, daß sie ein weibliches Wesen war, forderte mehr als andere, es zu wissen, bedurfte mehr als andere Frauen ununterbrochener, immer neuer Beweise für dies Gefühl, und noch tiefer als bei allen anderen saß die Furcht, es einzubüßen.

Nun aber wußte sie, daß sie es nie einbüßen würde, es schien gestorben und nun wiedergeboren worden zu sein. Das Gefühl einer Frau wird durch die Aufmerksamkeit eines Mannes angeregt und vertieft. Sie konnte von Glück sagen, ihn getroffen zu haben. Ich bin wirklich ein Glückskind, dachte sie zufrieden. Mehr verlangte sie nicht vom Leben und war voll Erbarmen und Mitleid für andere.

In dieser Nacht erkrankte die junge Schriftstellerin, mit der sie das Zimmer teilte, anscheinend an einer Grippe. Sie übergab sich, hatte Durchfall, wälzte sich die ganze Nacht hin und her, und die ganze Nacht wachte sie an ihrem Bett, nahm sich einfühlsam und geduldig ihrer an, umsorgte und hegte sie mit unendlicher Sanftheit. Die andere wußte ihren Dank und ihr Mitleid nicht auszudrücken, sie aber entgegnete nur, sie müsse so handeln. Im Geheimen dankte sie der anderen, daß sie jetzt ihrer Zuwendung und Wärme bedurfte. Andernfalls wäre sie völlig außer Atem geraten, fast daran erstickt. Denn wenn sie sich um die andere kümmerte, sah sie in Wirklichkeit ihn. Er war stets und überall anwesend, er schien sich überall dort verborgen zu halten, wo sie hinlangte, so daß sie immer wieder Zärtlichkeiten und Vertraulichkeiten mit ihm tauschte. Nacheinander kamen alle an, um der Kranken einen Besuch abzustatten, ihr Mitgefühl zum Ausdruck zu bringen und sich nach ihrem Befinden zu erkundigen.

Auch er kam. Er setzte sich gegenüber dem Bett der Kranken in einen Sessel, hatte die Hände auf den Knien liegen und plauderte mit der Schriftstellerin über harmlose Dinge. Seine routinierte Miene regte sie auf, und plötzlich argwöhnte sie, daß der ganze gestrige Abend pure Ausge-

burt ihrer Phantasie gewesen sein könnte – war es Wirklichkeit gewesen oder nicht? Wenn das alles nicht mehr als eine Erfindung war, dann ... dann ... nicht auszudenken! Beinah war es, als verändere sich ihre Gesichtsfarbe, sie konnte kaum an sich halten, kaum dem belanglosen Geschwätz der beiden zuhören, denn sie mußte eine Gelegenheit suchen, das, was am Abend zuvor geschehen war, zu prüfen und zu bestätigen. Doch es fand sich keine Gelegenheit. Sie zügelte ihr Temperament und ließ sich auf einem Sessel neben dem seinen nieder, nur durch ein Teetischchen von ihm getrennt. Sie mischte sich ein in die Plauderei, und obwohl es ihr an der nötigen Leichtigkeit fehlte, hielt sie hartnäckig an dem Gespräch fest. Hie und da wechselten sie einen freundschaftlichen Blick, als sei nie etwas vorgefallen, als sei alles eine Sinnestäuschung und ein Produkt ihrer Sehnsucht gewesen. Unaufhaltsam stieg ein Groll in ihr hoch, doch sie wollte ihm nicht grollen aus Angst, ihn damit zu verschrecken – und sie wollte alles andere als ihn verschrecken: Näherkommen sollte er ihr! In diesem Augenblick erhob er sich, und sie stand ebenfalls auf, um ihn hinauszubegleiten. Ihr klopfte das Herz, und fast zitterte sie, als sie Seite an Seite mit ihm zur Tür ging. Sie wartete, ohne zu wissen worauf, während die Kranke ihnen nachstarrte und sie ihrem Blick nicht entkommen konnten. Er öffnete die Tür, trat hinaus und drehte sich halb zurück, um die Tür zu schließen. Kurz bevor sie endgültig ins Schloß fiel, sah er sie durch den verbliebenen Spalt an. Und der Blick in diesem kurzen Moment war nicht mehr alltäglich, sondern Ausdruck des Wissens um ein Geheimnis, das ihnen allein gehörte. Überwältigende Freude stieg in ihr auf, daß sie vor Glück nicht wußte, was sie tun sollte, die Tür zuschlug und ihn ausschloß. Sein Blick aber blieb bei ihr, und mit diesem Blick, der auf ihr ruhte, ging sie zurück an das Bett der Kranken.
»Kein schlechter Mensch, nicht?« sagte die andere und war offenbar glücklich darüber, daß er sie besucht hatte,

eine Spur glücklicher noch als über die übrigen Besuche. Da war sie plötzlich stolz: stolz auf ihn und noch stolzer auf sich, weil er zu ihr gehörte.
»Seine Romane sind gut, und auch als Mensch hebt er sich von der Masse ab«, fuhr die andere fort. Sie aber antwortete nur mit »Ja?« oder »Soso«. Da begann die andere unzählige Geschichten über ihn zu erzählen, von seinem Zuhause und seinem Beruf und schien sich gut auszukennen. Ohne zu unterbrechen hörte sie ruhig zu und floß über in ihrer unendlichen Leidenschaft. Erst als die Kranke verstummte, sich erschöpft zurücklehnte und zu lesen begann, griff auch sie nach einem Buch und legte sich auf ihr Bett. Jede Zeile darin hielt seinen bejahenden Blick in sich verborgen, seinen Blick, mit dem er bejahte, bekräftigte und alle Sorge von ihr nahm. Sie wurde müde und schloß das Buch, doch da schien sein Blick gleichsam haltlos umherzuschweben, er konnte nur auf etwas Konkretem ruhend existieren, also mußte sie das Buch wieder aufschlagen. Wasserfall und Regen dröhnten ohrenbetäubend, und sie sehnte das Ende der Nacht herbei; sie wünschte, es würde etwas schneller Morgen werden, denn die Nacht trennte sie von ihm, und nur am Tage konnten sie zusammentreffen.

Mit der Dämmerung brach der fünfte Tag auf dem Berg an, und es lagen noch fünf ebensolcher oder andersartiger Tage vor ihnen, bevor sie wieder hinabfahren würden. Am mittleren Tag angelangt zu sein hieß, den Berggipfel erreicht und nur noch den Abstieg vor sich zu haben. Ohne darüber zu sprechen, dachten beide an die Heimkehr. Jeder der kommenden Tage war eine Bewegung hin zur Rückkehr. Daran hatte sie zuvor keinen Gedanken verschwendet: daß es den Tag des Abstiegs geben würde und den Tag der Heimkehr – sie hatte sich die zehn Tage schier unendlich vorgestellt, und nun schienen sie mit einem Fingerschnippen wie Staub zerstoben. Sie hatten ihr Leben in vollen Zügen genießen wollen und nun plötzlich keine Zeit mehr; kaum begonnen, war schon alles zu Ende. Sie waren zu schwerfällig, zu gelassen und zu langsam vorgegangen. Als sie das am fünften Tag erkannten, hätten sie ihr Tempo beschleunigen können, um doch noch etwas zu erleben miteinander, doch auch jetzt kannten sie keine Eile und meinten beide – ohne es verabredet zu haben –, daß ein wenig Bedauern bleiben sollte. Ein Funken Bedauern, das gab ihnen die nötige Sicherheit, dachten sie und verinnerlichten so die alte Weisheit »Wenn der Mond voll ist, nimmt er ab«. Es war ihre feste Überzeugung, daß Liebe Abstand brauchte, um nicht unterzugehen. Daher machten sie im alten, eingefahrenen Rhythmus weiter, obwohl tief im Innern der Abschiedsschmerz bohrte. Mehr noch: Der Abschiedsschmerz bereicherte ihre Liebe und füllte sie mit immer mehr Stoff zum Grübeln. In dem Maße, in dem sie ihre Liebe schätzten, schätzten sie auch ihre Qual. Die verbleibenden fünf Tage, das waren die fünf Tage nach dem offiziellen Fallen des Vorhanges. Sie hatten die Wonnen ihrer Begegnung noch nicht ausgekostet, da mischte sich schon der Schmerz hinein und riß sie zwischen Glück und Schmerz hin und her – in diesen fünf Tagen schienen wahrhaftig alle menschenmöglichen Gefühle zusammenzuströmen und alle Erfahrung menschlichen Lebens sich zusammenzuballen. Begegnung und Abschied zu gleicher Zeit – es war ein wahrer Wirbelsturm der Gefühle. Und diese Gefühle, die sie nie zuvor genossen hatten, täuschten selbst zwei so kluge Menschen wie sie und ließen sie sich dem trügerischen Bewußtsein hingeben, dies sei nun die wahre Liebe und sie hätten die einzig wahre Liebe der Welt getroffen. Damit verließ sie jede Spur von Bedauern, und sie spürten den eitlen Stolz darüber, daß sie, gleichgültig, was in Zukunft noch auf sie zukam, geliebt hatten und die einzigen waren, die jemals *wirklich* geliebt hatten. Und

so waren die fünf Tage der Trauer und der Freude mit einem idealistischen Glanz verbrämt. Der Glanz umstrahlte sie, und insbesondere für ihr fades, eintöniges Leben war der Lichtschimmer etwas völlig Neues. Alles Vergangene war um des Wartens und um dieses Lichtes willen geschehen.
Jede Sekunde der fünf Tage verging um ihrer Gefühle willen. Die Zeit schien an ihrer Haut entlangzufließen, ihre Blicke zu durchströmen und mit ihrem Schritt zu laufen. Sie hörten jede Sekunde vergehen wie summende elektrische Wellen, sie sahen, hörten und berührten sie, aber sie konnten sie nicht packen und zurückfließen lassen, und das beunruhigte sie und machte sie ratlos.
In diesen fünf Tagen fanden sie selbst inmitten turbulenter Gruppenveranstaltungen Augenblicke ungestörter Zweisamkeit. In der Mittagspause fanden sie sich am See ein, setzten sich auf die Steine am Ufer und tauchten ihre Füße samt Sandalen ins Wasser, Kinder spielten und lärmten und bespritzten die beiden von Kopf bis Fuß, aber sie merkten es nicht. Langsam begannen sie zu sprechen und sprachen immer mehr. Hatte er ausgeredet, begann sie, und verstummte sie, ergriff er das Wort, aber nie sprachen sie über etwas, das mit der Liebe zu tun hatte. Hörte der eine den anderen so reden, war er unzufrieden und wünschte dem Gespräch eine andere Richtung zu geben, über ihre Gefühle zu sprechen oder über die Gefühle im weiteren Sinn, aber war es dann an demjenigen selber, den Mund aufzutun, so machte er wieder einen weiten Bogen um das Thema. Winzige, kaum stecknadelgroße Fischchen schwammen zwischen ihren Zehen hindurch, kühl und glatt, und ließen die beiden unwillkürlich zusammenfahren. Die Sonne schien mitten auf den See, ein kleiner Sampan steuerte in das goldene Wasser hinein und schien sich zunächst darin aufzulösen, bevor er kurz darauf golden verziert wieder auftauchte. Sie hatten mit keinem Wort die bevorstehende Trennung erwähnt, auch wenn der Ge-

danke an den Abschied sie ruhlos umhertrieb und sie hier an den See geführt hatte. Jeder hoffte, der andere möge das Thema berühren, um von dort zu dem anderen, noch wichtigeren, den Gefühlen, überzugehen. Die Gefühle waren ganz und gar ihre Domäne und die einzige Verbindung zwischen ihnen, doch sie fanden keinen Weg dorthin, sondern entfernten sich immer weiter davon, indem sie lustlos über Belanglosigkeiten sprachen. Zugleich aber waren sie voll hoffnungsfroher Erwartung. Die Zeit verrann, die Sonne neigte sich gen Westen, der See wurde dunkel. Der Sampan machte am Ufer fest, legte noch einmal ab, um Touristen umsteigen zu lassen, und machte schließlich endgültig fest. Ihnen blieb nicht mehr viel Zeit, doch sie fuhren fort, sich mit fadem Geschwätz aufzuhalten, und fingen ganz unvermittelt an zu argwöhnen, daß alles gar nicht wirklich geschehen war. Wenn dem so war, wenn alles nur ein Produkt ihrer Einbildungskraft war und all das nie stattgefunden hatte, kein bißchen davon – dann hätten sie genauso wie jetzt an den See kommen und sich auf die Stufen setzen können, um über Literatur und Kunst, über den Lushan und selbst über den Hunderte von Kilometern entfernten Gelben Berg zu sprechen. Daß sie sich nur über eben diese Dinge unterhalten hatten, zeigte, daß tatsächlich nichts geschehen war! Was geschehen war, waren Ereignisse von gestern, fern und verschwommen, als seien sie anderen Menschen zugestoßen, und sie selbst waren nur die Augenzeugen, ja, vielleicht hatte es der Zufall so gewollt, daß sie gerade zur rechten Zeit vorübergegangen und mit eigenen Augen zugesehen hatten. Doch Nebel und Nacht hatten ihre Schleier ausgebreitet und für Verwirrung gesorgt, so daß sie nichts zu bestätigen wagten und ihre Aufmerksamkeit nachließ. Um zu überspielen, daß beider Hoffnung dahinschwand und aus ängstlicher Unruhe, sie könnten einander durchschauen, redeten sie umso angestrengter drauflos. Wie gern hätten sie ihrer Erschöpfung nachgegeben, das Gerede auf der Stelle beendet und ihre Unterkunft aufgesucht. Aber es ging nicht. Ihnen fiel keine Möglichkeit ein, ihr Geschwätz auf natürliche Weise zu beenden. Da sich ein Argwohn in ihr Verhältnis geschlichen hatte und sie das Vertrauen verloren hatten, wußten sie nicht mehr, wie sie miteinander umgehen sollten – selbst ein ganz normaler Umgang fiel ihnen schwer. Denn sie waren nie normal miteinander umgegangen, ihre Beziehung war von Anbeginn an ungewöhnlich gewesen. Auf ungewöhnliche Weise waren sie hierhergekommen, hatten sich hingesetzt und fast einen ganzen Nachmittag vertrödelt, bevor ihnen plötzlich bewußt wurde, daß doch eigentlich alles ganz normal sei. Sie schienen an der Nase herumgeführt worden zu sein, sie grollten und trauerten und wollten sich nicht damit abfinden. Also beschlossen sie, in einem Endspurt alles Vergangene auf Schein und Sein hin zu überprüfen. Es blieb ihnen nicht viel Zeit, im Westen versank die Sonne, und wenn sie noch dreimal so oder anders untergegangen war, würden sie den Berg verlassen und sich trennen. Der Abstieg aber bedeutete Abschied.

Plötzlich brach er mitten in einem Satz über Romanformen ab, wandte ihr sein wild entschlossenes Gesicht zu und sagte: »Heirate mich, heirate mich!« Wie vom Blitz getroffen, spürte sie Himmel und Erde um sich wanken, ihr wurde schwindlig und schwarz vor Augen. Endlich faßte sie sich, sah ihn ebenso fest an und sagte leise: »Heirate mich, heirate mich!« Wie ein Gedicht rezitierten sie die zwei Sätze und hatten in Wirklichkeit nie an Heirat gedacht. Ihre Liebe hatte mit Ehe nichts zu tun. Erst nachdem sie die beiden Sätze ausgesprochen hatten, begriffen sie ihren tieferen Sinn und daß sie über ihr Ziel hinausgeschossen waren, und sie seufzten betreten und verfielen in Schweigen. Nichtsdestotrotz waren sie tief beruhigt, denn alles hatte sich bestätigt. Sie hatten sich bewiesen, daß sie sich nicht geirrt hatten. Was geschehen war, existierte noch und würde sich weiter entwickeln. Sie waren nicht länger darauf angewiesen, zusammenhangloses Geschwätz von sich zu geben, sondern konnten damit anfangen, ihr eigenes Gespräch zu führen. Und doch war auch das unmöglich. Die Sonne war bereits hinter den Bergen versunken, die planschenden Kinder heimgekehrt, dichter Nebel senkte sich von den Bergen herunter, und nur die Fische glitten wie vordem zwischen ihren Zehen hindurch. Da sagte sie zögernd: »Wir müssen gehen.« »Wir müssen gehen«, echote er und fügte hinzu: »Vergiß mich nicht.« »Und du?« Sie sah ihn munter und traurig zugleich an, und von da an floß ihr Gespräch endlich in einem natürlichen, ununterbrochenen Strom wie Wasser dahin. Er fragte sie, was sie morgens um acht Uhr tue, was mittags um zwölf Uhr und wie sie die Abende verbringe, und sie gab Punkt für Punkt Auskunft. Danach fragte sie ihn, wozu er das wissen wolle, und er sagte, um an sie denken zu können. Um etwas zu haben, das es ihm erleichtere, an sie zu denken! Sie war gerührt, und nach kurzer Pause fragte sie ihn, wann etwa er ihr ein Manuskript zuschicken könne, und er wollte wissen, wieso er ihr jetzt schon ein Manuskript zusagen solle. Damit sie ihn zum Überarbeiten einladen könne, gab sie zur Antwort. Um einen Grund für seinen Besuch zu haben! Sie hatten einen Einfall nach dem anderen, und ihr Gespräch wurde immer reicher an Gefühlen und reicher an Ideen. Ihre Ideenvielfalt machte sie glücklich, ihre Lage hätte besser nicht sein können. Je länger sie miteinander sprachen, desto mehr stimmten sie überein und entwickelten nach und nach eine Geheimsprache, die nur sie beide verstanden. Dabei belegten sie ganz alltägliche Worte mit einem neuen, besonderen Sinn. Noch lange Zeit danach hatten diese Worte für sie eine besondere Bedeutung. Ihr ursprünglicher Sinn würde in Vergessenheit geraten und in so nebulösen Tiefen versinken, daß sie nicht wagen würden, die Worte in diesem ursprünglichen Sinne in ihren Werken oder im Alltag zu verwenden.

Die Sonne war nun wirklich untergegangen, Nebel umhüllte die beiden von allen Seiten und verlieh ihren Umrissen etwas Unstetes, Schwebendes. So nahe sie einander waren und einer des anderen Körper spürte, so undeutlich und verschwommen blieben diese Körper, und zugleich war all dies so beispiellos schön, daß sie nicht wagten, es an sich zu reißen aus Angst, es zu zerstören oder zu verlieren. Unabhängig voneinander dachten sie an Heimkehr. Sie standen auf und traten auf die Steinstufen. Seine Hose und ihr Rock waren auf den nassen Steinen feucht geworden, und sie war unangenehm berührt vom Anblick seines nassen, lehmig verdreckten Hosenbodens. Sie versuchte angestrengt, nicht hinzusehen, aber die Lehmspuren sprangen ihr ins Auge – so verschwommen auch alles um sie her schien, der Abdruck auf seiner Hose war deutlich zu sehen. Als sie an ihren Rock dachte, mühte sie sich, neben ihm zu gehen, damit er nicht hinter sie zurückfiel und die feuchten Flecken auf ihrem Rock sah und sie nicht hinter ihn zurückfiel und die Schmutzspuren auf seinem Hosenboden ansehen mußte. Der schlammige Lehmfleck, er schien klammheimlich etwas Schönes schänden zu wollen. Das versetzte ihr einen Stich, als gebe es nun einen Makel in ihrem Innern. Er aber war vertraulicher denn je und legte ihr zärtlich seine Hand auf den Rücken. An seiner geliebten Schulter fühlte sie sich schwach und klein, ein Schwächling an der Seite eines großen kräftigen Körpers – was für ein Gefühl der Liebe! Unter der düsteren Beschirmung in den Himmel ragender, gewaltiger Bäume wandte er sich immer wieder ihr zu und küßte sie mit großer Leidenschaftlichkeit auf Stirn, Schläfen, Wangen, Hals und Schultern, und nun ergriff sie beide ein wirklich tiefes Abschiedsgefühl, sie mochten gar nicht daran denken. Wieder spürten sie das Verfließen der Zeit: Sie strömte durch die Schatten der Bäume, durchfloß das Dunkel der untergegangenen Sonne und des aufgehenden Mondes und ging mit jedem seiner Küsse dahin. Glück und

Schmerz trieben ihr die Tränen in die Augen. Sie packte ihn am Ärmel seines Hemdes und sagte mit bebender Stimme: »Ich will nicht, daß du gehst.« Ihre schmale Schulter umfassend bestätigte er: »Ich will nicht, daß du gehst.« Traurig und glücklich zugleich spürte sie: Wie gut es war, bei ihm zu sein! Wie gut, mit ihm zusammen zu sein! In seiner Gegenwart kam sie zu neuem Bewußtsein, lebte auf, und ihr Verstand sprühte. Bewußt oder unbewußt schirmte sie ihre schlechten Seiten ab und stellte die guten zur Schau. Unentwegt schien sie sich Nützliches auszudenken und Unbrauchbares zu verwerfen. Sie hatte sich zu ihrem Vorteil verändert, fand sie, und nun konservierte sie alles Gute in sich, um ein besseres, wahrhaftigeres Selbst zu schaffen. Ja, sie hielt dieses Selbst für das echtere Selbst, sie liebte es und wünschte, ewig dieses Selbst bleiben zu können. In der Nähe dieses Mannes, und wenn sie mit ihm zu tun hatte, konnte sie es bewahren, konnte sie selbstsicher daran festhalten. Und so, könnte man sagen, überstieg in seiner Gegenwart ihre Liebe zu diesem Selbst die Liebe zu ihm. Aber das begriff sie in diesem Augenblick noch nicht, sie liebte ihn und war weiterhin betrübt, ihn verlassen zu müssen. Erst später, nachdem die vielen Tage langer Jahre ins Land gegangen sein würden, würde sie es nach und nach begreifen.
Sie waren mit ihren gebrochenen Herzen ineinander verstrickt, der Tag des Abschieds eilte mit Riesenschritten bedrohlich auf sie zu, und schließlich brach er an.

Es war ein dunstverschleierter Morgen. Alle Wolken und Nebelschwaden schienen sich aus den Bergen hier eingefunden zu haben, um sie ein Stück Weges zu begleiten. Der Bus kroch bei einer Sichtweite von fünf Schritt im Schneckentempo dahin. Er fuhr über die Südberge hinab, und am Xiufeng, am Schönen

Gipfel, war eine Pause zum Mittagessen eingeplant. So würden am Schönen Gipfel ein letztes Mal die Anker geworfen werden. Der Bus tastete sich den Berg hinunter, den Insassen stand der Schweiß auf der Stirn, und nur sie beide waren völlig ruhig und wünschten, der Bus möge langsamer fahren, noch langsamer!, der Nebel dichter sein, noch dichter!, damit sie so spät wie möglich am Schönen Gipfel anlangten, denn dann würde ihnen eine Extra-Nacht unter dem beschirmenden Schutz der wattigen Wolkenbänke gewährt. Die Nacht würde den Abschied von ihnen wegrücken, und mit dem Abstand einer Nacht schien der Abschied unendlich fern. In diesem Augenblick hatte sie den vergangenen Abend vor Augen und erfüllte sie mit Sehnsucht und Bedauern: Wie kostbar waren die vergangenen Tage gewesen, und sie hatten sie nicht zu schätzen gewußt, sondern verschwendet. Schaukelnd bewegte sich der Bus die große Straße hinab, an der alle Straßenlaternen brannten. Doch ihr Licht wurde vom Nebel reflektiert und dadurch nur noch diffuser. Die dichten Schwaden brauten sich zu einer undurchdringlichen Hülle zusammen und riegelten den Weg hermetisch ab. Da hatte sie plötzlich das Gefühl, die Zukunft vor sich sehen zu können, und dieses Gefühl flößte ihr so etwas wie Schicksalsergebenheit ein. Bestürzt mußten beide feststellen, daß sie nicht wußten, wo der Bus sie hinbringen würde und daß sie, längst willenlos geworden, gleichsam mit dem Wind dahingetrieben wurden. Der Busfahrer betätigte pausenlos die Hupe, doch auch deren Tuten wurde vom Nebel verschluckt; es klang – weder fern noch nah – wie das Schluchzen aus einer anderen Welt. Draußen war nichts als nebelige Verschwommenheit, sie schienen in einer Welt ewigen Dunstes zu leben, die sie entspannte und schläfrig machte, ihren Geist davontrug und sie in ein tiefes Schweigen fallen ließ. Ihre Gedanken hielten inne, nicht einmal an Abschied dachten sie mehr. Ihre Körper und Köpfe schaukelten mit dem Schwanken des Busses hin

und her – sie würden sich an jeden noch so unbekannten, nie geahnten Ort fahren lassen.
Langsam und in zahlreichen Kurven schraubte sich der Wagen in die Tiefe, und endlich lichteten sich die Nebel, verschwommen sahen sie gelbliche Autoscheinwerfer entgegenkommen, und zwei Wagen fuhren hupend und zum Greifen nahe an ihnen vorüber. Dann sahen sie etliche menschliche Gestalten, die im Nebel umhergingen, auf ihren Bus zukamen und grinsend in die Fenster starrten. Ihre Gesichter mit vom Grinsen bloßgelegten Zähnen traten plötzlich so klar aus dem Nebel hervor, daß sie überrascht und verwundert zurückschraken. Sie hörten dumpfes Gelächter – was gab es da zu lachen – und langsam und mit Mühe brachten sie ihr Denken wieder in Bewegung.
Der Nebel zerstreute sich, sie waren am Fuße des Lushan angekommen. Rundum endlose Felder, der Bus flog leicht und schnell wie Musik über die Landstraße dahin und ließ das Gebirge im Dunst hinter sich zurück. Immer undeutlicher blieben die Berge zurück, der Himmel klarte auf, die Sonne stand hoch, ihre Ohren wurden plötzlich hellhörig, als seien sie gereinigt worden, die Welt begann wie gerade zur Besinnung gekommen zu singen, Sirenen tröteten heiter und unbeschwert, die dahinrasenden Räder des Busses ratterten auf der Straße, und die Menschen unterhielten sich wieder klar und deutlich. Etwas verunsichert fiel ihr auf, daß in all den Tagen zuvor ihre Stimmen wie von einer dünnen Haut überzogen gewesen waren. Was trieben die Berge für Possen mit ihnen! Wie konnten sie nach Lust und Laune mit den Gefühlen der Menschen ihre Späße treiben! Die dünne Haut war gerissen und hatte die nüchterne Realität bloßgelegt – alles rundum war hell und klar. So also war die Welt, und so waren ihre eigentlichen Stimmen. Sie achtete auf ihre eigene Stimme, als sie sich, ohne es recht zu merken, auf eine Unterhaltung einließ, und ihre Stimme hatte sich seltsam gewandelt, schien fremd und doch vertraut, aber sie wußte, daß es ihre Stimme war, im

Gespräch hörte sie ihre jahrzehntealte Stimme. Als sei sie gerade erst erwacht, gingen ihr die Augen auf, doch sie hatte noch den Schlaf in den Augen, fühlte sich etwas unwohl und spürte einen widerlichen Geschmack im Mund. Aber sie sah völlig klar. Im Bus herrschte ein unglaublicher Radau, und der Schlager, den der Fahrer abspielte, übertönte alles andere: »Eins plus eins plus zwei macht vier, Herz plus Herz macht ›Ich liebe dir‹!«

Bei jeder Bewegung spürte sie eine frische und reine Lebenskraft ihren Körper durchströmen. Der Bus fuhr vorbei an einem Traktor, dann an einem großen Lastzug und schließlich sogar an einem Personenwagen, geradewegs auf den Schönen Gipfel zu. Punkt zwölf kamen sie an, ihre Hoffnungen auf eine Übernachtung dort hatten sich damit zerschlagen, sie erinnerten sich nicht einmal mehr daran. Ihre Rückkehr in diese Welt, in der alles so klar und deutlich war, verwirrte sie und machte es ihnen schwer, damit fertig zu werden. Sie brauchten eine Zeit der Umstellung, als seien sie zu plötzlich aus einem Traum erwacht. Für einen Moment vergaßen sie sogar den anderen.

Der Schöne Gipfel war ganz besonders ruhig, der Drachensee ganz besonders klar. Sein Wasser kam aus weit entfernten Quellen und floß von hier aus in weite Fernen. Die Ecken und Kanten der Steine am Grund des Sees waren glattgespült und das Geröll so angenehm poliert, daß alle ihre Schuhe und Strümpfe auszogen, die Hosen hochkrempelten und in den See wateten. Auch sie machten keine Ausnahme. Die glatten Kieselsteine massierten ihre Fußsohlen, durch das klare Wasser konnte man jedes Steinchen vom anderen unterscheiden, deutlicher noch als den Kies auf dem Fußweg, denn das Wasser war reiner als die Luft, durchsichtiger und weniger trübe – erst im Spiegel dieses Wassers wurde deutlich, was für eine Suppe die Luft um sie her war. Sie starrte auf ihre Füße im Wasser, die Steine darunter, den Sand zwischen den Steinen. Anschließend wollte man eine Sehenswürdigkeit aufsuchen, die steinerne Plattform, auf der Kaiser Li Jing vor tausend Jahren studiert hatte, doch sie hatte kein Interesse daran, sie liebte das Wasser und blieb daher zurück. Auch er wollte nicht mitgehen und blieb zurück. Die anderen ermahnten sie, nicht zu lange zu bleiben und auf die Zeit zu achten: In einer Stunde würden sie wieder in den Bus steigen. Dann gingen sie lärmend und gestikulierend davon. Da erst dachte sie wieder an ihn und er an sie. Sie standen sich einen Moment stumm gegenüber, bevor sie im Wasser aufeinander zuwateten, bis sie voreinander standen. Sie schienen sich ein wenig fremd zu sein und verlegen. Es war ebenso aufgesetzt wie unwahr, als sie dachte: »Wenn ich gewußt hätte, daß er bleibt, wäre ich gegangen.« Und auch er dachte ebenso aufgesetzt wie unwahr: »Wenn ich gewußt hätte, daß sie bleibt, wäre ich gegangen.« Ihre Mienen aber straften ihre Worte Lügen und trugen ihr »Nicht-anders-können« offen zur Schau, und so beruhigten sie sich allmählich. Dann sagte er: »Es ist so schön hier, daß ich gern noch etwas bleiben wollte.« Und sie wiederholte: »Es ist so schön hier, daß ich gern noch etwas bleiben wollte.« Es war fast ein Bloßlegen ihrer wahren Gefühle.

Das Wasser war glasklar, ohne Schmutz, ohne Fremdstoffe, und sie sahen die Linien auf dem Fußrücken des anderen, die Härchen auf den Zehen und jeden Riß in den Nägeln. Sie blieben stehen und schafften es nicht, den letzten Zwischenraum zwischen sich zu überbrücken; die geöffnete Tür zwischen ihnen war unbemerkt wieder ins Schloß gefallen, ohne den kleinsten Spalt aufzulassen, sie hatten den Schlüssel verloren und wußten sich keinen Rat. Sie kamen nicht einmal dazu, an Abschied zu denken; reuevoll und von panischem Schrecken ergriffen standen sie im Wasser und verschwendeten gut zwanzig Minuten, danach waren sie einander müde geworden und zogen sich ein wenig zurück. Sie konnten nicht anders, als dieses müde Gegenüber, auf das ohnehin kein Verlaß war, preiszugeben. Er war der erste, der die Situation nicht mehr ertrug. Er trat einen Schritt zurück und ließ sich auf einem Stein im Wasser nieder, um sich eine Zigarette anzuzünden. Da entkrampfte auch sie sich und zog sich ans Ufer zurück, wenige Schritte von ihm entfernt. Er kramte Zigarette und Feuerzeug vor, das Feuerzeug sprang an und näherte sich der Zigarette. In dem Augenblick, da das Flämmchen die Zigarette berührte, erhellte sich plötzlich etwas und ließ sie zusammenfahren, und beide dachten gleichzeitig an das Verwunschene Tal und an den geheimnisvollen Wind des Verwunschenen Tales. Mit leicht zitternden Händen entzündete er die Zigarette, während sie sich ganz langsam auf einem Stein niederließ. Sie saßen jeder stumm auf seinem Stein und starrten in den See der Drachenquellen. Die Quellflüßchen aus den Tiefen der Felsschluchten strömten reich und ruhig dahin. Die Zeit verstrich Sekunde für Sekunde, ja fast meinte sie schon das Vergehen der Sekunden zu hören wie das Dröhnen eines Glockenklöppels, und im Schlagen dieser Glocke verschwamm alles und zog sich vor ihren Augen zurück. Bedrückt fragte sie sich, was sie in dieser letzten Stunde, da alles im Begriff war zu Ende zu gehen, tun sollten. Gewiß, was gesagt werden mußte, war gesagt worden, was getan werden mußte, war getan worden, doch alles Gesagte und alles Getane schien ihr nicht verläßlich, nicht wahrhaftig; sie konnte dem letztlich nicht vertrauen und sich nicht ganz darauf verlassen. Sie brauchte etwas Konkretes, das sie anfassen und festhalten konnte. Aber sie wußte selbst nicht, was dieses Konkrete sein sollte, ein Wort, ein Gelübde, ein Geschenk zum Zeichen der Treue – das alles erschien ihr geradezu frivol. Ihr kamen die Tränen vor Verzweiflung, doch sie hielt sie mit Macht zurück und ließ den Kopf hängen. Auch er senkte traurig den Kopf. Noch zehn Minuten waren es bis zur Abfahrt, und sie wußten sich nach wie vor keinen Rat. Reue überkam sie: Sie hätte sich keinen Schritt von ihm entfernen dürfen – in einem solchen Moment konnte die kleinste Bewegung zu einem schwerwiegenden Fehler werden. Sie wußte nicht, ob sie alles verdorben hatte; wenn sie eben nicht von ihm weg, sondern näher zu ihm hingegangen wäre, sich auf den Stein dort neben ihn... aber war es dazu nicht schon zu spät? Er war im Begriff, seine Schuhe anzuziehen, Wassertropfen perlten kühl und frisch von seinen Fersen in den See, ohne daß sie es hören konnte. Dann zog er die Schuhe an, gewöhnliche alte Sandalen, deren hellbraunes Leder häßliche Risse hatte, stand auf und wollte gehen; wohin er wohl gehen würde? Sie war nur mehr ein Nervenbündel, das Blut gefror ihr in den Adern. Ein paar Jungen tobten nackt im Wasser herum, sie sah ihre weit aufgerissenen Münder und die hoch aufspritzende Gischt um sie her, ohne einen Laut zu hören. Er setzte seine Füße in Bewegung – in welche Richtung würde er seinen Schritt lenken? Würde sein erster Schritt zu einem schwerwiegenden Fehler – oder ganz im Gegenteil? Ihr stockte der Atem. Da, er ging auf sie zu, er kam tatsächlich auf sie zu, blieb vor ihr stehen und sagte:

»Los, es ist so weit, wir müssen zurück.«

Als sie sich viele Tage später noch einmal an diesen Augenblick erinnerte, erschienen ihr die wenigen Worte wie eine Zauberformel:

Los.

Es ist soweit.

Wir müssen zurück!

Aber dieser Augenblick war noch nicht der der verlorenen Hoffnung, sie war außer sich vor Glück. Sie spürte seine Hand auf ihrem Haar ruhen. Das Blut schoß aus ihrem ganzen Körper in den Kopf, mit all ihrem Blut wollte sie dieser Hand begegnen, mit all ihrem Blut seine Hand küssen. Von seiner Hand sickerte zugleich Kälte und Wärme in ihr Blut, das heiß und kalt zu pulsieren begann und ihren ganzen Körper abwechselnd kalt und heiß erschauern ließ. Sie mühte sich mit ihren Schuhen ab, doch erst als

er seine Hand fortnahm, schlüpften ihre Füße leicht hinein. Sie erhob sich und ging neben ihm die wenigen Stufen zum Pavillon hinauf. Wie auf Verabredung blieben sie stehen, wandten sich um und warfen einen letzten Blick auf den Drachensee. Es war ihr letzter Ankerplatz, denn in diesem Leben würden sie nicht wiederkommen, nein, sie würden nicht wiederkommen, nein, hier würde es kein zweites Mal geben, und wenn sie doch wiederkämen, würde es nicht dieser Drachensee sein und sie selbst würden nicht mehr dieselben sein. Das wurde ihnen erst lange Zeit später bewußt, im Augenblick gab es nur eine unklare Besorgnis, sie machten sich Gedanken – und wußten nicht worüber. Keine Sekunde des menschlichen Lebens wird sich an keinem Ort je wiederholen, aber jede Sekunde und jeder Ort kann den Menschen an etwas erinnern und an solche Gedanken erinnern. Daher weiß niemand das Damals als Damals und das Heute als Heute zu schätzen. Aber um das zu verstehen, konnten sie doch zu wenig aus der Haut ihrer Gewohnheiten, so intelligent sie auch waren. Am Pavillon stehend und den Blick auf den See der Drachenquellen gerichtet, gaben sie sich tiefer Schwermut hin; sie ergriffen auch jetzt nicht das Wort, sondern ließen die letzte Minute deprimiert verstreichen. Ihm blieb nichts anderes übrig als zu gehen, und auch ihr blieb nichts anderes übrig als zu gehen. So hasteten sie los wie zwei hektische Reisende und hatten keine Gelegenheit mehr, sich noch einmal in Ruhe gegenüberzutreten. Aus der Ferne hörten sie das Dröhnen der Autohupe.
Das besiegelte es endgültig: Rückkehr.

Als sie in die Kreisstadt zurückkamen, war es bereits sechs Uhr, sie holte nacheinander die Briefe von ihrem Mann und von ihrer Einheit ab und besorgte die Fahrkarte für den nächsten Tag. Da erst gestand sie sich ein, daß die Stunde der Heimreise gekommen war. Ihr Mann fragte in einem Brief, was passiert sei und warum sie, kaum aus dem Haus, mit keiner Zeile an ihn gedacht habe. Im Brief ihrer Redaktionsabteilung ging es um Dienstliches: Man hoffe, daß sie vom Schriftsteller Sowieso ein Manuskript mitbringen werde, denn zu Beginn der nächsten Drucklegung habe man noch keinen geeigneten Roman, und Schriftsteller Sowieso habe sich einverstanden erklärt, ihnen dieser Tage ein Manuskript zu geben. Sie bedauerte ein wenig, daß mit Schriftsteller Sowieso nicht *er* gemeint war, denn dann hätten sie einen Grund gehabt, einander zu treffen. Ihre Begegnungen mußten von nun an Gründe haben, denn ohne Grund würden sie nicht mehr zusammentreffen. Am Fuß des Berges war das etwas anderes als auf dem Berg. Das Leben auf dem Berg war ohne Ziel und ohne Zentrum, man tat, was man gerade wollte; in der Welt am Fuße des Berges hatte jeder eine Verantwortung zu tragen, ein klares Ziel vor Augen, alles mußte stets vernünftige Motive und Gründe haben. Die Welt funktionierte streng nach den Gesetzen von Ursache und Wirkung, alle Verhaltensweisen waren durch Ursache und Wirkung miteinander verknüpft, und alles geschah nach Regeln und Gesetzmäßigkeiten. Auf dem Berg konnte man ganz und gar ziellos umherstreifen, aber hier unten hatte jeder Schritt ein Ziel, selbst wenn es ein unklares Ziel war – es mußte auch unklare Ziele geben. Sie konnten nicht mehr nach Lust und Laune zusammenkommen, sie konnten sich nur unter die Menge mischen, einander ohne Hoffnung aus weiter Ferne ansehen – ein Blick, der immer wieder unterbrochen und gestört wurde, so daß sie sich nie mit ungeteilter Aufmerksamkeit gegenübertreten konnten. Auch sie selbst trugen dazu bei: Eine Verantwortung lastete wieder auf ihren Schultern, tausenderlei Dinge stürzten von neuem auf sie ein, sie konnten einander nicht mehr einfach als sie selbst begegnen, denn eingespannt in einen Wirrwarr von zahllosen Kleinigkei-

ten veränderten auch sie selbst sich. Nur drei Stunden Zeit und eine Strecke von dreihundert Li waren es, doch es trennte sie viel mehr als das. Aber sie wollten sich damit nicht abfinden, nein, sie wollten sich nicht abfinden, sondern mit aller Kraft festhalten, alles Seltene und Seltsame am anderen festhalten: Die zehn Tage und zehn Nächte auf dem Berg – wieviele Gefühlsregungen und wieviele Gedanken hatten sie sie gekostet, wieviel Zittern und Herzklopfen, und plötzlich wurde all das für ungültig erklärt, als habe es dies nie gegeben – das war mehr als ein schlechter Scherz, sollten sie sich zum Narren halten lassen? – es war eine Demütigung! Sie weigerten sich, das zuzugeben. Es war schwer, Gründe für ein Zusammensein zu finden, und Gründe für ein Nicht-Zusammensein würden viel leichter zu finden sein. Sie begannen, die Abwesenheit des anderen zum Zeichen seiner Gegenwart zu machen: Der Verlag veranstaltete am Abend eine Abschieds-Teeparty, und erschien nun er, mußte sie sich zurückziehen, fand sie sich ein, zog er sich zurück, ein merkwürdiges Zwiegespräch, das sie gewandt zu führen verstanden und das tief im Innern an ihre wahren Gefühle rührte. Sie trafen nie zusammen und waren stets an verschiedenen Orten zu finden, doch im Ausweichen waren ihre Seelen einander nahe, und in den Begegnungen der Nicht-Begegnung erfaßte sie eine jämmerliche Freude.
Schließlich war der Moment des Abschieds gekommen. Er reiste am Morgen in Begleitung des Brillenträgers ab, mit dem er gekommen war, doch sie begleitete die beiden nicht zum Flughafen. Bevor ihr Wagen sich in Bewegung setzte, verabschiedeten sich alle mit Handschlag von den beiden. Sie schüttelte dem Brillenträger die Hand, aber ihm reichte sie sie nicht. Ohne einander die Hand zu geben, schüttelten sie sich fest die Hände, ohne einander anzusehen, sahen sie sich fest an, und ohne sich zu verabschieden, verabschiedeten sie sich aus tiefstem Herzen. Dann stieg er ein, schlug die Tür zu, und der Wagen fuhr ab.

Sie war die erste, die sich umwandte, sie ging ins Gästehaus, betrat den Fahrstuhl, der sie Stockwerk für Stockwerk hochbeförderte, und stieg aus. Über den dunkelroten Läufer ging sie zu ihrem, dem letzten Zimmer auf dem Flur. Mit ihrem Rücken aber beobachtete sie das sich entfernende Bild des Wagens, sie wollte seine von ihr wegführende Fahrtrichtung zu sich umkehren, und je weiter er wegfuhr, umso näher schien sie ihm zu kommen. Sie wollte mit aller Kraft, mit aller Kraft ihrer Hände, ihn festhalten, die Tage und die Eindrücke mit ihm, sie sollten sie nicht verlassen, sie wollte sie ganz festhalten. Aber sie fühlte sich immer leerer und leerer, und dann hörte sie hinter sich die Fahrstuhltür aufgehen und die anderen herausquellen, dann ihre weichen Schritte auf dem Teppich. Sie trat in ihr Zimmer und schloß die Tür hinter sich. Als sie ihr ordentlich bereitliegendes Gepäck sah, fiel ihr ein, daß sie am Nachmittag ebenfalls abreisen würde.
Der Zug fuhr um vier Uhr nachmittags. Sie ging bis ans hinterste Ende des Bahnsteiges, bevor sie einstieg. Sie wollte sich diesen Bahnsteig fest einprägen, doch sie bekam keinerlei Besonderheit zu fassen, es war ein Bahnsteig wie alle anderen auch, selbst die ernst und reglos dastehenden Bahnschaffner trugen alle das gleiche Gesicht zur Schau. So konnte sie nichts tun als vom Zug aus dem entschwindenden Bahnsteig hinterherzustarren. Auf offener Strecke dann raste der Zug im Licht der nach Westen wandernden Sonne dahin.
Heim, nur heim. Undeutlich dachte sie an ihr Zuhause und konnte sich die Bedeutung, die es nun für sie hatte, nicht erklären. Voller Panik sah sie in die vorbeifliegende Landschaft hinaus und sagte immer wieder das Wort »Zuhause« vor sich hin, als bekäme es dadurch einen Sinn. Die Räder des Zuges ratterten hell und klingend in den Schienen. Kaum begann der Himmel sich zu verdunkeln, da kletterte sie schlaftrunken auf ihre Pritsche und schlief

sofort ein. Sie vergaß das Abendessen, und als sie ein merkwürdiges Grummeln in ihrem Magen hörte, kam sie nicht dahinter, was es wohl zu bedeuten habe.
Der Zug rüttelte sie schnaubend und brüllend durch, er rüttelte ihre Traumwelt entzwei, daß sie völlig durcheinandergeriet. Wie ein Kind ein Puzzlespiel, so suchte sie mit aller Kraft ihren Traum wieder zusammenzusetzen, doch ganz gelang es ihr nicht. Sie träumte immer weiter, bald war sie am Drachensee, bald stürzte sie ins Verwunschene Tal, bald kletterte sie auf einer neunhundertsechsundfünfzigstufigen Treppe umher, erschöpft und erregt zugleich. Kaum hatte sich die Treppe gezeigt, als sie sich auch schon wieder auflöste und ihre Einzelteile wie Kraut und Rüben wild in die Gegend verspritzte. Aufgeregt und angestrengt suchte sie ihre Traumbilder zusammenzubringen, suchte sie zu verstehen, bis ihre Gedanken sich verwirrten und sie sich erschöpft fühlte. Und als sie müde an Geist und Seele in die Kissen zurücksank, hörte sie sich plötzlich vor sich hin schwatzen. Sie hatte die ganze Zeit geredet, sie hatte erzählt und lamentiert mit aufgeregter und bewegter Stimme, bis sie ganz außer Atem war. Und immer noch redete sie weiter und fand kein Ende. Warum sie so zum Platzen voll mit Gedanken und so unruhig war, wußte sie nicht und versuchte sich ihre Unruhe zu erklären. Sie war aufgeputscht und erschöpft zugleich, machte die ganze Nacht Radau und fand vor lauter eigenem Lärm keine Ruhe. Ihre Ohren wurden fast taub, ihre Stimme fast heiser, und ihr Kopf schwoll an. Als sie am Morgen aufwachte, brummte ihr der Schädel.
Als der Zug an einer kleinen Station hielt, sah sie mit einem schalen Geschmack im Mund dem regen Kommen und Gehen auf dem Bahnsteig zu; einige stiegen aus, um sich am Wasserbecken das Gesicht zu waschen und die Zähne zu putzen; ein weißgekleideter Bahnhofsangestellter schob teilnahmslos einen Wagen mit Eßwaren vor sich her; am Bahnsteig gegenüber stand an der Fahrkartenkon-

trolle eine Gruppe fröhlich lärmender Menschen; plötzlich schrillte eine Sirene mit hoch anhaltendem Ton. In der Wildnis ihres Schädels schien etwas zu erwachen, doch als sie es klar zu fassen suchte, entschlüpfte es ihr. Im Augenblick, da das Signal der Sirene abbrach, setzte sich der Zug in Bewegung. Da tauchte vor ihr das Bild ihres Mannes auf, der dem Zug hinterherlief. Und obwohl sie den Bahnsteig immer schneller in die Ferne rücken sah, kam ihr Mann immer näher. Nach und nach erinnerte sie sich, wie er angestrengt dem Zug hinterhergelaufen war, erinnerte sich an die Unruhe in ihrem Innern. Sie hatte ihrem Mann kurz vor der Abfahrt noch etwas sagen wollen und von dem Auftauen des Rippchens im Eisschrank gesprochen, und dann hatte es vor der Abreise noch diesen grundlosen Streit gegeben. Über den Zuglautsprecher wurde angekündigt, daß der nächste Halt die Endstation sei. Sie würde heimkehren, ja sie würde heimkehren, und sie spürte ihr Zuhause wie ein Relief in sich eingeprägt. Sie wurde aufgeregt, ihr Herz klopfte schneller, sie war besorgt und hin und her gerissen. Sie wußte nicht, ob sie sich freute nach Hause zu kommen oder nicht, ob sie in den zwölf Tagen Abwesenheit Heimweh verspürt hatte oder nicht, und je näher der Zug dem Endbahnhof kam, desto aufgeregter wurde sie, und bald konnte sie es kaum noch erwarten. Sie fuhren ins Stadtgebiet ein, hinter den Schranken drängten sich Autos und Fußgänger auf dem Weg zur Arbeit. Kurz bevor der Zug in den Bahnhof einfuhr, erklang im Abteillautsprecher muntere Marschmusik und verbreitete eine Stimmung wie bei der Heimkehr einer siegreichen Armee. Unruhe packte sie. Plötzlich bereute sie es, ihrem Mann nicht telegrafiert zu haben, sie vom Bahnhof abzuholen. In der Tat, sie hätte ein Telegramm schicken sollen. An der Hauptrezeption des Gästehauses hatte es eine Poststelle gegeben, und sie hatte dennoch nicht telegrafiert. Als sie jetzt daran dachte, kam ihr alles wie aus einem früheren Leben vor und nicht wie vom gestrigen Tage. Wahrhaftig,

eine Nacht, die das Gestern so jäh vom Heute abzutrennen vermochte, gab es kein zweites Mal.
Schließlich wurde der Zug langsamer und kam zögernd zum Stehen. Sowie er mit einem Ruck gehalten hatte, merkte sie, daß sie zu träge war, sich zu bewegen. Aber sie mußte sich in Bewegung setzen. Sie ordnete ihren im Schlaf zerdrückten Rock und das wirre Haar und hatte weiter diesen üblen Geschmack im Mund, ihre Zähne hatte sie nicht geputzt und ihr Speichel war klebrig geworden. Angewidert versuchte sie mit der Zunge ihre Kehle zu verschließen. Dann zog sie ihr Handköfferchen unter der Pritsche hervor und stürzte sich ins dichte Menschengedränge, in dem sie sich scheinbar bewegungslos fortbewegte und ausstieg.
Die Sonne stand hoch am Himmel, doch es wehte ein kühler Wind, und die Menschen hatten, seit sie abgefahren war, zu dickerer Herbstkleidung gewechselt. Sie riß sich zusammen und ging den langen Bahnsteig entlang auf die Sperre zu, als von hinten plötzlich ein Gepäckwagen ankam und die Menschen an die Seite drängte und dann einige Gleise überquerte; wieder würde ein Zug abfahren, das Signal ertönte und dazu ein lautes Pfeifen. Die Morgenluft war frisch, die Menschen lebendig und heiter und ihre Gesichter gelöst, da erst spürte sie, wie schlampig und angegriffen sie aussah. Doch sie hatte keine Lust, darüber nachzudenken und konzentrierte sich darauf, mechanisch ihres Weges zu gehen. Sie überquerte einen großen Platz, die Tasche ließ ihren Arm bleischwer werden, doch sie war zu träge, sie in die andere Hand zu nehmen, schloß ihre Finger fester um den Griff, setzte mühsam einen Fuß vor den anderen und bewegte sich Schritt für Schritt voran.
Über der stark belebten Straße stand die Sonne wie über einem großen Fluß, es wirkte zugleich komisch und großartig. Sie stand am Rande der Straße, auf der sich Fahrzeuge und Menschen munter dahinbewegten und wußte nicht, wie sie das andere Ufer erreichen sollte – die Straße

war ein mächtiger Fluß ganz ohne Übergang. Selbst wenn man den Zebrastreifen als Übergang betrachtete, schien er angesichts des nicht abreißenden Stromes nicht sonderlich sicher. Sie versuchte es mehrmals und scheiterte mehrmals, bevor sie den Bruchteil eines Augenblicks ergriff, in dem ein Auto leicht verlangsamte, und hinübergelangte auf die andere Straßenseite. Mit dem Überqueren der Straße gewann sie etwas von ihrem Selbstvertrauen zurück, das vielfältige Stimmengewirr der Stadt rief Erinnerungen in ihr wach und beschleunigte ihr Eingewöhnen. Sie schritt nun bestimmter aus, als sie ihren Weg zur Haltestelle fortsetzte, sie ärgerte sich, nicht mit dem nächsten Schritt zu Hause sein zu können, und ihre Kleider von gestern und ihr Gesicht von gestern stimmten sie traurig und waren ihr schier unerträglich.

Als sie zu Hause anlangte, schlug es bereits neun, ihr Mann war längst bei der Arbeit, doch auf dem Kocher lag eine Notiz von ihm: Für den Fall, daß sie heute heimkomme, sei eine Grüne-Bohnen-Suppe im Eisschrank eingefroren, frisches Brot sei da, und die Thermosflasche mit heißem Wasser gefüllt, es reiche, um sich zu waschen und die Haare dazu. Das Datum auf dem Zettel war das von vorgestern, offensichtlich wartete er schon seit zwei Tagen auf sie. Plötzlich war ihr zum Heulen zumute wie einem Kind, dem ein Unrecht widerfahren und das nun heimgekehrt war, und in diesem Augenblick überkam sie eine fast zärtliche Gefühlsaufwallung – bis sie das Durcheinander im Zimmer sah: schmutzige Teeschalen standen überall verstreut auf Kommode, Regal, Schreibtisch und Eßtisch, und eine balancierte sogar wie ein Vogel auf seinem Zweig auf dem schmalen Ablagebrett des Bettes. Unter dem Bett türmte sich der vom Durchzug zusammengetragene Staub wie das Wattefutter einer Steppdecke und tanzte munter in den Strahlen der Sonne, der Eßtisch klebte von Speiseresten, und das ganze Zimmer roch faulig wie ein alter Wischlappen. Sie atmete einmal kräftig aus, schluckte ihre

Tränen hinunter, dann stieg langsam die Wut in ihr hoch, und sie wollte sich von ganzem Herzen mit jemandem streiten. Aber leider war sie allein im Zimmer, im ganzen Haus herrschte eine derartige Stille, daß man meinen konnte, es sei gänzlich ausgestorben, und so konnte sie nur wütend in sich hineinmurmeln. Außer sich begann sie die Teeschalen zusammenzuräumen, wollte sich mittendrin plötzlich die Zähne putzen, kramte die Toilettenartikel aus ihrer Tasche und wollte gleichzeitig frische Wäsche einräumen. Aber was war denn mit der Schublade passiert, sie klemmte und bot, endlich mit großem Kraftaufwand aufgezogen, ein Bild heillosen Durcheinanders. Alles war durchwühlt und beim Zuschieben der Lade zusammengeknäuelt worden, so daß nichts mehr hineinpaßte. Sie begann, die Wäsche zu sortieren, aber nach ein paar Stücken fiel ihr Blick auf ihre schmutzigen Hände, die die ganze Nacht nicht mit Wasser in Berührung gekommen waren, sie griff nach ihren Toilettenartikeln und wollte sich waschen, doch die Waschschüssel starrte vor Schmutz, also machte sie sich auf die Suche nach Scheuerpulver, um die Schüssel zu schrubben. So wurde sie in wenigen Augenblicken immer konfuser und brachte nichts zuwege. Sie war erschöpft und wütend, hungrig und durstig, sie wollte sich hinlegen, doch auf dem Bett stapelten sich so viele Sachen, daß kein Platz blieb, um sich hinzulegen. Ihr stiegen Zornestränen in die Augen, ihr Herz klopfte, und in ihren Schläfen pochten die Adern. Sie raste. Sie raste vor Wut. Räumend und tobend veranstaltete sie ein großes Geschrei in ihrem Innern, daß ihr die Lunge zu platzen drohte. Wie um sie zu ärgern schien die Sonne immer strahlender und mit geradezu beunruhigendem Zauber, so daß man glauben konnte, man dürfe ihr mit nichts Alltäglichem, Banalem unter die Augen treten und es deshalb lieber gleich sein ließ. Da rief unten jemand, es war der Postbote, jemand vom dritten Stock solle ihm eine Bestätigung geben, es sei ein Einschreibebrief gekommen.

Richtig, er würde ihr schreiben. Wenn auch nicht heute und nicht morgen, aber übermorgen oder überübermorgen könnte ein Brief von ihm kommen. Sie konnte warten, der Brief würde nicht ausbleiben, im Brief wäre alles zu Protokoll genommen und faßbar, ein Brief würde Beweise für ihre Erinnerung liefern und sie in ihren Grübeleien bestätigen. Keine Nacht, keine Nebel mehr um sie her, nur sie beide und keine Zeugen, ein schneller Kuß, leise Worte. Als sie an ihn dachte und an die Möglichkeit eines Briefes von ihm, wurde sie ruhig und schämte sich ihres Wutanfalls. Sie empfand es als ein arges Aus-der-Rolle-Fallen, in so schlampigem Aufzug derart jähzornig aufzufahren. Hinter ihrem Rücken erschienen seine Augen, deren Blicke ihr Ruhe und Wärme aufzwangen und sie friedlich stimmten auf eine Weise, für die sie in ihrer Erinnerung kaum einen Vergleich fand. Der Aufruhr in ihrem Herzen schien ihr nun völlig unangebracht, und wenn es ihr nicht gelang, sich zu beruhigen, dann hatte sie ihn die zehn Tage lang belogen und betrogen. Nachdem sie sich auf diese Weise selbst streng gemaßregelt hatte, löste sich endlich die Wut in ihrem Innern. Gefaßt fuhr sie fort aufzuräumen und ging dabei nach und nach immer systematischer vor und kam so auch nach und nach zu einem Ergebnis. Als sie dann sich selbst und ihre Haare gewaschen hatte, hatte sich der Aufruhr gelegt. Sie legte sich aufs Bett und dachte sich im stillen aus, wann ein Brief von ihm kommen könnte, und sie stellte sich vor, was in dem Brief stehen würde. Jetzt konnte sie mit ruhigem Gewissen an ihn denken, rein, geordnet, klar und ruhig, und so machte sie weder ihn noch ihrer beider Beziehung klein. Alles andere wäre ihr unerträglich geworden. Er und sie, sie durften sich nur in Reinheit, ja, in einer Art heiligem Ernst begegnen, nicht die geringste Unbill durfte es geben. So und nur so war ein Zwiegespräch möglich. So konnten sie in ein Zwiegespräch eintreten. Mit geschlossenen Augen lag sie bequem auf dem Bett und lächelte süßlich. Aber da war eine große Leere in ihr – sie wußte nicht, was sie denken sollte. Sie hatte die Augen immer noch geschlossen und nahm alle Konzentration zusammen, um sich etwas in Erinnerung zu rufen, aber immer noch fiel ihr nichts ein. Nur einige Bilder schwirrten verschwommen und vereinzelt in ihrem Kopf umher, ohne daß sie eines hätte erhaschen und festhalten können. Erläuterungen waren vonnöten. Sie begann sich Geschichten zu erzählen, die mit ihr gar nichts zu tun zu haben schienen, und als ihr dies zuviel wurde, wurde sie müde, der letzte Satz, den sie denken konnte war: Vielleicht kann ich ja von ihm träumen. Danach wußte sie nichts mehr.

Als sie die Augen aufschlug, lag ein Dunstschleier über dem ganzen Zimmer, und der Wind pfiff durch die Ritzen des Bambusrollos. Sie griff nach einer Wolldecke, um sich darin einzuwickeln, und trotz eines ziehenden Muskelschmerzes war sie ruhig und friedlich. Am Rauschen draußen hörte sie, daß es regnete. Aber selbst ein Wolkenbruch würde sie nicht schrecken, sie war daheim. In diesem Augenblick fand sie ihr Zuhause herrlich, es war ihr ein sicherer Hort. Weit weg grollte Donner, es wurde dunkel im Zimmer, doch sie wußte, daß es nicht das Dunkel der Nacht und daher kein Grund zum Fürchten war. Der Regen nieselte auf den Balkon, einige Lichtstreifen sickerten durch die Ritzen des Bambusrollos herein und verdoppelten sich still im Spiegel des Frisiertischchens. Mit schläfrigen, halb geschlossenen Augen spürte sie ihr Bett wie eine Wiege leicht schwanken und sie in den Schlaf schaukeln. Der letzte Blick, der sich ihr bot, bevor ihr die Augen ganz zufielen, war ein Teppich gelber Herbstblätter, der am Bambusrollo vorbeiwehte, und im selben Augenblick ein helles Aufleuchten des Rollos, als sei die düstere Wolkendecke für einen Moment aufgerissen.

Als der Mann nach Hause kam und seine Frau ruhig schlafen sah, verspürte er den dringenden Wunsch, sie aufzuwecken, um ihr alles zu erzählen, was sich im Laufe der zehn Tage ereignet hatte, doch er brachte es nicht übers Herz. Er fand seine schlummernde Frau liebenswerter denn je, und darüberhinaus hatte er sie lange nicht so gelöst schlafen gesehen. Er begann auf leisen Sohlen das Essen vorzubereiten. Von den Gerüchen der verschiedenen Gerichte erwachte sie. Sie schlug die Augen auf, und der Anblick ihres unbeholfen Zwiebeln schälenden Ehemannes rührte sie. Nie wieder, schwor sie sich, würde sie jähzornig auffahren, nie wieder herumschwatzen. Sie mußte ihr Temperament zügeln, mußte sanft und ruhig werden wie im Gebirge. Die Berge waren unerreichbar fern, sie durchsuchte ihr Gedächtnis danach, aber sie stieß nur auf nassen Nebel. Ein Augenpaar durchbohrte den Nebel und starrte sie aufmerksam an, sie durfte es auf keinen Fall enttäuschen; die Augen schienen sie nicht zu erkennen, schienen sie für jemand anderen zu halten. Sie wollte das Spiegelbild ihrer Selbst, das in diesen Augen war, gut hüten.

Es war eine zarte, liebevolle Nacht, vor den Fenstern nieselte ununterbrochen ein feiner Regen, und die milchig weiße Drachenlampe erfüllte das aufgeräumte Zimmer mit einem außergewöhnlich friedlichen Licht. Niemand störte sie, nur der Wind drückte ab und zu gegen die Tür. Die nervöse Anspannung, die bei einem Ballspiel der Frauen im Fernsehen herrschte, war der passende Kontrast zu dieser Atmosphäre wohliger Entspanntheit. Geruhsam erzählte sie ihm Erlebtes und Gehörtes vom Lushan, und synchron dazu dachte sie über die Bilder der Gemeinsamkeit mit *ihm* nach. Es war ganz natürlich, daß er vor ihren Augen erschien; so mühelos kam er ihr in Erinnerung und so zurückhaltend, daß er die Harmonie des Augenblicks nicht im mindesten störte. Ihr Mann unterbrach hie und da, um ihr alles Neue und Belanglose von daheim und außerhalb mitzuteilen, die Uhr auf der Kommode erzählte laut tickend vom Verrinnen der Zeit, und auf dem Gaskocher brodelte Wasser. Ihr Mann stand auf, um es umzugießen, gluckernd füllte sich die Wasserflasche, dann holte er den Wischlappen von der Toilette und zog ihn mehrmals durch die Lache des danebengelaufenen Wassers. Nachdem er das erledigt hatte, kehrte er zu ihr zurück und setzte sich auf den Peddigrohr-Stuhl am Kopfende des Bettes, um mit ihr, die auf dem Bett lag, das Geplauder fortzusetzen, belangloses Geschwätz ohne das geringste Wort von Bedeutung und nicht wert, festgehalten zu werden – und doch verschmolz alles zusammen zu einer friedlichen, glückseligen Nacht. Restlos zufrieden legte ihr Mann sich zu ihr, löschte das Licht und wäre nicht im Traum darauf gekommen, daß an diesem Abend in Wirklichkeit drei Menschen anwesend waren, drei Personen, und nicht nur zwei. Und an allen kommenden Tagen würden sie zu dritt statt zu zweit in Frieden vereint sein, würde es nicht Zank noch Streit geben, denn aller Zank und Streit würde sich durch die Anwesenheit jener unsichtbaren dritten Person in Rauch auflösen. Ihr Mann wunderte sich im stillen über ihre plötzliche Friedfertigkeit, doch genau diese Stimmung war es, die er sich wünschte, er vertraute seinem Glück, genoß die gute Laune seiner Frau, und über alles andere dachte er lieber nicht zulange nach.

Als sie am nächsten Tag durch ein Meer von Herbstlaub zur Arbeit watete, schien *er* mit ihr zu gehen und sie unverwandt anzustarren, um sich auch nicht das kleinste der vor ihr zu Boden rieselnden Blätter entgehen zu lassen. Ihre Hände, ihre Füße, Stirn und Wangen waren immer und überall seiner Sorge gewiß; es war, als sei sein Blick eins mit dem allgegenwärtigen Leuchten der Sonne und mit ihm verwoben zu einem Bündel, das alles durchdrang und selbst einen düsteren Wolkenhimmel noch in ein helles Licht verwandelte, über die Erde ausgoß und um ihren Körper legte. Zur Nacht vertraute er seinen Blick wie die Sonne ihre Lichtstrahlen dem Mond an, und ob es bedeckt oder heiter, ob Vollmond war oder nicht, nie wurde es so dunkel, daß man die Hand vor den Augen nicht mehr sah. Wenn die Welt nur noch einen Lichtstreifen vorzuweisen hatte, so war es sein umsorgender Blick. Und so pflügte sie voller Freude durch das Laub zur Arbeit. Die Sterkulien zu beiden Seiten breiteten ihre Arme über ihr aus, die Blätter an den Ästen waren verwelkt und verweht, und so zeigten die Bäume ihr schönes, kraftvolles Gerippe. Durch die kreuz und quer wuchernden Zweige und Astgabeln schimmerte der Himmel wie bunt gesprenkelt und gab ihr das Gefühl, einen Wandelgang mit farbigem Gewölbe und bunten Wandmalereien zu durchschreiten. Ihr wacher, neugieriger Blick huschte von links nach rechts und fiel auf eine junge Mutter mit einem Kind auf dem Arm, das singend jammerte: »Ich will nicht in den Kindergarten, ich will nicht in den Kindergarten!« Die Mutter redete ihm pausenlos gut zu. Das Weinen des Kindes schwebte noch lange als Zwitschern und Zirpen über dem sonnigen, farbenprächtigen Weg. Vor sich sah sie bald wieder das vierstöckige Gebäude in Form eines Dampfers, an dessen milchweißen Mauern sich früher Wasserspuren wie dunkle Schatten hinaufgezogen hatten. Die klare Herbstsonne hatte die Mauern getrocknet, ihre Schmutzspuren waren verschwunden, so daß sie nun frisch und hell leuchteten und ihre bullaugig runden Fenster das Sonnenlicht hell reflektierten wie schneeweiße Spiegel. In die grüne Balustrade waren Töpfe mit Schwanenblumen eingehängt, die leuchtend rote Blüten trugen. Vor dem Eingang hielt sie einen Augenblick inne und sah mit zusammengekniffenen Augen an dem Gebäude hinauf, in dem sie nun seit über zehn Jahren ein und aus ging – und hatte das Gefühl, als sehe sie es zum ersten Mal. »Da bin ich«, sagte sie vor sich hin und stieg die erste Eingangsstufe hinauf.

Auf dem ganzen Weg hatte sie leise und mit dünner Stimme in sich hineingesprochen, sie konnte ihn, der sie von allen Seiten umgab, doch nicht vernachlässigen und wollte zu ihm sprechen, um sich seines Blickes nicht unwürdig zu erweisen. Im Gebäude war es still, sie war eine halbe Stunde zu spät, denn bewußt oder unbewußt erhoffte sie sich eine kleine Begrüßungsszene oder wenigstens, daß man auf ihre Ankunft aufmerksam wurde. Sie war zurückgekehrt. Nach langer, langer Zeit war sie von weit, weit her zurückgekehrt und endlich wieder da. Leise schlich sie die Treppen hinauf, mit klopfendem Herzen und kalten Händen, und dachte, daß sie nach langer, langer Zeit von weit, weit weg wieder heimgekehrt war. Ihre Hand fuhr das Treppengeländer entlang, traf auf Wassertropfen und wischte sie fort, das Geländer schien unter ihrer Hand zurückzuweichen und sie selbst ganz von allein die Treppen hinaufzusteigen. Hinter den Türen hörte sie Schritte, doch trat niemand heraus, nur hinter verschlossenen Türen tappte es hin und her. Am Ende der Treppe angelangt, betrat sie den großen Büroraum.

Es war vollkommen still, alle waren da, alle arbeiteten über ihre Tische gebeugt konzentriert und versunken, und draußen vor den Fenstern sangen die Vögel. Sie wußte nicht, wie sie auf ihre Ankunft aufmerksam machen sollte, als ihr Blick auf die Tür ihr genau gegenüber fiel, zu der man ein paar Stufen hinaufgehen mußte, um zum Büro des Chefredakteurs zu gelangen. Damals hatte der stellvertretende Chefredakteur von diesen Stufen aus zu ihr gesagt, der Pen-Club hat ein Treffen, sie tagen auf dem Lushan, fahr doch mal hin! Ihr Herz schlingerte wie ein kleines Boot ohne Ruder und fand nur mühsam wieder sicheren Halt. Sie unterdrückte ihr Herzklopfen, tat zwei Schritte in den Raum hinein. Jemand hob den Kopf. Es war die kleine Zhang, doch sie hatte ihr den Rücken zugewandt und hob den Kopf nur, um der Alten Li gegenüber etwas zu sagen, und erst als die Alte Li den Kopf hob, wurde sie aufmerksam auf sie, die nun in den Raum hineinschritt.

Die Alte Li erhob sich und sagte: »Du bist wieder zurück?« Daraufhin drehte die kleine Zhang sich nach ihr um, der Alte Wang unter dem blendenden Südfenster stand auf, alle wandten sich nacheinander um, um sie anzusehen, lächelten und sagten: »Du bist wieder zurück?« Verblüfft starrte die kleine Xie sie an und begriff nichts, als zwei, drei andere gleichzeitig anfingen zu erklären, sie sei vom Lushan zurückgekehrt, wo sie an einer Versammlung teilgenommen habe. Der kleinen Xie fiel es wie Schuppen von den Augen, sie habe angenommen, sie sei krank gewesen, sagte sie. Da fiel ihr ein, daß die kleine Xie gerade eine Reihe von Operationen hinter sich gebracht hatte und auf Erholungsurlaub gewesen war, als sie zum Lushan abgereist war. Sie war plötzlich verstimmt, bemühte sich, die Haltung zu wahren und steuerte auf ihren Schreibtisch unter dem strahlend hellen Fenster zu. Er war sauber, der Alte Wang hatte jeden Tag darübergewischt, und das dicke Manuskript, das sie vor ihrer Abreise zu lesen begonnen hatte, lag in der Mitte, aufgeschlagen auf Seite zwölf. Es war mit Kohlestift dicht und schwarz beschrieben, ein gestochen scharfes Schriftbild, und als sie über die Seite tastete, spürte sie die feinen Staubkörnchen und -teilchen. »Schon wieder da? Das war ja wirklich eine kurze Sache«, hörte sie um sich herum raunen. Nach kurzer Unruhe kehrte wieder Stille ein, und alle versenkten sich in ihre Arbeit. Nur der Alte Wang sprach leise auf sie ein und erzählte, wer in den letzten Tagen vorbeigekommen sei und wer angerufen habe, wie er penibel Auskünfte erteilt, Fragen gestellt und alles auf dem Kalenderblatt des jeweiligen Tages notiert habe. Sie dankte ihm und blätterte in ihrem Tischkalender, während sie ihren Drehstuhl heranzog, den der Alte Wang ebenfalls peinlich sauber geputzt hatte, so daß sie sich bedenkenlos setzen konnte. Auf jedem Kalenderblatt waren die Besuche und Anrufe des Tages sehr genau notiert. Sie blätterte bis zum Kalenderblatt ihres Abreisetages vor und sah mit Bleistift von ihr selbst geschrieben: Zum Lushan –. Warum sie wohl einen Gedankenstrich dahintergesetzt hatte? Das war also alles, dachte sie mit den wenigen Kalenderblättern zwischen den Fingern, und dazu der Staub auf der zuoberst liegenden Seite des Manuskriptes, das also waren die letzten zehn Tage. Voller Schwermut blätterte sie den Kalender Seite um Seite zurück. Der Alte Wang saß längst wieder in ein Manuskript vertieft da, den Kugelschreiber in der einen, die Teetasse in der anderen Hand. Der Tee war in einer in Plastik eingefaßten Glasflasche ohne Deckel, über der sich der Wasserdampf kräuselte. Als sie im Kalender wieder vorn angelangt war, zog sie die rechte Schublade auf, denn sie wußte, daß man in ihrer Abwesenheit die Post stets ins linke obere Schubfach legte. Sie fand einige kümmerliche Briefe, riß sie auf und sah sie langsam Seite für Seite durch. Eine Fliege krabbelte außen am Fenster hoch und hangelte sich mit feinen, flaumigen und dennoch mit Myriaden von Bakterien bespickten Beinchen auf wundersame Weise an dem glatten Glas in die Höhe. Der Alte Wang stand leise auf und ging zum Heißwasserbehälter, der in der Ecke stand, um die Wasserflasche aufzufüllen. Hinter der Fliege stand ein gewaltiger Baum aus dem fernen Nordwesten. Durch sein schütteres Blattwerk hindurch sah sie von ihrem Platz aus auf ein eisernes Balkongeländer, auf dem eine geblümte Bettdecke lüftete, und durch ein geöffnetes Dachfenster war schemenhaft eine menschliche Gestalt zu erkennen, ein Mädchen in blauem Trägerrock wohl, das den Kopf reglos gesenkt hielt, als lese es in einem Buch. Am eisernen Hoftor rief tonlos der Briefträger, eine Frau eilte über den Hof, um ihm zu öffnen, er trat ein, blieb mitten im Innenhof stehen, legte den Kopf in den Nacken und rief von neuem stimmlos etwas hinauf. Der menschliche Schatten im Dachgeschoß verharrte in seiner Bewegungslosigkeit.

Sie hatte die Briefe durchgesehen und dabei auf einmal das Gefühl, ihr sei der Boden unter den Füßen weggezogen worden und sie versinke plötzlich in absoluter Bedeutungslosigkeit. Sie wußte, sie hatte einen Brief von ihm erwartet, obwohl sie auch wußte, daß er so schnell nicht hatte schreiben können. Sie war müde und verzweifelt, lehnte sich zurück und begann im stillen zu überlegen, wie lange er für die Heimfahrt brauchte, wie lange ein Brief von ihm zu ihr unterwegs sein würde. Die Rechnerei befreite sie, auch wenn sie darüber schwunglos blieb wie zuvor. Sie fühlte sich matt, schlaff und bedrückt. Wo war die frische Energie des Morgens hin? Er war plötzlich weit weg, sein Blick verschwommen, und ohne sein Umsorgen und Antreiben verließ sie der Mut. Das Signal zur Pausengymnastik ertönte, Stühle wurden auf dem gebohnerten Boden vor- und zurückgeschoben, die Kollegen erhoben sich und setzten sich in Bewegung. Einige kamen auf sie zu und fragten dies und das. Sie unterdrückte ihren Mißmut mühsam, riß sich zusammen und sprach über das Lushan-Gebirge. Mit jedem Wort wurde sie angespannter, jedes Bild des Lushan war verbunden mit der Erinnerung an ihn, und beides verschmolz zu einem großen Ganzen. Sie mußte ihn mit jedem Satz über die Gegend dort aus dem Gebirge lösen und allein in ihrem Innern, in ihrer inneren Landschaft umherwandern lassen. Unentwegt tauchten Bilder von ihm auf, doch ohne das Strahlen seiner Augen war sein Andenken sinnlos, ein einphasiges Denken, das sie ebenso kränkte wie betrübte. Der stellvertretende Chefredakteur trat aus seinem Büro, sah sie und bat darum, ihm nach der Pausengymnastik in seinem Büro Bericht zu erstatten. Dann ging er auf den Balkon hinaus, um gewissenhaft im Rhythmus der Musik auf der Stelle zu treten.

Da an diesem Tag keiner der Briefträger weder zu Arbeitsbeginn noch zum Arbeitsende einen Brief von ihm gebracht hatte, verlagerte sie ihre Hoffnung auf daheim. In letzter Minute hatte sie ihm ihre Anschrift genannt, vielleicht würde er ihr also nach Hause schreiben. Kurz vor Feierabend wurde sie wieder ganz aufgeregt, ängstliche

Hoffnung rumorte in ihr, daß es sie kaum noch auf ihrem Stuhl hielt. Mit hereinbrechender Abenddämmerung wurde es dunkel im Büro und ihr Gemüt ruhiger. Das Feierabendsignal ertönte, doch sie trödelte herum, als sei sie ganz sicher, daß daheim ein Brief von ihm auf sie warte und sie sich so unbefangen und reserviert geben müßte, als warte er selbst auf sie. Sein warmer Blick strich um ihren Körper, und seine dunkle Gestalt wanderte bei hereinbrechender Nacht lautlos mit ihr. Sie war glücklich. Der friedliche Wohlgeruch der Dämmerung hüllte sie ein, als sie allein das ruhige, duftende Abendrot durchmaß und leise vor sich hin zu sprechen begann, um seinen Blick zu erwidern. Seine Augen durchbohrten sie, sie spürte es, und sie hoffte, sein Blick würde in ihr verweilen, doch stets verließ er sie wieder.

Im Hausflur versperrten kreuz und quer stehende Fahrräder die Briefkästen, und sie mußte eines nach dem anderen beiseitestellen und sich so einen gewundenen Weg bahnen, durch den sie sich bis zum Briefkasten durchzwängen konnte. Sie hob den Schlüssel, um den Kasten zu öffnen, tastete nervös nach dem Schloß und geriet außer Atem wie vor einem Rendezvous, auf das sie schon lange gewartet hatte. Der Briefkasten sprang auf, aber es lag nur die getreue Abendzeitung darin. Sie bekam fast einen Schwächeanfall, der Rückweg schien auf einmal abgeschnitten und erneut von Fahrrädern verstellt, es gab kein Entkommen. Sie klemmte sich die Abendzeitung unter den Arm, drückte den Briefkasten zu und schloß ab. Dann drehte sie sich mühsam um und entfernte sich. Die Fahrräder hatte sie völlig durcheinander in den Treppenaufgang gestellt und erinnerte sich nicht mehr an ihre ursprüngliche Aufstellung. Mit letzter Kraft schob sie die Räder herum, um einen schmalen Durchgang freizuhalten, und kümmerte sich anschließend nicht mehr darum, sondern schleppte sich schwer die Treppe hinauf. Sie mußte sich an dem verrosteten Geländer festhalten, das ihr rauh die Hand-

flächen feilte, und sie spürte, wie sie mit der Hand rostige Eisenfeilspäne zu Boden wischte. Im ersten Stock angekommen, betrat sie den stockfinsteren Flur, in dem nichts zu sehen war, nicht der kleinste Lichtstrahl. Langsam rückte sie ihre Füße im Wechsel vor und ertastete mit ausgestreckter Hand die eigene Wohnungstür.
Auch in der Wohnung war alles finster, sie knipste eine Lampe an: die Möbel standen da in einer Atmosphäre trostloser Verlassenheit. Das Wasser schoß ihr in die Augen, alle körperlichen und geistigen Kräfte hatten sie so gründlich verlassen, daß sie sich nur noch schlafen legen wollte, doch in den vielen Jahren ihres Lebens hatte sie sich eine Sturheit angewöhnt, die sie auch jetzt vorantrieb. Ohne sich zu setzen, legte sie Umhängetasche und Abendzeitung ab und band sich die Schürze um. Jeder Handlungsablauf war längst in einer mechanischen Reihenfolge der Bewegungen erstarrt, es bedurfte keines Nachdenkens und keiner Beschlußfassung. Vom Öffnen des Briefkastens bis zum Betreten der Wohnung hatte sie fast keine Sekunde verloren, hatte keine Sekunde innegehalten, sondern war am Stück und ohne Zögern die Treppe hinaufgegangen. In ihrer inneren Verlassenheit war sie viele Male gefallen und hatte sich viele Male mühsam aufgerappelt. Lange schon stand sie in einem immer neuen Auf und Ab von Sturz und Aufstieg. Sie war völlig erschöpft, in ihr gab es nichts als Öde und Aufruhr, Leere und Nervosität, und ihre widersprüchlichen Gefühle mündeten in einen heftigen Widerwillen.
Sie mußte keine Zurückhaltung mehr üben, keine gute Figur mehr machen, ihre gute Laune war dahin, alle Hoffnung zerstoben. Sie begann, auf ihren Mann zu warten. Wenn er innerhalb der nächsten fünf Minuten nicht zur Tür hereintrat, dann zählte das als Zuspätkommen und lieferte ihr gute Gründe für Wut und Zorn. Hoffentlich gab er ihr Grund, in Zorn zu geraten! Aber der Schlüssel ihres Mannes drehte sich wie immer pünktlich im Schloß, er

provozierte nicht, sondern stieß immer genau in dem Augenblick die Tür auf, als das Wasser im Reistopf verkocht und der Deckel geschlossen war – sie hatte keine Handhabe gegen ihn. Aber sie ertrug es dennoch nicht. Sobald er vor ihr stand, brauchte sie keinen Grund mehr, ihre schlechte Laune und grundlose Wut waren aufgereizt und durchbrachen alle Schranken, sie schäumte vor Wut, und mit aufgelöstem Haar, das ihr wirr ins Gesicht hing, machte sie ihm eine wilde Szene. Über ihrem Wortschwall war das Essen gar geworden, sie hatten gegessen und aufgeräumt. Danach erst hatte sie sich müde lamentiert, hörte auf zu murren und preßte die Lippen aufeinander. Bitterkeit und das Gefühl, ungerecht behandelt worden zu sein, mischten sich in ihrem Herzen. Sie bemitleidete sich, sie war verdrossen, weil sie wieder die Kontrolle verloren hatte. Es gab keine Hoffnung mehr, ein neuer Mensch zu werden. Sie weinte. Ihr Mann war an ihre Tränen ebenso gewöhnt wie an ihre langatmigen Reden und fand nichts Besonderes daran. Er sah still zu ihr hin, fragte, ob sie müde sei, oder was sonst. Da zeterte sie von neuem los und schob alle Verantwortung auf ihn. Er hatte auf sie zugehen wollen, um sie zu trösten, prallte jedoch vor ihrem Wutanfall zurück, ging in die andere Hälfte des Zimmers hinüber, um die Zeitung zu lesen und schaltete dabei den Fernseher ein. Es wurden gerade Nachrichten gesendet. Sie forderte ihn lauthals auf, den Fernseher leiser zu stellen, ihr platze der Kopf, und noch bevor sie ausreden konnte, hatte er den Ton schon ganz abgedreht, zurück blieben menschliche Gestalten, die sich wie Geister bewegten. Sie war gelangweilt und niedergeschlagen. Sie hatte alles so satt, daß sie nicht einmal mehr durchatmen konnte. Ihr bis ins letzte vertrautes Leben war wie ein immer und immer wieder bebautes Stück Land, dessen Nährstoffe und Wasservorräte erschöpft waren, wie ein Stück Boden, auf dem nie wieder gesunde, kräftige Saat würde gedeihen können und das brach liegen blieb. Selbst wenn Ödland nach langer Zeit wieder Nährstoffe aufbaut, wird es die Aufmerksamkeit der Menschen nicht wieder auf sich ziehen. Sie gehörte nicht zu den mutigen Leuten, die verrottetes Land wieder urbar machten. Ihrem Naturell widerstrebte jede Wüstenei zutiefst, sie liebte das frische, üppige Grün von Blumengärten – aber nie würde sie Ödland beachten oder sich mit seiner Nutzbarmachung befassen. Sie hatte ihr Land immer wieder bebaut, hatte es sich voller Tatkraft und Neugier immer intensiver vertraut gemacht, und die Nährstoffe erschöpften sich immer schneller, auf ihrem Boden reichte ihr der Rhythmus von vier Jahreszeiten nicht aus und wurde zum Kreislauf von acht Jahreszeiten, doch dann verlor sie alle Hoffnung und ließ das Land verkommen. Nun klammerte sie sich an dieses Stück karges Land und weinte, tobte, raste um seiner Öde und Verlassenheit willen.

Die Gestalten auf dem Bildschirm bewegten sich lautlos, nur das Wimmern von ihr war zu hören. Sie hätte hinausgehen können an die frische Luft, und ihre Laune wäre bald verflogen, doch sie wollte nicht. Sie blieb sitzen, wollte streitsüchtig bei ihrem Mann bleiben, wollte nicht nur sich, sondern auch ihn mürbe machen, sonst würde sie den Abend nicht überstehen.

Erst als der Abend ganz und gar verpfuscht war, fühlte sie sich wohler, verkroch sich in eine Ecke des Bettes und wartete auf ihren Mann, der sie trösten würde. Er legte sich pünktlich an ihre Seite, tröstete sie und tröstete sich selbst; ohne diesen Trost wäre ihr ganzes Leben unerträglich gewesen, und vielleicht hätten beide einen Weg gefunden auseinanderzugehen. Doch stets hatten sie im letzten Augenblick innegehalten und es nie zum wirklichen Bruch kommen lassen. In diesem Augenblick vergaßen sie den gerade ausgetragenen Streit ebenso wie den des morgigen Tages. Sie hatten gelernt zu vergessen, hatten gelernt, in den Tag hineinzuleben, hatten gelernt, unwürdig dahinzuvegetieren. Auf diese Weise hielten sie sich aufrecht und

auf diese Weise hatten sie schon unzählige Tage und Nächte herumgebracht.
Ihre Hoffnung stieg mit der Morgensonne neu herauf, im frischen Sonnenlicht der Frühe erkannte sie sein Umsorgen. Er stand gemeinsam mit ihr auf, das fühlte sie, und an diesem Tag würde sie nicht leer ausgehen. Sie streckte sich träge, sie hegte jeden Morgen grenzenlose Hoffnungen, die sich mit den körperlichen und geistigen Kräften regenerierten. Alles am Morgen wertete sie als gutes Omen: War es ein Tag mit strahlender Sonne, so dachte sie, was für ein herrlicher Tag!, war es dagegen finster und verhangen, so dachte sie, was für ein besonderer Tag! Mit Begeisterung ging sie morgens aus dem Haus wie zu einem vereinbarten Treffen und kehrte abends wieder heim. Ihre Hoffnung aber wurde stets enttäuscht, und sie erlebte nicht einen einzigen Tag, an dem sie sich erfüllte. Er war dabei, langsam und unaufhaltsam in die Ferne zu rücken, eine verschwommene Silhouette mit ungewiß schwebendem Verbleib, und seinen Blick, der ihren Spuren folgte und ihr leuchtete, spürte sie nicht mehr. Mit Macht suchte sie sich jede Minute mit ihm ins Gedächtnis zu rufen, bis in die kleinste Einzelheit, aber jede Einzelheit schien von ihr selbst erdichtet. Es schien alles zu nichtig und zu fern und ohne Beweise, andererseits zu konkret, um mit einem von Kopf bis Fuß verblaßten und fernen Er zusammenzupassen. Sie glaubte selbst nicht, daß es ihn gab oder je gegeben hatte, sie hatte bald ihre Zweifel. Gäbe es doch wenigstens Klatsch und Tratsch, dachte sie und bereute sogar, alles so gewissenhaft verheimlicht zu haben, denn hätte sie auch nur eine winzige Kleinigkeit durchsickern lassen, so gäbe es jetzt Beweise: Sie wünschte sich wirklich, es gäbe einen Beweis, aber es gab keinen. Er schien einfach verschwunden zu sein, fort, nicht mehr vorhanden, ach, wo mochte er sein, wo? Wieso fand sie ihn nicht, wieso war er fort? Sie verlor Disziplin und Haltung, ja ein wenig gab sie sich sogar selbst verloren.

hr tägliches Leben war ein mechanischer Ablauf geworden, als sei sie ein kleiner Planet in seiner Bahn, der nur dieser Bahn zu folgen brauchte; sie konnte nicht anhalten, wenn sie anhalten wollte, nicht abstürzen, wenn sie abstürzen wollte, nein, sie konnte nur willenlos weiterziehen. Morgens erwachte sie, setzte sich auf die Bettkante, schlaftrunken, mit einem schalen Geschmack im Mund, ein Gähnen stieg ihr die Kehle hinauf und trieb ihr die Tränen in die Augen. Das eine Bein winkelte sie auf dem Bett an, das andere baumelte herunter, die Zehen berührten den Boden; aus den Augenwinkeln beobachtete sie ihren Mann, der wie ein Hampelmann dalag und sich eine dünne Decke über den Körper geworfen hatte. Die Sonne drang kaum durch den Samtvorhang, es war dunkel im Zimmer, der Zeiger der Uhr bewegte sich hörbar. Dann kam plötzlich Bewegung in den Mann; als sei er angestoßen worden, krümmte er sich zusammen und setzte sich mit geschlossenen Augen und in die Decke eingerollt auf. Langsam hob er die Lider, blickte sich unsicher nach allen Seiten um und fand schließlich ihre Augen. Seine und ihre Blicke wanderten vage durch den dunklen Raum, trafen trübe aufeinander und sahen einander an, ohne zu sehen; zwei alter Häuser, die sich zu beiden Seiten der Straße gegenüberstehen. Sie hatten einander zu hitzig erforscht, hatten Dachziegel abgedeckt, die nun fehlten, hatten Backsteine abgebaut, die sie nun vermißten, sie hatten einander zu gründlich und zu eilig niedergerissen und waren jetzt nur noch Ruinen und Trümmerhaufen; und sie hatten weder Mut noch Kraft für einen Wiederaufbau, noch konnten sie sich entschließen, alles aufzugeben und davonzugehen, und so blieb ihnen nur, sich öde und verlassen gegenüberzustehen oder noch mehr zu verachten.
Er tastete mit ausgestreckter Hand umher, bekam einen Ohrstöpsel zwischen die Finger, steckte ihn sich ins Ohr, kniff die Augen zusammen, sein Gesicht nahm langsam Ausdruck an. Sie fühlte sich weit und frei und sah durch

ihn hindurch und er durch sie. Einander durchschauend blieb jeder auf seinem Platz und ging den eigenen Geschäften nach. Sie wurde langsam ruhiger, hatte alle Hoffnung fahren lassen, nur tief verborgen schlummerte eine leise zischelnde Nebelwand in ihr, die alles dahinter abriegelte. Fast war sie an diesem Morgen davon überzeugt, daß dies nebulöse Gegenüber ihr Schicksal war, das Schicksal ihrer Heirat. Daher wollte sie *ihn* lieber hinter der Nebelwand begraben und mit ihm sich selbst, die sie ihm gefolgt war. Sie wollte ihn auf keinen Fall mit auf das weite Feld der Verlassenheit nehmen, wo sie mit ihm zu geborstenen Backsteinen und zersplitterten Dachziegeln zerstückelt und dem Erdboden gleichgemacht würde. Jeder barg ein glänzendes, prächtiges Bild im Herzen und verbarg es hinter Nebelbänken und in den Falten der Berge, oder er ließ es in den tiefen Schluchten des Verwunschenen Tales von weißen Wolken wunderbar zudecken. Laß die Bilder dorthin zurückkehren, wo sie einst hergekommen sind! Ja, an einem Morgen, der wie alle anderen war, war es dies, was sie voller Überzeugung dachte. Daraufhin wurde sie gelassen und ruhig, und erst jetzt fiel ihr auf, daß auch sie keinen Brief geschrieben hatte; er hatte ihr ebenso seine Adresse gegeben wie sie ihm, auch sie hätte schreiben können – sie hätten beide gleichzeitig schreiben müssen, das wäre ein wahres Zeichen ihrer Verbundenheit gewesen.

Plötzlich dachte sie, daß eigentlich gar nichts geschehen war. Ein paar belanglose Phrasen schossen ihr wie eingetroffene Prophezeiungen durch den Kopf und standen ihr in riesigen Lettern vor Augen –

Vergiß es
Du mußt gleich aufbrechen
Ich lege mich nicht mit dir an
Es ist so stickig hier
Ist es nicht besser, vor die Tür zu gehen –
Und dann:

Los
Es ist soweit
Wir müssen zurück!
Sie reihte sie nebeneinander auf, verband sie zu einer Linie und stellte fest: Das war alles. Das war alles, was geschehen war.
In Wirklichkeit, dachte sie, in Wahrheit ist zweifellos nichts geschehen, nichts passiert, nicht mehr als dies, daß die Sterkulie vor ihrem Fenster ihre Blätter verloren hatte.

Und damit ist eine Geschichte, die keine war, zu Ende erzählt.
Ich habe meine Geschichte zu Ende erzählt, doch bin ich damit nicht zufrieden, ich werde weiter mit *ihr* gehen, denn vielleicht sind die Dinge doch nicht so einfach. In ihrer hellgrauen Herbstjacke sprang sie die schmutzige Treppe hinunter wie ein junges Mädchen, die Sonne schien durchsichtig, und sie schritt mitten hindurch durch diese durchsichtigen Strahlen der Sonne, hob den Kopf, um ihr Haar vom Wind nach hinten wehen zu lassen und war bester Laune. Hinter zwei verschlossenen Türen, der zur Wohnung und der zum Balkon, ließen sich zwei Spatzen auf dem Balkon nieder, hüpften auf beiden Füßchen umher, fiepten kurz auf und flogen von der Mitte des Geländers aus davon.
Sie sah die trockenen Blätter auf dem Weg, die sich leise raschelnd zwischen den Bäumen der Allee bewegten und sich, in der Sonne in allen Farben leuchtend, großspurig zu goldenen Kringeln rollten und die ganze Straße hinunter leuchteten. Die Bäume waren inzwischen fast ganz blattlos und standen trostlos verödet da. Es war dies also das letzte Laub des Herbstes.
Als ich sie schelmisch-übermütig mit den Fußspitzen den goldgelben Blattkringeln nachsetzen sah und das Laub

laut knisternd und krachend brechen hörte, da fiel mir eine Eigenart aus ihren Kindertagen ein: War auch nur der kleinste Makel an einem geliebten Gegenstand entstanden, so nahm sie ihn und zerstörte und zertrümmerte ihn, je mehr sie ihn geliebt hatte, desto gründlicher. Sonst habe ich nichts mehr zu ihr zu sagen. Ich kann sie nur freigeben und sie ohne Geschichte in die Ferne ziehen lassen.

Liebe im Schatten des Berges

1. Kapitel

1 An der Musikschule konnte man zu jener Zeit mit dem Stück »Frühling in Xinjiang« die Aufnahmeprüfung im Fach Geige bestehen.

2 Ein langer, dürrer junger Mann, er hatte den Rücken unter die zentnerschwere Last seines Gepäcks gebeugt, trottete an der Seite seines großen Bruders nach Shanghai hinein. Der große Bruder hatte vor langer Zeit schon sein Zuhause verlassen, ein geräumiges, düsteres Haus, dem sie nun beide den Rücken gekehrt hatten.

Die Mittagssonne brannte in seinen Augen, die lange Zeit nur Finsternis gekannt hatten und daher im Dunkeln funkelten wie die einer Katze. Bei Tageslicht aber verfinsterten sie sich, blickten verwirrt und verstört. Die Sonne hatte unregelmäßige Spuren in sein Gesicht gezeichnet, die sich mit einer fast krankhaften Schamröte mischten.

Der hochgewachsene, stattliche Bruder ging unbeirrt geradeaus, als würden ihm die Leute selbstverständlich den Vortritt lassen, sobald sie seiner gewahr wurden. Der Dürre dagegen rannte ständig in Entgegenkommende hinein, und weder er noch der andere wollten dann zur Seite treten und rangelten miteinander, bis sie schließlich von der Menge auseinandergedrängt wurden. Der Dürre brachte es nicht fertig, ohne Umwege seines Weges zu gehen. Der große Bruder wandte sich um, ließ seinen Blick suchend über die Menge streifen, fand den Bruder und faßte nach seiner Hand. Die feinen Finger des Dürren ruhten fest in der breiten Hand des großen Bruders, und ein Gefühl der Sicherheit durchströmte ihn. Er blickte den großen Bruder an, sein Herz war voller Dankbarkeit, und doch brachte er vor Verlegenheit kein Wort heraus. Seine Hand in der des Bruders zu spüren machte ihn glücklich und beschämte ihn. Er schwitzte leicht.

Der große Bruder knetete voller Mitgefühl die Hand des Jüngeren, seine schlanken, aber kräftigen Finger, den runden Handballen. »Gute Streicherhände«, dachte er bei sich und drückte die Hand noch einmal. Bescheiden und schüchtern ließ jene Hand es geschehen. Der Dürre war gerührt. Er dachte an das strenge Zuhause, an den im Mittelzimmer hoch aufgerichtet thronenden Großvater und an den kalten Glanz seiner Augen über der Adlernase. Er dachte an die hohen Mauern, die den kleinen Hof umschlossen, an den Vater, der wie ein Windhauch vorübergeweht war, und an die von Mühsal und Qual gebeugte Gestalt der Mutter, die in den hintersten Winkeln des Hauses schuftete. Und er dachte an die bald schweigende, bald lärmende Schar der Geschwister, deren Katzenaugen im Dunkeln funkelten und sich bei Tageslicht verfinsterten …

»Kannst du noch?« wandte der ältere sich an den jüngeren Bruder, und seine laute und klare Stimme verdrängte das Gewirr der gewöhnlichen Unterhaltungen um sie herum.

»Ja«, antwortete er leise, und der Heimatdialekt klang wie Musik aus seinem Mund.

Der große Bruder lächelte: »Wenn du nicht mehr kannst, sag Bescheid.«

»Gut.« Er hielt die Augen gesenkt, und seine Füße in den schwarzen Stoffschuhen beeilten sich, um mit dem kräftigen Bruder Schritt zu halten.

Sie bestiegen einen Trolley-Bus, der sich lärmend und ratternd in Bewegung setzte. Sie saßen getrennt, er auf dieser, der große Bruder auf jener Seite des Durchgangs. Später wurde der Platz neben dem Bruder frei, und allzu gern hätte er sich zu ihm hinübergesetzt, aber er konnte sich nicht recht entschließen, denn er fürchtete, der Bus könnte wieder anfahren, bevor er den Platz erreicht hätte, und er hatte Angst zu stürzen. Und außerdem schämte er sich zu Tode. Damals, als der große Bruder von zu Hause fortgegangen war, war er drei Jahre alt gewesen und hatte nur begriffen, daß der große Bruder nach Shanghai gegangen war, um Kunst zu studieren. Irgendwie war der Bruder später bei der Neuen Vierten Armee in Nord-Jiangsu gelandet, bevor er wieder nach Shanghai zurückkehrte und dort Geige lernte. Eines Tages war er für drei Tage nach Hause gekommen, um den jüngeren Bruder mit nach Shanghai zu nehmen. Der Bruder und er waren wie Fremde, aber ob es nun an der Blutsverwandtschaft lag oder nicht, er liebte ihn aus tiefstem Herzen und wollte sein Freund und Vertrauter sein. Aber er war einfach zu schüchtern. Er wagte kaum, den älteren Bruder anzusehen, sondern schaute über dessen Schulter hinweg zum Fenster hinaus. Ein wirres Durcheinander von Menschen und Dingen drehte sich ihm vor Augen, und er vermochte nichts im Blick festzuhalten, es verschmolz vielmehr alles zu einem gewaltigen, farbenprächtigen Strom, der sich vor seinen Augen dahinwälzte. Und er war wie betäubt von den gleißenden Strahlen der Sonne. Obwohl erst eine Nacht und ein Morgen vergangen waren, kam ihm das Haus und alles daheim vor wie aus einem vorigen Leben. Und wie in Trance erinnerte er sich seines bisherigen Lebens, sah die Adlernase des Großvaters vor sich, die aussah, als wolle sie auf etwas einhacken. Sie trieb einen Keil zwischen die beiden Augen, die sich nun jedes für sich bewegten und nichts mehr miteinander zu tun hatten. Dann sah er seine Mutter. Sie hängte ihm einen kleinen Stoffbeutel mit fünf Kuai darin um den Hals. Ihre Hand berührte sein scharf hervortretendes Schlüsselbein und sein spitzes Schlüsselbein ihre weiche Hand. Niemals wagte er, diesen Punkt der Berührung fortzuwischen.

»Aussteigen!« Die Stimme des Bruders bohrte sich wie das laute Gebrumm eines Mückenschwarmes in seine Gedanken. Er schüttelte sich.
Er stand hinter diesem Schrank von Bruder und wartete nervös darauf, daß der Bus anhielt, denn er hatte Angst, nicht rechtzeitig vom Trittbrett springen zu können, bevor die Tür sich wieder schloß. Er fixierte den Ausgang und zurrte seinen Rucksack fester, der genau an der Stelle auflag, an der die Hand seiner Mutter ihn berührt hatte.
Die Bustür schloß sich hinter ihm, und er hatte noch nicht einmal Luft geholt, da war der große Bruder bereits losgegangen. Niemand vermochte ihn aufzuhalten, aber er selbst prallte unentwegt mit anderen zusammen. Sah er jemanden auf sich zugehen, so nahm er sofort eine zurückweichende Haltung ein und wurde von dem anderen prompt beiseite geschoben. Auf diese Weise bewegte er sich nur in Schlangenlinien vorwärts und fürchtete ständig, den Bruder aus den Augen zu verlieren. Aber der große Bruder war viel zu auffallend, selbst Leute, die ebenso groß waren wie er, wirkten neben ihm zwergenhaft, und jedesmal wartete er an der nächsten Straßenecke und schaute sich mit einer Spur Unruhe und Besorgnis in den Augen suchend nach dem kleinen Bruder um.

3 Das Gelbe Meer, das zum Ostchinesischen Meer gehört, hat eine windstille, seichte Bucht und in der Bucht liegt eine Stadt. Sie ruht vor einem Berg, der weder besonders hoch noch besonders breit ist, jedoch seine Geschichte hat. Die Leute in der Stadt wußten das: Er war die Heimat des Affenkönigs aus dem Roman »Die Reise nach dem Westen«. Man erzählte sich, daß vor langer Zeit ein Gelehrter zum Examen in die Hauptstadt gefahren und durchgefallen sei. Auf dem Heimweg sei es ihm schließlich unmöglich vorgekommen, seinem Vater

am Yangtse unter die Augen zu treten, und also habe er als Einsiedler auf diesem Berg gelebt. Es sei ein eigentümlich unansehnlich gewachsener Mensch mit pockennarbigem Gesicht gewesen und zudem so menschenscheu, daß er einen um den anderen Tag allein auf dem Berg zugebracht, sich von wildwachsenden Früchten und von dem Wasser der Gebirgsquellen ernährt und sich ein Schachbrett in den Stein gemeißelt habe, um im Spiel mit sich selbst die trüben Gedanken zu verscheuchen. Er habe sich jedoch nicht hinreichend zerstreuen können, habe zu phantasieren begonnen und schließlich jene einzigartige, ewige Legende der »Reise nach dem Westen« erzählt. Die Geschichte sei auf Papier geschrieben und in alle Winde davongetragen worden, der Berg aber habe weiterhin unverrückbar auf diesem Fleck Erde gestanden. Daher hätten viele die Höhle mit dem Wasservorhang am Berg der Blumen und Früchte, von der die Legende erzählt, für die Phantasterei eines Literaten gehalten. Und doch sei es ein wirklicher Berg, dieser Berg, der vergessen an einer winzigen Bucht des Gelben Meeres liege und nur mit einem kleinen Boot zu erreichen sei. Man müsse mit dem Zug bis nach Nord-Xuzhou fahren, erst von dort komme man in andere Städte.

Selten nur gingen Leute aus der Stadt in der Bucht fort, selten kamen welche hinzu. Die Einwohner jedoch vermehrten sich rasch, es gab viele Geburten und wenig Todesfälle. Jungen und Mädchen wuchsen heran und blühten auf wie prächtige Blumen. Nur ihre Kleider waren alles andere als modern, aber sie imitierten die Besucher aus Xuzhou und versuchten sich jeder auf seine Weise schön zu machen.

In der Jingu-Gasse, der Gasse des Goldenen Tales, hatte vor einigen Jahren ein Mädchen das Licht der Welt erblickt, dessen Weinen angenehm hell klang wie Musik. Das kleine Gesicht war von einer durchscheinenden Röte überzogen – sie hätten selten ein so schönes Baby gesehen,

meinten die Leute, und wenn an einem solchen Ort eine solche Frau ein so bezauberndes Geschöpf zur Welt bringe, so könne das kein Zufall sein!
Das kleine Mädchen aber stimmte sein melodisches Klagen an.

4

Vom Berg der Blumen und Früchte aus, der seinem Namen alle Ehre machte, lag einhundertfünfzig Kilometer entfernt in westlicher Richtung eine neuere kleine Stadt und war gerade groß genug, um einen Kreis zu bilden, einen neuen Kreis. Es kamen viele Menschen von außerhalb und sprachen ein solches Durcheinander von Dialekten, daß es zur Umgangssprache wurde. Die Stadt Huanghai lag nicht weit vom Gelben Meer, und man nannte sie Qinghai, Blaues Meer, ohne sich darum zu kümmern, daß das der Name einer großen Provinz im Nordwesten war und überdies den geographischen Gegebenheiten in keiner Weise entsprach.
In der Stadt gab es ein Theaterensemble, das Lieder auf Holzklappern spielte und sich selbst verpflegte. Die Mitglieder bewohnten einen kleinen Gebäudekomplex mit Innenhof. Streichen, Zupfen, Spielen und Singen; Essen, Trinken, große und kleine Notdurft – alles spielte sich innerhalb der Hofmauern ab.
An der Nordseite des kleinen Hofes lag ein kleines Mischwäldchen, und in dem Wäldchen war Tag für Tag eine Erhu zu hören, auf deren Saiten eine klagende Melodie gespielt wurde.

5

Der große Bruder unterrichtete den kleinen Bruder in der Musiktheorie und machte Übungen zum Vom-Blatt-Singen und zur Gehörbildung mit ihm. Die Musiktheorie lernte der Bruder im Handumdrehen. Eine einmalige Erklärung genügte, und

er behielt sie für immer im Gedächtnis, und unzählige lateinische Fachausdrücke lernte er zum Schrecken des Bruders sogar auswendig. Auch sein Gehör war außerordentlich. Nach zwei Monaten gab es keinen Akkord mehr, der sich ihm verschloß, und er fand den Ton einer am Boden zerschellenden Reisschale sofort auf dem Klavier. Nur singen mochte er nicht. Er lief über und über rot an, das Wasser stand ihm in den Augen, und er gab keinen Ton von sich. Die Schwägerin, ein Mezzosopran, setzte sich ans Klavier und versuchte ihm einfühlsam die Angst zu nehmen. Doch er wurde nur immer aufgeregter. Da erklärte der große Bruder wütend, entweder er bestehe die Aufnahmeprüfung an der Musikschule oder er müsse wieder heimfahren. Da senkte er den Kopf, und seine feingliedrigen Finger krampften sich zusammen, doch kurz bevor sie zur Faust geballt waren, lockerte er sie und ließ die Arme hängen. Seine Handrücken wurden abwechselnd rot und weiß. Und dann wagte er es doch zu singen, jedoch so leise, daß man unwillkürlich den Atem anhielt. Seine Stimme war fast nicht zu hören, dabei aber so rein, daß sie die Zuhörer mit der Zeit ganz in ihren Bann zog.
Er bestand die Aufnahmeprüfung an der Musikschule im Fach Cello und hatte dort Unterricht bei einer Lehrerin, die Hände und eine Stimme hatte wie ein Mann. Daneben hätte man ihn als Frau durchgehen lassen können. Sie plazierte ihn auf einen Stuhl und schlug ihm auf den Rükken, damit er sich aufrichtete. Als er endlich saß, blieb ihre Hand dennoch auf seinem Rücken liegen, und ihre Wärme drang durch die Kleider bis auf seine Haut. Er saß stocksteif da und genoß: Er genoß, daß sie eine Frau war und dabei so wenig weiblich. Dann reichte sie ihm das Cello, indem sie es gegen seine Knie lehnte. Es begann unweigerlich zu rutschen, bis es am Ende auf dem Boden lag, denn sie erlaubte weder, daß er danach griff, um es festzuhalten, noch daß er es zwischen seine Knie klemmte. Er durfte lediglich mit der linken Hand leicht die Rückseite des

Halses stützen. Was der Hals eines Cellos war, hatte sie ihm bereits erklärt. Sein Daumen stützte sanft diesen Hals, Zeige-, Mittel-, Ring- und kleiner Finger lagen locker auf dem Griffbrett. Als das Cello nun zu rutschen begann, wußte er nicht, wie er es aufhalten sollte, aber nach zwei, drei, vier Tagen entglitt es ihm nicht mehr. Nicht, daß er es festhielt, nein, er machte alles genau wie zuvor, dennoch rutschte das Instrument nicht mehr fort. Es ruhte fest zwischen seinen Beinen, und der Bogen glitt über die Saiten. Die Saiten begannen zu klingen. Lehrerin und Kommilitonen stimmten darin überein, daß er einen außergewöhnlich schönen Ton hervorbringe und beobachteten ihn beim Üben, um herauszufinden, in welchem Winkel und mit wieviel Kraft er den Bogen über die Saiten strich. Das verwirrte ihn, denn alles schien ihm so natürlich wie das Wehen des Windes und das Fließen des Wassers. Er liebte sein Cello, selbst wenn er nur mit leeren Saiten hantierte. Er liebte jeden einzelnen Ton, den die Saiten von sich gaben, denn er glaubte, das Cello sprechen zu hören. Und wenn er spielte, war es, als unterhalte er sich mit dem Instrument. Auf jede Frage bekam er einen Widerhall und wurde nie enttäuscht. Wahrscheinlich lag darin sein ganzes Geheimnis. Ebenso wie die Kommilitonen ihn merkwürdig fanden, fand er die Kommilitonen merkwürdig. Er konnte stundenlang spielen, ohne zu sprechen und ohne selbst auf Fragen zu reagieren. Wenn er an den Übungsräumen der Kommilitonen vorbeiging, runzelte er nur die Stirn bei dem eintönigen, flachen Klang ihrer Celli. Die Lehrerin war stolz auf ihn, und auch sein Bruder war stolz auf ihn.

Die Sonntage verbrachte er bei seinem Bruder, der einen zarten und hübschen Sohn hatte. Genau so sei er als Kind gewesen, sagten sie. Er zweigte etwas von dem Essensgeld ab, das der Bruder ihm regelmäßig gab, und kaufte eine kleine Schellentrommel, die er dem Neffen an die Wiege hängte. Bei jeder Bewegung der Wiege musizierte sie leise.

Er liebte sie alle aus ganzem Herzen, den Bruder, die Schwägerin und den Neffen, von dem alle sagten, er sei ihm so ähnlich, aber er wußte nicht, wie er seine Zuneigung zum Ausdruck bringen sollte. Er war übertrieben zurückhaltend bei ihnen, und wie sehr sein Magen auch vor Hunger knurren mochte – sobald er am Tisch saß, verschlug es ihm den Appetit, mehr noch, beim Anblick der Gerichte, die seine Schwägerin in die Schüsselchen verteilte, wurde ihm übel. Sowie der Tisch jedoch wieder abgeräumt war, krampften sich seine Eingeweide vor Hunger zusammen. Er wollte seiner Schwägerin irgendwie zur Hand gehen, wußte aber nicht, wie er es anfangen sollte. Deshalb gab er vor, zur Toilette zu gehen, schloß sich im Waschraum ein und betrachtete eingehend die Schüssel mit Windeln. Er zögerte: Waschen oder nicht waschen? Es juckte ihn heftig in den Händen, ach, was wäre es für eine Freude, den Milchgeruch aus den Windeln zu waschen! Aber auf der anderen Seite fürchtete er einen Streit mit der Amme, und als er sich den Wortwechsel mit ihr vorstellte, wurde er immer verlegener. Er wollte irgend etwas tun, um sich für die Güte seines Bruders und dessen Frau erkenntlich zu zeigen. Er focht einen erbitterten Kampf mit sich aus, und hätte nicht jemand an die Tür gepocht, um ihn zur Eile zu drängen – er selbst hätte sich kaum entscheiden können.
Er steckte in einem so unlösbaren Dilemma, wenn er bei der Familie seines Bruders war, daß er nach dem Mittagessen sofort gehen mußte, wie sehr sie ihn auch zum Bleiben nötigten. Fluchtartig stürzte er aus dem Haus und atmete erst auf, als er die Gasse hinter sich gelassen hatte, und war doch tief betrübt. Er hatte zuviel erhofft, und so konnte das einzige Glück der Woche gar nicht anders enden. Sobald sich die ersehnte Freude erfüllte, wurde sie ihm unerträglich. Er konnte sich das nicht erklären, war niedergeschlagen und deprimiert und bekam schließlich Heimweh.
Wenn er sich das riesige, stockdunkle Haus ins Gedächtnis

rufen wollte, war zunächst alles unter einem schwarzen Schleier verborgen. Bald aber tauchten langsam zwei scharfe Adleraugen auf, die die Finsternis durchbohrten und ihm so bedrohlich nahe kamen, daß er fröstelte. Dann fühlte er sich so mutterseelenallein, daß seine Seele nirgendwo Ruhe fand. Den ganzen Nachmittag eines Ferientages ließ er sich auf der belebten Huaihai-Straße im Menschengedränge treiben. Am liebsten hätte er in der Schule geübt, doch hätte er die Leere und Stille nicht ertragen. Der einzige Mensch dort wäre der Pförtner gewesen. »So früh schon zurück? Wie denn das?« würde der alte Mann fragen. Und er würde schweigen.

In der Huaihai-Straße mischte sich der Duft von Sahnetorte mit dem der Kosmetika, ein intensiver Geruch, der die Nase reizte und den Appetit anregte. Ein kleines Mädchen kam mit einer Zuckerstange in Form eines Krückstockes in der Hand auf ihn zu. Sie strahlte eine so königliche Ruhe und Vornehmheit aus, daß er unwillkürlich zur Seite trat, um sie vorbeizulassen. Der Himmel war von ehrfurchtgebietendem Blau, die Sonne von geradezu aggresiver Helligkeit, und so hatte er den Schutz jener Dunkelheit verloren, den er von klein auf gewöhnt war. Er trieb wie ein einsames Schiffchen im uferlosen Meer und befürchtete ständig, daß er untergehen könnte. Er ging ziellos durch die Straßen, ging jedoch so schnell, als müsse er jemanden einholen oder jemandem davonlaufen. Nachdem er einige Nebenstraßen überquert hatte, hätte er sich gerne einmal umgesehen, fürchtete aber, die Leute würden bei einer plötzlichen Kopfbewegung von ihm argwöhnisch. So streifte er kreuz und quer und hin und her, und sein Körper ermüdete, und sein Geist wurde immer unruhiger.

Allmählich wurde es dunkler und die Straßen leerer, doch die Laternen gingen noch nicht an. Da erst wich die Spannung von ihm, und er verlangsamte seinen Schritt. Die Abenddämmerung umgab ihn wie eine wärmende Baumwolldecke, schützend und beruhigend. Jetzt würde es Zeit

sein, zur Schule zurückzukehren. Mittlerweile ging es dort sicher wieder laut zu, überall ein Gemisch aus Cello-Üben und lautem Palaver. Doch nun mochte er nicht zurückkehren, er liebte die dunklen Straßen, die fast gesichtslos gewordenen Menschen, die in großer Eile auf dem Heimweg waren, während er ruhig und sorglos dahinschlenderte. In der fortschreitenden Dämmerung streunte er wie euphorisch durch die Straßen und vergaß alles um sich her.
Bis mit einem Mal alle Lichter angingen. Die Strahler in den Schaufenstern, die Laternen zwischen den Bäumen, die Neonleuchten über den Aushängeschildern, alle leuchteten gleichzeitig auf und verwandelten den Abend in hellichten Tag. Es war eine Stadt ohne Nächte. Bestürzt fand er in der plötzlichen Helligkeit wieder zu sich und verfiel sofort in Laufschritt, um zur Musikschule zurückzukehren.
Erst als er atemlos in den Probenraum gestürzt war, beruhigte er sich langsam – sein Cello lehnte am Stuhl und glänzte im Licht der Neonröhren.

6 Am Yangtse lag eine mittelgroße Stadt, und im Süden der Stadt stand ein gewaltiges, düsteres Haus, und in dem Haus thronte ein Buddhaähnlicher alter Mann mit Adlernase und den glänzenden Augen eines Falken. An die dreihundert Geschäfte hatte er im Laufe seines Lebens betrieben und war zu guter Letzt beim Handel mit Brennholz geblieben. Später wurden alle Brennholz-Unternehmen zusammengeschlossen, er hatte es kurz zuvor jedoch gerade noch geschafft, ein Haus aus gutem Holz zu bauen. Danach blieb ihm nicht mehr als dieses gewaltige Domizil und die zahllosen Söhne und Enkel. Sohn und Schwiegertochter hatten Anweisung, jeden Morgen und jeden Abend Kinder und Kindeskinder zu

seinen Füßen zu versammeln, damit er sie inspizieren konnte. Er schwieg dann und gebot auch allen anderen Schweigen. Nach einer halben Ewigkeit regten sich seine glänzenden Pupillen, und auf ein Zeichen von Sohn und Schwiegertochter hin stoben die Kinder im nächsten Moment geräuschlos wie Geister davon.
In seiner Hand ruhte ein Krückstock mit Drachenkopf, einerseits, um sich darauf zu stützen, andererseits, um damit Schläge auszuteilen. Den Sohn schlug er nicht, er war sein Nachfolger als Hausherr, und dessen Würde wollte er nicht antasten. Er schlug jedoch die Schwiegertochter, um den Enkeln ein Beispiel zu geben und den Sohn zu warnen: Noch schlage ich deine Frau, aber warte ab, bis die Reihe an dir ist. Du stehst zwar fast an der Spitze, aber noch ist da einer über dir.
Die Schwiegertochter hatte mit sechzehn Jahren ins Haus eingeheiratet. Sie liebte die Sirenen der Schiffe am Fluß über alles, der Schiffe, die von weit her gekommen waren oder weit, weit fortfuhren. Sie wartete geduldig, bis ihre Söhne herangewachsen waren und sie sie fortschicken konnte, erst den ältesten, dann den zweiten. Der älteste hatte eine Familie gegründet und einen Beruf ergriffen, der zweite hatte einen Typhusanfall nicht überlebt. Den dritten ließ sie vom ältesten an die Hand nehmen, damit sie zusammen fortzogen. Sie nahmen den Zug, doch hatte sie stets das Gefühl, sie seien am Flußufer aufgebrochen. Als sei es einzig das seidige weiße Band des Flusses, auf dem die Menschen die Stadt verlassen konnten.
Das Heulen der Schiffssirenen war überall im Ort zu hören.

7

Nach Tagen voller Schwung und Begeisterung, nach Tagen der Eisen- und Stahlraffinierung, der Satelliten und der überquellenden Kantinen kamen die Tage der Hungersnot.

Die Hungersnot forderte unzählige Tote, und sie zwang die Menschen, den Gürtel enger zu schnallen. Nur ein alter Mann mit den Augen eines Falken, der nicht gewillt war, sich irgendeiner Prüfung des Himmels zu unterziehen, verlangte weiterhin seine drei Mahlzeiten am Tag und den kleinen Imbiß zwischendurch. Die Aufgabe, dafür zu sorgen, oblag seinen Söhnen und Enkeln, denn schließlich sind sie es, die sich für Schutz und Obhut der Eltern und Großeltern erkenntlich zu zeigen haben.

Der ältere Bruder mußte monatlich mehr Geld nach Hause schicken und konnte dem jüngeren nur noch bei den nötigsten Essensausgaben unter die Arme greifen. Der jüngere magerte zum Skelett ab, so daß seine Knochen sich unter der fast durchsichtigen Haut abzeichneten und die zu kurzen Hosen und Hemden nun spitze Handgelenke und Knöchel entblößten. Tag und Nacht hatte er Hunger. Hunger, der ihn innerlich versengte und ein einziges Wort in sein Hirn einbrannte: »Hunger«. Nur wenn er Cello spielte, konnte er ihn für Momente vergessen, doch bald überfiel er ihn von neuem und in anderer Gestalt. Ihm brach der kalte Schweiß aus, das Herz raste, seine Finger zitterten, so daß er nicht einmal mehr die Saiten greifen konnte. Er schnitt sich fast die Finger blutig bei dem Versuch, sie auf das Griffbrett zu drücken. Vergeblich mühte er sich und war im Nu am Ende seiner Kräfte.

Der ältere Bruder bat ihn weiterhin jeden Sonntag zum Essen zu sich. Der Reis wurde penibel abgemessen, gedämpft und von der Schwägerin sorgfältig in je zwei Portionen geteilt. Eine war für ihn und den großen Bruder, die andere für die Schwägerin und den Neffen. Der Neffe aß mit seinen zwei Jahren schon für zwei Erwachsene.

Einmal schlang er mit Heißhunger eine ganze Schale Nudelwasser hinunter, die beste Mahlzeit der Woche. Doch daraufhin bekam er erst recht Appetit, denn auf dem Heimweg wehten ihm die Wohlgerüche der Huaihai-Straße um die Nase und es schien ihm unmöglich, seine Gier zu unterdrücken. Es blieb ihm jedoch nichts anderes übrig. Mit Tränen in den Augen durchschritt er Wolken von Sahneduft, und es war ihm so elend, daß er sich an einem Leitungsmast den Kopf einschlagen wollte. Doch der Mast schwankte vor seinen Augen, wuchs, als er sich ihm näherte, plötzlich in die Höhe wie eine Säule, die den Himmel stützte. Es war schon spät, und er kehrte um.

Im Wohnheim tobten die Kommilitonen, sie stöhnten und weinten, einige tauschten sich in allen Einzelheiten über die verschiedenen Stadien des Hungergefühls aus, andere erinnerten sich an Delikatessen vergangener Zeiten und erfreuten sich an Bildern gemalter Kuchen. Er mochte das alles nicht hören, zog sich die Decke über den Kopf, hielt sich die Ohren zu und strengte sich an, nichts zu hören, strengte sich an zu schlafen. Doch seine Eingeweide führten sich auf wie toll, die Gedärme krampften sich zusammen, der Magen blähte sich auf wie ein Luftballon, wie um alles zu verschlingen, um im nächsten Augenblick wieder zu einem winzigen Klümpchen zusammenzuschrumpfen, zu einem Pfropfen in seinem Innern. Aus irgendeinem Grund mußte er an seine Kindheit denken, als seine Mutter den Darm eines Schweines ausgespült und mit Hilfe von Stäbchen den schier endlos langen Schlauch gewendet hatte. Sein Wahrnehmungsvermögen war ungewöhnlich entwickelt, nicht ein Wort entging ihm von den Klagen der anderen und vervielfachte seine bodenlose Gier. Es zog ihm den Speichel im Mund zusammen, er schluckte ihn immer wieder hinunter, bis ihm übel wurde. Und geriet in hellen Zorn. Er verabscheute ihr lautes Hunger-Geschrei, er haßte ihr Gerede über die Delikatessen vergangener Zeiten, ihre Sehnsucht und ihr Schreien danach, das für sie eine Befreiung, eine Erleichterung war. So wie für einen, der laut schreit, wenn er geschlagen wird. Wenn alle zusammen klagten, war es ihnen ein Trost zu wissen: Nicht nur ich habe Hunger, auch du hast Hunger, er hat Hunger, alle haben Hunger. Er aber begriff das nicht. Er war allein

mit seinem Kampf gegen den Hunger, und dieser Kampf war erbarmungslos. Er biß die Zähne zusammen und hielt die Luft an, um den Hunger zu unterdrücken, der immer grausamer an ihm nagte.
Wieder ein Sonntag im Hause des Bruders. Der ältere Bruder studierte Cello-Noten, die Schwägerin kochte Essen, der Neffe spielte auf einem runden Tisch mit Bauklötzen. Er stapelte Holzklötze, kaute dabei auf einem Keks herum und sabberte fröhlich vor sich hin. Ein zweiter Keks lag auf dem Tisch, auch der gehörte dem Neffen. Ein einfacher, dunkler Kinderkeks in Form eines Wagens, rund und gewölbt. Wie in Hypnose starrte er auf den Keks, streckte ganz langsam seine Hand aus, schloß die Finger um das Gebäck und schob es sich seelenruhig in den Mund. Sofort durchströmte der Keksgeschmack seinen ganzen Körper – und hatte sich im nächsten Moment schon wieder verflüchtigt. Ein Keks war zu wenig. Da erst überfiel ihn tiefe Bestürzung über das, was gerade geschehen war, und die Farbe wich aus seinem Gesicht. Er stand auf, um zu gehen, auf das Rufen des Bruders und der Schwägerin hin wandte er nicht einmal den Kopf, sagte, er habe zu tun, und ging. Er verbarg sich hinter einem Eisentor in der gegenüberliegenden Gasse und weinte. Er schämte sich in Grund und Boden und spürte, daß er sich schuldig gemacht hatte. Aber er verstand nicht, was da gerade passiert war, denn es war nicht seine Absicht gewesen, den Keks zu nehmen, er brachte so etwas sonst nicht fertig. Und doch, das Ausstrecken seiner Hand und die Bewegung zum Mund, der ganze Handlungsablauf war klar und deutlich in sein Gedächtnis eingegraben, und er würde sich nie wieder davon befreien können. Er fühlte sich schmutzig und niederträchtig wie ein Dieb. Doch er konnte es nicht ungeschehen machen, denn die Zeit ließ sich nicht zurückdrehen. Er schluchzte herzzerreißend, allen seit Tagen angestauten Tränen ließ er endlich freien Lauf, Tränen des Hungers, des Zorns, und Tränen von

Heimweh und Einsamkeit. Leute bogen in die Gasse ein und sahen ihn weinen, kümmerten sich aber nicht um ihn, kein Mensch sprach ihn an. Als ob er zu seinem Vergnügen weinte. Als er wieder in der Schule war, löste er seine zwei Esssensmarken, die es pro Tag gab, auf einmal ein. Als der kochend heiße Reisbrei seine Lippen berührte, durchschoß ihn plötzlich von Kopf bis Fuß ein bebendes Glücksgefühl. Er vergaß alle Qual und versenkte sich ganz in das Glück seiner Mahlzeit. Nachdem er aufgegessen hatte, breitete sich auf rätselhafte Weise eine tiefe Hoffnungslosigkeit in ihm aus und deprimierte ihn so, daß er ganz aus der Fassung geriet ohne zu wissen, was ihn eigentlich deprimierte. Mit dem Hunger war es letztlich wie mit der sexuellen Begierde: Auf Verlangen folgte Glück, auf das Glück die Verzweiflung. Aber er verstand das nicht und fühlte sich einfach nur vom Pech verfolgt. In der Nacht lag er auf seinem Bett und mußte wieder daran denken, daß er sich schuldig gemacht hatte. Er beschwor die Vergangenheit in seinen Gedanken herauf. Die alten Tage waren voller Schönheit gewesen, und selbst der Hunger hatte etwas Reines und Unschuldiges gehabt – mit all dem war es nun vorbei. Er hatte Schuld auf sich geladen, die er sein Leben lang mit sich herumtragen würde. So ein Leben, fand er, war einfach zu lang. Es nahm einfach kein Ende.
Wie ein Damm, der einen Riß bekommen hat, ließen seine Kräfte nach, mit denen er sich so vehement dem Kampf gegen den Hunger gestellt hatte, und er entspannte sich. Der Hunger gewann mehr und mehr Gewalt über ihn. Einmal las er auf dem Sportplatz einige alte Kupferstücke auf, ging damit zum Abfallankauf und wurde sie für ein paar Fen los. Davon kaufte er sich zwei kleine Pasteten. Der wunderbar weiche Nudelteig hatte zwischen den Zähnen fast so etwas wie Fleischgeschmack, der Speck in der Füllung zerging ihm auf der Zunge, und den aromatisch süßen Wohlgeschmack spürte er bis in die letzten Fasern seines Körpers. Sobald er aufgegessen hatte, verflüchtigte

sich das gewaltige Glücksgefühl jedoch und machte wieder einer tiefen Niedergeschlagenheit Platz. Er schwor, etwas so Schäbiges nie wieder zu tun, schwor, die Angelegenheit zu vergessen, noch einmal von vorn zu beginnen und ein guter Mensch zu werden. Er verkroch sich in einem menschenleeren Winkel, schlug sich ins Gesicht und biß sich auf die Zunge und dachte, daß der Lauf des Lebens kaum zu ändern sei, und es verließ ihn jede Hoffnung. Doch wieder und wieder brannte der Hunger in seinem Innern und ließ sich nicht niederdrücken. Von da an schaffte er es nicht mehr, den Versuchungen des Hungers die Stirn zu bieten. Er verlor jedes Schamgefühl und suchte auf den Fluren, auf dem Sportplatz und in den Unterrichtsräumen nach Dingen, die er zu Geld machen könnte. Als er zum zweiten Mal mit einem Leitungsdraht in der Tasche die Schule verlassen wollte, erregte sein bestürztes Gesicht die Aufmerksamkeit des alten Pförtners, der ihn daraufhin anhielt. Ungefragt gab er alles zu.

Er hatte das Gefühl, der Himmel stürze über ihm ein und bohre ihn geradewegs in die Erde, in bodenlose Tiefen, in denen er nur immer weiter versackte.

Der Bruder saß am Klavier und studierte die Noten, die Schwägerin maß den Reis ab und kochte Essen, und der Neffe stapelte Bauklötze.

8

Das Mädchen aus der Gasse des Goldenen Tales im Osten der Stadt hatte sprechen gelernt, und als sie sprechen konnte, konnte sie auch gleich singen. Aus ihrem flinken Mundwerk kamen deutlich Worte und Töne:

»Das schwarze Ha-a-ar, von wem zerzaust?
Das Ohrgeschmeide-e-e, warum nur eins?
Das rosa Antli-i-itz, wieso so feucht?
Der Lippen Rou-ou-ouge, wo ist's wohl hin?«

Die Leute lachten: »Wo hat sie das wohl aufgeschnappt?« Doch gleich darauf machte sich Unmut breit: In jungen Jahren schon so anstößige Lieder singen, und dann auch noch auf so liederliche Weise – woher, was müssen das bloß für Eltern sein!

Das Mädchen hörte die Schelte der Leute nicht und meinte, sie lobten und mochten sie, und sie hielt sich für sehr beliebt. Schon als kleines Kind durfte sie sich das Muster auf ihren Schuhen aussuchen und wählte eine so zarte rosa Blume, daß man Angst haben mußte, sie werde vom nächsten Windstoß fortgeweht. Kaum hatte sie die Blume ausgewählt, trieb sie ihre Mutter zur Eile, sie aufzusticken, und ging mit den neuen Schuhen hinaus, um damit zu prahlen. Sie hüpfte und sprang nicht wie andere kleine Mädchen wild herum, sondern setzte einen Fuß vor den anderen, die Spitzen leicht nach außen gerichtet, die Fersen immer genau in einer Linie, wie eine Erwachsene. Als die anderen Kinder sie umringten, um ihre Schuhe zu sehen, wurde sie ungeduldig. Sie lehnte an einer Mauer, hatte die Hände auf dem Rücken verschränkt und schaute zu einer Orchidee hinüber, die an einem Haus emporrankte.

Da bog ein Mann mit Obst und Weißdornschnaps in die Gasse ein. Schon von weitem hatte sie ihn erkannt und lief rot an vor Aufregung, ließ sich aber nichts anmerken und tat, als habe sie ihn nicht gesehen. Der Onkel rief sie, doch sie blieb hochmütig auf Abstand, er bat sie mit ihm zu gehen, und sie begleitete ihn betont widerwillig, aber mit klopfendem Herzen. Sie hatte viele Onkel, und keiner kam je mit leeren Händen, sondern brachte lauter gute Sachen mit für die Mutter und für sie: Stoffblumen, Seide, prächtige Gewänder und Puppen mit beweglichen Augen. Sie wollte jedesmal vor Freude schreien und springen, doch ihre Mutter funkelte sie an und schimpfte. Sie schaute zur Mutter hinüber und sah ihren gleichgültigen Gesichtsausdruck: daß der Onkel ihr etwas mitbrachte, schien nicht nur überflüssig zu sein, sie mußte dafür auch noch Schelte einstecken. Doch sobald der Onkel gegangen war, stellte die Mutter dann alles in einer Reihe vor sich auf, um es zu betrachten, und strahlte über das ganze Gesicht. Wenn einmal längere Zeit kein Onkel kam, zog die Mutter ein langes Gesicht und suchte ihren Ärger an ihr auszulassen, ja, sie wurde halb krank – bis wieder ein Onkel kam und ging. Dann war die Mutter wieder gesund. Allmählich begriff sie, daß der Besuch eines Onkels etwas Erfreuliches war, sie durfte sich die Freude nur nicht ansehen lassen, mehr noch, sie mußte sich ganz und gar unerfreut zeigen, um die Situation zu meistern.

Der Onkel mit dem Obst und dem Weißdornschnaps hatte ihr rote elastische Socken aus Shanghai mitgebracht, die ganz nach Belieben lang oder kurz, groß oder klein sein konnten. Nachdem sie alles begutachtet hatte, war sie es zufrieden, nahm sich ein paar Melonenkerne und lief hinaus. Ihr kleiner Mund war sehr geschickt im Knacken von Melonenkernen; sie schob einen Kern hinein, und heraus kamen zwei säuberlich gespaltene Schalenhälften, die sie auf die buntgesprenkelte Straße spuckte. Ihre kleinen Zähne spalteten die Kerne mit hellem Knack. Die Kinder beobachteten sie aus sicherem Abstand, denn sie wagten nicht, sich nochmals im Kreis um sie herumzustellen, die Erwachsenen erlaubten es nicht mehr. Ihr war das gleichgültig, ganz versunken knabberte sie ihre Melonenkerne.

9 Hundertfünfzig Kilometer westlich davon sang in einem Mischwäldchen eine Erhu ihre klagende Melodie.

10 Die Sirene des Schiffes am Flußufer heulte knapp zwei Stunden lang, und die Mutter hatte immer noch nicht begriffen, daß ihr jüngster Sohn angekommen war. Sein Gesicht, das immer eine gesunde Farbe gehabt hatte, war nun gräulich grün, die Augenränder dunkel, insgesamt war er länger und dünner geworden, so dünn, daß man ihn fast umpusten konnte. Über der Schulter trug er eine große Reisetasche, die sein Schlüsselbein zu zerbrechen drohte. Als er seine Mutter sah, röteten sich seine Augen, und mehrmals machte er den Mund auf und zu, ohne jedoch einen Laut herauszubringen. Der Bruder hatte ihm eingeschärft zu sagen, daß die Lebensmittel in Shanghai knapp seien und die Leute mobilisiert würden, in ihre Dörfer zurückzukehren. Die Mutter hatte viel um die Ohren und war sehr ehrgeizig, daher war es unmöglich, ihr zu sagen, daß er von der Schule geflogen war. Doch als er nun vor ihr stand, brachte er kein Wort über die Lippen. Als ihn die Mutter so sah, dröhnte es ihr mit einem Mal im Schädel, und obwohl sie eigentlich nichts wissen konnte, war ihr alles völlig klar. Sie stellte keinerlei Fragen. »Mach dich ein bißchen frisch«, sagte sie.

Als sei ihm ein Akt großer Gnade widerfahren, füllte er gehorsam eine Schüssel mit Wasser und begann, sich das Gesicht zu waschen. Seine Mutter saß einige Schritte entfernt und putzte still Gemüse.

Er öffnete seine Reisetasche und nahm zwei Schachteln mit leichtem Gebäck heraus: »Das schickt mein Bruder, eine für Großvater, eine für Mutter.«

Seine Mutter warf einen Blick auf die Schachteln. »Mein Ältester hat sich wieder in Unkosten gestürzt.« Mehr sagte sie nicht dazu.

Die Feier seiner Rückkehr war damit einfach und reibungslos zu Ende gegangen. Er war also wieder daheim. In den zwei Jahren seiner Abwesenheit schien das Haus noch finsterer geworden zu sein. Er hielt sich nun Tag für Tag im hinteren Flügelzimmer auf und las. Der Götterbaum im Innenhof wuchs inzwischen gen Himmel und verdunkelte die Fenster. Er las sich im Licht der wenigen Sonnenstrahlen, die das dichte Blätterwerk noch durchließ, durch einen dicken Roman nach dem anderen: das »Jigongzhuan«, die »Reise nach dem Westen«, den »Traum der Roten Kammer«. Er kam dreimal am Tag zu den Mahlzeiten und zweimal zu den Appellen des Großvaters aus dem Zimmer, sonst lag er drinnen auf einer Pritsche und las oder grübelte über seinen Herzschmerz. Und da er so gut wie keinen Herzschmerz hatte, über den er hätte nachdenken können, lag er nur apathisch da und dachte an gar nichts. Irgendwo ganz nah hörte er vertraute Klänge, die Klänge eines Cellos. In seinem Kopf kreiste oft Tag und Nacht eine Cello-Übung und bewegte sich auf und ab wie auf den Stufen einer Leiter. Zwei Schritte vor, einen zurück, so zog sie ihre Kreise und bewegte sich nur langsam vorwärts. Am höchsten Punkt angekommen, wandte sie sich um und ging wieder hinunter, und wie vorher zwei Schritte vor und einen zurücksetzend ging sie im Kreise und bewegte sich allmählich rückwärts, wieder und wieder, unablässig. Was auch immer er gerade tat, ob er aß oder schlief, ob er las oder sich der Inspektion des Großvaters unterzog, stets war die gleiche Melodie um ihn. Es war sein inniger Wunsch, Cello zu spielen, doch er war so verunsichert, daß er nicht einmal wagte, daran zu denken, denn er meinte, er habe kein Recht dazu. In seiner Erinnerung war das Cello immer begleitet von einer tiefen Demütigung und seinem Vergehen, oder andersherum: Tiefe Demütigung und sein gemeines Vergehen waren stets verbunden mit der Erinnerung an sein Cello. Er wünschte, all das wäre nur ein böser Traum gewesen. Nur wenn er sich und andere betrog und so tat, als sei das alles nicht geschehen, würde er friedlich in den Tag hineinleben können. Aber: Es war wirklich geschehen, und daß es nicht geschehen sein könnte, das war in Wirklichkeit der Traum. Ein Traum, dem man sich im götterbaumverdeckten Halbdunkel des hinteren Flügelzimmers behaglich hingeben konnte. Draußen auf der Straße, im grellen Sonnenlicht, umgeben vom Jaulen der Schiffssirenen und von Bekannten freundlich gegrüßt, war der Traum augenblicklich ausgeträumt. Und so brauchte er mehr denn je den Schutz der Dunkelheit und suchte die Finsternis, obwohl er sie verabscheute. Er konnte einfach nicht auf die Straße gehen, auch nicht, um Brennholz oder Sojasauce zu holen. Der Großvater richtete sein Augenmerk auf ihn und sagte: »Meditierst du? Oder liest du die Klassiker? Zwei Jahre hast du in Shanghai verbracht – und nun auf einmal so ehrfurchtgebietend und schrullig?« Der alte Mann lachte grausam. Er jedoch spürte den bekümmerten Blick seiner Mutter auf sich ruhen, hielt den Kopf gesenkt und schwieg. Er fand es selbst merkwürdig: In den zwei Jahren in Shanghai mochte sich nichts geändert haben – den Großvater aber achtete er nicht mehr wie zuvor. Wenn er Ehrfurcht vor ihm zeigte, so nur um der Mutter willen und aus Gewohnheit. Er hatte das gewagte Gedankenspiel unternommen, sich den achtunggebietenden Großvater mitten auf der Huaihai-Straße in der Menge vorzustellen, und er war ihm unbedeutend und klein erschienen. Und in dem Augenblick, da er die Winzigkeit des Großvaters erkannt hatte, sah er auch die eigene und wurde unsicher: Was hatte ihn eigentlich auf diese Welt verschlagen und wozu? In der finsteren Kammer, im unsteten Licht der Sonnenstrahlen, die durch das Blätterwerk des Götterbaumes drangen, überkam ihn das Gefühl der Nichtigkeit der Dinge und erfüllte ihn mit Trauer. Er hielt sich für unbedeutend klein, in Wirklichkeit aber nahm er sich viel zu wichtig. Ungehindert bauschte er im Schutze der Dunkelheit alle Demütigungen, Gemeinheiten und Kränkungen und schließlich seine Traurigkeit monströs auf.

Die Musik des Cellos zog dicht an seinem Ohr vorbei, immer wieder die gleiche Übung, in den tiefen Lagen

schlicht und aufrichtig und in den hohen kräftig und bewegend, unterbrochen wurde sie einzig von den Schiffssirenen am Flußufer. Ihr ewiger Klang verfolgte ihn bis in seine Träume hinein.
Als er einmal die Drachenkopfkrücke des Großvaters auf den Rücken seiner Mutter niedersausen hörte, war er fest davon überzeugt, schuld daran zu sein, barg seinen Kopf im Kissen und weinte bitterlich. Eine Flut von Tränen schoß ihm aus den Augen und war ebensowenig aufzuhalten wie die Fluten des Hochwassers, wenn die Dämme brachen. Es gab keinen Funken Hoffnung mehr, sondern nur noch Verzweiflung, ach, die Welt war voll vom Unglück der Unschuldigen und ohne den kleinsten Funken Freude. Er heulte sich fast die Augen aus dem Kopf und beruhigte sich erst, als ihn seine Kräfte verließen. Ermattet lag er auf der Pritsche und fühlte sich mit einem Mal im reinen mit sich, ja sogar fast glücklich. Die Zweige des Götterbaumes strichen am Fenstergitter entlang und ließen hier und dort einen Strahl der untergehenden Sonne ins Zimmer dringen. So müde seine Glieder sein mochten, innerlich fühlte er sich leicht und rein, als hätten seine Tränen allen Schmutz herausgespült.
Er war siebzehn Jahre jung, und egal wie schwach er war, quoll er doch auch über vor sprudelnder Lebenskraft, war alle Traurigkeit nur die Traurigkeit des Augenblicks, gab es ein Vielfaches an Hoffnung. Bevor er nicht alle Hoffnung Stück für Stück zugrundegerichtet hatte, lag noch ein langer Weg vor ihm, auf dem er Glück und Schmerz bis zur Neige würde auskosten können.
Das Heulen der Schiffssirenen am Flußufer klang wie ein geheimnisvoller Ruf zur Rückkehr.

11 In der Stadt an der Bucht des Gelben Meeres wurde das Mädchen aus der Gasse des Goldenen Tales eingeschult. Sie trug einen selbstgemachten Rucksack aus Stoff, auf den die Mutter zwei Mandarinenten gestickt hatte. Sie wirkten bei jedem Aus- und Einatmen des Mädchens wie lebendig. Das Mädchen hatte elastische rosa Söckchen an den Füßen, trug Schuhe mit Verzierungen aus leuchtend rotem Samt und hatte eine Art Anzug an, durchbrochen gemustert und blaßgelb, das Oberteil war purpurn gesäumt, die weite Hose reichte bis auf die Füße. So trat sie anmutig auf das Kopfsteinpflaster hinaus. Ihre Klassenkameradinnen wollten nicht neben ihr gehen aus Angst, allzu unscheinbar zu wirken und sie noch mehr in den Mittelpunkt zu rücken. Ihr konnte das alles nichts anhaben, sie hob leicht den Kopf, die Enden der Zöpfe waren kunstvoll zu Blumen geschlungen und pendelten über ihren schmalen, wohlgeformten Schultern hin und her. Schritt für Schritt setzte sie ihre Füße in gerader Linie Richtung Schule.

Von den Klassenkameradinnen war keine so gewandt wie sie und keine so schön, keine hatte ihre gerade Haltung oder konnte sich so gewandt ausdrücken. Die Lehrerin mochte sie auf Anhieb und ernannte sie zur Klassensprecherin: Sie mußte zu Beginn jeder Unterrichtsstunde alle aufstehen lassen und hatte nach Schulschluß als erste hinauszugehen. Sie war voller Liebenswürdigkeit und nahm sich alles sehr zu Herzen, was die Lehrerin sagte. Einmal bemängelte diese etwa, daß der Zeigestock ihr nicht gut in der Hand liege, da überredete sie zu Hause den Onkel, einen neuen anzufertigen, wickelte ihn in buntes Geschenkpapier und überreichte ihn mit wenigen Worten der Lehrerin: Da für Daoisten ein Bambusstab die Hauptsache sei, habe ihre Mutter diesen hier bunt umwickelt und ihr aufgetragen, ihn der Lehrerin zu geben. Oder die Lehrerin ließ sich an einem Sonntag eine neue Frisur legen und lief tags darauf rot an vor Verlegenheit, als sie vor die Klasse trat. Nach dem Unterricht sagte sie dann zur Lehrerin: »Ihre Dauerwelle sieht aus wie bei denen im Fernsehen; wenn ich groß bin, mache ich es auch so.« Die Lehrerin schien sie zu ihrem Liebling auserkoren zu haben. Beim Schulfest aus Anlaß des Nationalfeiertages mußte jede Klasse etwas vorführen. Die Lehrerin wollte ihren Schülern den Vortritt lassen, doch war die Klasse zu schüchtern und verschämt, einerseits wollten sie sich natürlich produzieren, andererseits war es ihnen peinlich, weil sie sich davor fürchteten, im Rampenlicht zu stehen. Nur sie allein meldete sich gelassen zu Wort, und nachdem ihr die Lehrerin zugenickt hatte, ging sie mit gemessenen Schritten zum Rednerpult, stellte sich aufrecht hin, verbeugte sich mit den Händen auf dem Rücken und begann ohne Verzögerung zu singen: »Wunderschönes Havanna, meine Zuflucht und mein Heim.« Ihre glockenreine Stimme erreichte mühelos die höchsten Höhen. Die Lehrerin behielt sie vorne, um die genauen Bewegungen dazu einzustudieren, doch nach einem Durchlauf beherrschte sie auch dies bereits einwandfrei, nur ihr kleiner Finger krümmte sich wie die zarte Spitze eines Bambussprosses nach oben. Die Lehrerin fand das etwas befremdlich, sagte aber nichts.

Bei der Feier des Nationalfeiertages wurde ihre Vorführung am meisten beklatscht. Die Aula bebte unter den Ovationen der Zuhörer, und sie verbeugte sich unzählige Male. Schließlich richtete sie sich zum letzten Male wieder auf und setzte ruhig einen Fuß vor den anderen, um die Bühne zu verlassen. Die Schüler aller Klassenstufen erhoben sich von den Plätzen, um einen Blick auf sie zu erhaschen. Sie war stolz, hütete sich aber, das auf ihrem Gesicht zu zeigen, sie wirkte im Gegenteil ein wenig unwillig. Dennoch setzte sie unbeirrt ihren Weg fort bis hin zu ihrer Klasse und ließ sich in deren Reihen nieder. Sie hob ihr Gesicht zur Bühne, es war völlig ausdruckslos.

12 Einhundertfünfzig Kilometer weiter westlich blitzten in dem Mischwäldchen undeutlich Übungsschwerter und -speere auf, und es war die Erhu, deren Melodie klagend auf und nieder wogte.

13 Als in allen Gassen und in allen Schulen gerade der Weg des Xing Yanzi und des Dong Jiageng propagiert wurden, meldete er sich freiwillig. Eine Woche später brachen Gruppen zu je hundert jungen Leuten auf, jeder mit einer leuchtend roten Blume in der Hand. Als ihr Zug die Stadt hinter sich gelassen hatte und durch weit ausgedehnte Felder fuhr, atmete er innerlich auf. Er öffnete das Waggonfenster und ließ sich den Wind in die Haare fahren, während die Kommilitonen im Abteil sangen.

Das Reiseziel lag nicht weit von der Provinz Anhui an der Grenze zu Shandong. Obwohl ursprünglich ein Weizenanbaugebiet, gab es neuerdings Bewässerungsanlagen dort, und mit hochgekrempelten Hosen stiegen die Bauern in die Reisfelder und balancierten mit den Setzlingen in der Hand wie Akrobaten auf den schmalen erhabenen Feldrainen. Er scheute keine Mühe und suchte sich genau diese schwere Arbeit aus, bei der er dann ein paar Mal in ein gewässertes Reisfeld fiel und hilflos wie ein Käfer strampelte, um wieder herauszukommen. Die anderen reichten ihm lachend die Hand, halfen ihm auf die Beine und schickten ihn nach Hause, damit er die Kleider wechselte. Doch er weigerte sich entschieden und nahm seine Arbeit wieder auf. Mit den triefend nassen Kleidern am Leib aber zitterte er, und es dauerte einige Zeit, bis sie durch die Sonne und durch seine Körperwärme allmählich zu trocknen begannen und die Wärme ihn wieder bis auf die Knochen durchdrang. Abends im Bett stellte er fest, daß er sich vor Muskelkater nicht mehr rühren konnte, doch war ihm dieser Muskelkater zugleich ein Trost und eine Freude und verstärkte sein Gefühl der Behaglichkeit. Das Aufstehen am kommenden Morgen war eine Tortur. Er biß die Zähne zusammen, setzte sich auf, seine Füße suchten die Schuhe, und schließlich erhob er sich und begann vorsichtig zu gehen. Er schuftete noch härter als am Vortag und freute sich über jedes Knacken in den Knochen. Mit der schweren Traglast beugte er sich unzählige Male hinunter, und ebenso oft richtete er sich wieder auf, doch auf dem Bauch lag er nicht ein einziges Mal. Er genieße das Leben, sagten alle, und er sei ein guter Kerl. Er mußte fast nie für sich kochen, denn die Dorfbewohner schickten ihm immer etwas zu essen: Sojabohnenquark, Knoblauchgerichte oder Rüben. Und wenn jemand Gäste hatte und Fleisch und Fisch anbot, so wurde er mit Sicherheit dazu eingeladen, einmal, weil er so mager war, und zum anderen, weil es dem eigenen Ansehen nur nutzen konnte, wenn man mit dem hierher versetzten Studenten Kontakt pflegte.

Mit Beginn dieses neuen Lebens rückte alles Vergangene endlich in weite Ferne und versank im Dunkel der Erinnerung. Er konnte wirklich von Glück sagen, er genoß ein nie dagewesenes Lebensgefühl, die Rechnung der Vergangenheit war beglichen, er konnte einen neuen Anfang machen.

Seine Haut war wettergebräunt, sein Körper gesund und kräftig. Zwar verlor er nach wie vor nicht viele Worte, doch war er viel weniger angespannt als früher. Am Tage arbeitete er, und die Abende verbrachte er entweder mit Gleichaltrigen, und sie erzählten sich die neuesten Geschichten des Dorfes, oder er hielt sich bei einem Mitschüler in der benachbarten Brigade auf. Wenn er zurückkehrte, stand der Mond bereits hoch, er hörte das Wasser im Graben murmeln und das Gaoliang-Gras rascheln, in der Ferne kläffte ein Hund. Im Mondlicht lag schneeweiß die Straße vor ihm, und durch die Sohlen seiner Stoffschuhe spürte er den durchweichten Boden. Da begann er vor sich hinzusummen und begriff erst, als er den eigenen Tönen nachlauschte, welche Melodie es war: seine Cello-Übung. Da brach alles Geschehene wieder über ihn herein, aber in der mondklaren Nacht waren die Schatten der Vergangenheit leichter zu ertragen; unmerklich mischte sich eine Spur von Traurigkeit in seine friedliche Stimmung. Während er die Frösche in den Reisfeldern quaken hörte, ließ er die Ereignisse von damals vor seinen Augen vorüberziehen und fühlte sich plötzlich frei von Angst und Demütigung. Nur ein leiser Kummer blieb, doch er konnte ihn nicht mehr so tief treffen, weil er sich nun viel stärker fühlte als damals. Da ihm die Feldarbeit so leicht von der Hand gehe, dachte er, müsse er unbedingt noch etwas anderes tun, um sein Leben nicht zu vergeuden.

Da wurde zufällig eine Grundschullehrerin der Brigade versetzt, und man ernannte ihn zum Nachfolger. Er brachte Viert-, Fünft- und Sechstklässlern Grammatik, Rechnen, Biologie und Erdkunde bei. Später entdeckte er in der Schule eine Ziehharmonika, suchte sich die entsprechenden Lehrbücher zusammen und brachte auf dem Instrument tatsächlich Töne hervor. Von da an gab er auch Musikunterricht. Und jeden Abend, wenn er die Hausaufgaben korrigiert hatte, saß er allein vor der Schule und spielte auf der Ziehharmonika. Ein größeres Glück konnte er sich nicht vorstellen.

Er hatte seine eigene Technik entwickelt: Statt den Blasebalg zu betätigen, ließ er ihn sich ganz von selbst bewegen. Seine rechte Hand glitt wie liebkosend über die Tasten, so daß die Töne wunderbar leicht und doch mit genauer Betonung entstanden, ganz ohne jede Gewaltsamkeit. Seine linke Hand ruhte auf den Tasten der tiefen Lagen, die er jedoch nur selten zum Klingen brachte. Ein lückenloser Fluß von Tönen formte sich in den oberen Tonlagen des Instrumentes zu einer Melodie und wurde harmonisch begleitet von den sparsam gesetzten Tönen der tiefen La-

gen. Von Tag zu Tag wurde das Spiel lebendiger, und in der tiefen Lage entwickelte sich ein leiser, kraftvoller Rhythmus von einer Leidenschaftlichkeit, die weder zu unterdrücken noch zu steigern war – bis sie schließlich in einem langen, dumpf dröhnenden Vibrato erstarb und sich eine neue Melodie wie weinend und klagend, voller Schmerz und voller Leichtigkeit, in den Abend erhob.
Er legte den Kopf auf das Instrument und schlief ein, die Augen halb geschlossen, traumlos, denn seine Gedanken hatte er der Ziehharmonika weitergegeben. Durch seine Finger waren sie in das Instrument geflossen, und es hatte ihm geantwortet. Tief in der Nacht schreckte er plötzlich auf: Die Sterne neigten sich bereits gen Westen, und ein unendliches, funkelndes Firmament umhüllte ihn wie ein schützender Mantel.

14

Das Mädchen schäkerte mit den Männern und kam ihnen bedrohlich nahe, wußte jedoch stets das rechte Maß zu finden. Die Leute fanden, sie mache dem Namen der »Gasse des Goldenen Tales« alle Ehre.
In der weitläufigen Bucht des Gelben Meeres verstand sie es wie keine andere, sich modisch herauszuputzen. Nicht einmal die Leute aus Nord-Xuzhou würdigte sie eines Blickes, was für sie zählte, war einzig und allein der Film. Ihre zwei Zöpfe band sie, streng nach hinten gekämmt, mit einer Schmetterlingsschleife zusammen, daß sie über ihrer schmalen Hüfte hin und her schwangen – ganz ausländisch. Nach zwei Tagen wechselte sie den Stil und steckte die Zöpfe zu beiden Seiten hoch wie die Zofen in alten Filmen, und rechts befestigte sie noch einen hübschen roten Kamm. Wiederum zwei Tage später änderte sie von neuem ihre Frisur, löste den Seitenscheitel auf, wand sich ein rotes Haarband um den Kopf und flocht es weiter unten in die Zöpfe hinein. In die Stirn hing ihr ein Klein-Mäd-

chen-Pony, der sie naiv und unerfahren erscheinen ließ. Die Leute konnten gar nicht so schnell zusehen, wie sie sich veränderte, und sie legte sich nie auf einen Stil fest. Aber sie sah immer gut aus. Die Jungen in ihrer Klasse schimpften sie »Hure« und »Kapitalistin«, doch heimlich schickten sie ihr Geschenke: teure Bleistifte oder durchsichtige Lineale oder schneeweißes, kostbares Papier.
»Kein Interesse«, sagte sie, ohne mit der Wimper zu zukken.
»Was heißt hier ›kein Interesse‹? Das ist doch kein Schrott!« sagte der Junge dann.
»Na bitte, dann behalt's doch.«
»Es ist für dich!«
»Kein Interesse.« Sie sah ihn nicht an.
Der Junge wurde wütend: »Dann vergiß es!«
Da wandte sie sich zu ihm um, ihre Pupillen funkelten, und ein Lächeln lag um ihre Augen: »Was regst du dich denn so auf?«
Der Junge war peinlich berührt.
Sie hatte es so bei ihrer Mutter beobachtet, die behandelte die Onkel so. Das eigene Gesicht war der Schatz, den man nicht leichtfertig preisgeben, aber auch nicht zu lange zurückhalten durfte. Im richtigen Augenblick mußte man ihn aufblitzen lassen, sonst wurde er wertlos. Diesen Zeitpunkt konnte die Mutter auf die Sekunde genau abschätzen. Der Mann wurde entweder zum Sklaven oder aber ernsthaft wütend, gab ihr zum Abschied die Hand und ging. Sie brauchte ihn nicht mehr. Die Onkel waren alle Mutters Sklaven, und sie bereitete ihnen mit schöner Regelmäßigkeit abwechselnd Ärger und Freude. Das Mädchen beobachtete dies gern, und zuweilen wollte sie es üben und probierte es aus. Wenn es funktionierte, war sie überglücklich.
Im Frühling unternahm die Lehrerin einen Klassenausflug zur Höhle mit dem Wasservorhang auf dem Berg der Blumen und Früchte. Alle fanden die Höhle enttäuschend

– das sollte der Palast eines Affenkönigs sein? Das Mädchen jedoch argumentierte, die Öffnung sei so klein, um späteren Generationen den Zugang zu versperren, in Wahrheit sei die Höhle tief und breit, aber immer noch gingen die Menschen darin ihren Schamlosigkeiten nach, besudelten den heiligen Flecken Erde und zerrütteten die herrschenden Sitten. Sie hatte das vom Onkel gehört. Die Neugierde der anderen war geweckt: Was denn die Leute nun in der Höhle machten, wollten sie wissen. Sie schnaubte verächtlich: nicht einmal das begriffen sie. In Wahrheit wußte sie es selbst nicht. Ein Junge zweifelte an ihren Worten und begann ihr zu widersprechen, da sagte sie, laß uns hineinkrabbeln und gegen die Felswand klopfen. Wenn es dahinter noch weiter geht, muß es hohl klingen, wenn nicht, wird nur das Klopfen zu hören sein. Also zwängten die zwei sich hinein und klopften an die Felswand. Ihre kleine Hand patschte an den Fels, daß es nicht einmal wie eine Backpfeife klang, da sagte sie: »Hörst du? Wenn das kein Echo ist!...« Der Junge war verwirrt und hörte genauer hin, da drückte ihm das Mädchen plötzlich einen Kuß auf seinen einfältig grinsenden Mund. Seine Lippen wurden warm und feucht, ohne daß er verstand, was eigentlich passiert war. Das Mädchen aber lief dunkelrot an, hastete dem Ausgang der Höhle zu und der Gruppe hinterher. Ihr Herz pochte, und sie war glücklich.
Auf dem Berg der Blumen und Früchte wuchsen weder Früchte noch Blumen, es war ein völlig kahler Berg, auf den sich kaum je ein Mensch verirrte.

15 Einhundertfünfzig Kilometer in östlicher Richtung lag ein winziger Kreis, der ganz offensichtlich zu Jinan gehörte, jedoch von Nanjing regiert wurde; der ganz offensichtlich am Gelben Meer lag, jedoch Blaues Meer genannt wurde. Einfach lächerlich.

In der Stadt gab es ein Mischwäldchen, in dem man Schattenboxen übte und Stimmbildung machte und das Cello strich. Und da war eine Erhu mit ihrer klagenden Melodie.

16 Universitäten, Mittel- und Grundschulen wurden geschlossen. Die Revolution wurde propagiert.

17 Von zu Hause kam ein Brief, der Großvater sei von Revolutionären verschleppt worden, und man sei seit sieben Tagen und Nächten ohne Nachricht. Der Vater liege krank darnieder, die Geschwister müßten in der Schule täglich Belehrungen über sich ergehen lassen, und vom Ältesten höre man gar nichts. Er solle bitte heimkommen und, wenn möglich, Bohnen und Mais mitbringen. Den Brief hatte der vierte Bruder heimlich geschrieben, denn die stolze Mutter hätte ihren Sohn niemals um Hilfe gebeten.
Er begab sich noch am selben Abend nach Nord-Xuzhou und hatte einen Sack mit Reis und Weizen auf dem Rükken (seine Getreideration für ein halbes Jahr). Der Zug setzte sich mit lautem Pfeifen in Bewegung und ratterte mit den ersten Strahlen der Morgensonne in Richtung Süden. Es war stockfinster, als er zu Hause eintraf. Die Mutter stutzte einen Augenblick, fast hätte sie ihn nicht erkannt. Sie war alt geworden, ihre Haut trocken und faltig, aber immer noch sehr gepflegt. Er setzte den Sack ab. »Mutter!« wollte er rufen, doch ihm versagte die Stimme.
Die Mutter sagte nur: »Mach dich etwas frisch« und fragte nicht weiter, sie tat, als sei seine Rückkehr das Natürlichste der Welt, doch hatte er das Gefühl, daß sie die Zusammenhänge genau durchschaute. Die Mutter war weise und hatte nie ihre Würde eingebüßt, selbst wenn sie vor den

Augen der Kinder geschlagen worden war. Es war eine Würde, die ganz aus ihr selbst kam. Sie erzog ihre Kinder zu anständigem Benehmen; hatten sie aber doch etwas angestellt, so hielt sie sich nie mit überflüssigen Vorwürfen auf. Als hielte sie das Geschehene für den unergründlichen Ratschluß des Himmels. Sie war, eingeschlossen Vater und Großvater, die Stütze der Familie, denn ohne die Schwiegertochter – wo hätte der Großvater wohl seine Launen auslassen und Macht und Ansehen demonstrieren sollen?

Erst beim Essen begriff er, daß die Familie vollkommen verarmt war und sein Sack Getreide ihr das Leben gerettet hatte. Der Großvater war inzwischen wieder daheim. Vor zwei Tagen hatte man ihn zurückgebracht: zum Skelett abgemagert, doch mit lodernden Augen. Seine Nase stand scharf hervor wie nie und verlieh seinem Gesicht etwas Grausames. Er lag auf dem Bett, aß nicht und trank nicht. Die Mutter ging hin, um ihn aufzumuntern, da schlug er mit seinem Stock auf sie ein, und als der Vater ihn auf Knien anflehte, tat er, als höre er nichts und hielt die Augen geschlossen wie ein Toter. Aber da es die Appelle des Großvaters morgens und abends nicht mehr gab, war die Stimmung im Hause weniger gedrückt als früher, weil der Bruder aber wieder zurück war, wurden die jüngeren Geschwister viel munterer. Das Leben aber war sehr hart. Sie bekamen keine Zinsen mehr, der Lohn des Vaters war lächerlich gering, und die Geschwister hatten nicht einmal Arbeit.

Als Arbeiter auf dem Land hätte er die Familie kaum unterstützen können, und wie es dem Bruder in Shanghai ging, wußte kein Mensch. Die fünfte Schwester hatte unter der Protektion eines guten Freundes eine Gelegenheitsarbeit bekommen: Sie durfte auf der Straße Streichholzschachteln verkaufen. Die Geschwister mußten nicht zur Schule gehen und saßen stattdessen den ganzen Tag am Tisch und klebten Streichholzschachteln. Auch er gesellte sich nun dazu, und mit der Fingerfertigkeit, zu der er es beim Spielen der Ziehharmonika gebracht hatte, konnte er es bald an Geschwindigkeit und Qualität mit den Geschwistern aufnehmen.

Das Kleben der Streichholzschachteln war längst langweilig geworden, doch umso anregender wurden die Unterhaltungen dabei. Und je interessanter die Gespräche, desto attraktiver das Kleben der Streichholzschachteln. Tag für Tag hantierten sie in rasendem Tempo mit Pappe und Klebstoff herum, ohne nachzudenken, wie Maschinen, und sie unterhielten sich dabei. Die grausam tobende Revolution erschütterte die ruhige Alltäglichkeit ihres Lebens und ließ auch ihre starren Familiengesetze und ihre Disziplin nicht unberührt. Und doch gab es in dieser Zeit der Mühsal für die Kinder immer und überall einen Raum für Glück. Jung an Jahren, waren sie nicht bereit, sich unterdrücken zu lassen. Und so konnten sie in einer selbstvergessenen Unterhaltung unvermittelt in schallendes Gelächter ausbrechen, das bis in das hintere Zimmer des Großvaters drang, ein fröhliches Gelächter, das er auf keinen Fall dulden konnte. Er klopfte mit seinem Stock heftig auf den Boden, und aus seinem von Auswurf verstopften Hals drang ein röchelndes Brüllen. Da unterdrückten sie ihr Gelächter und prusteten durch die Nase. Der tiefe Atem des Großvaters aber war lang, anhaltend und gleichmäßig. Sechs Tage und sechs Nächte hatte er nichts zu sich genommen, so daß sich sein Körper zwischen den Laken und Decken fast schon auflöste und von weitem nur eine aus den Kissen aufragende Adlernase und zwei abnorm weiße Augen zu sehen waren.

Ihre Jugend erlaubte es ihnen, sich grundlos zu freuen, sich völlig außer Rand und Band zu gebärden und alles Grauen dieser wahnsinnigen Welt und auch den altersschwachen Mann, der im Westzimmer mit seinem Schicksal haderte, zu vergessen. Und ihm, der nach langer Abwesenheit wieder an der Seite von Mutter und Geschwistern lebte, ging

das Herz über von liebevollen Gefühlen. Überdies war das Leben an einem Punkt angelangt, an dem es keine Zukunft gab, über die sich zu reden gelohnt hätte, und nach so viel Mühsal hatten sie nun ein wenig Ruhe. Denn auch wenn sie eine harte Zeit durchmachten, war eine schwere Last von ihnen genommen. Ihr Gelächter übertönte oftmals noch das wütende Stampfen des Krückstockes aus dem Westzimmer. Die Existenz des Großvaters kümmerte sie nicht mehr. Bis der alte Mann eines Tages mit brüchiger Stimme nach der Mutter rief und eine Suppe verlangte. Hastig begann die Mutter zu kochen, gab Eier, Seetang und Gewürze in den Topf und trug ihm die kochend heiße Suppe ins Zimmer. Er verlangte, daß sie ihm die Suppenschale hinstellte und den Raum verließ.
Kurze Zeit später wurde der Bruder, der mit dem Gesicht nach Westen dasaß, plötzlich bleich und verschluckte sich an den eigenen Worten, als er etwas sagen wollte. Da wandten die anderen den Kopf und erhoben sich unwillkürlich von ihren Stühlen. In der Tür stand der Großvater und stützte sich mit beiden Händen zitternd auf den Krückstock. Sein Gewand hing an ihm wie an einem Kleiderständer. Dadurch, daß er so mager geworden war, wirkte er besonders groß, und seine Adlernase strahlte eine ganz besondere Würde aus. Prüfend ging sein Blick über die Familie hin. Als die Mutter ihn stützen wollte, vertrieb er sie mit der Krücke. Einen Augenblick stand er still, dann setzte er sich ganz langsam in Richtung des großen Mittelzimmers in Bewegung. Lautlos machten sie ihm Platz. Unendlich langsam tastete er sich an den Wänden entlang von einem Raum zum anderen, ging durch den Garten in den kleinen Hof. Sie folgten in einigem Abstand, ohne zu ahnen, was er vorhatte. So machte er die Runde und ließ keinen Winkel dabei aus, dann drehte er sich um und ging in sein Zimmer zurück. Die Abenddämmerung brach herein.
An diesem Abend wurde es ungewöhnlich schnell dunkel.

Die Sonne war kaum am Horizont versunken, da war der Himmel bereits tiefschwarz.
In der Nacht herrschte eine so undurchdringliche Finsternis, daß man die Hand vor den Augen nicht sah und die Blätter des Götterbaumes in dem kleinen Hof nicht erkennen konnte; nicht der blasseste Lichtstrahl war zu sehen, als sei dem Himmel eine dicke Mütze übergezogen worden.
Unter dieser Schwärze, die auf allem lag, legte der Bruder sich schlafen. Da, plötzlich wurde der schwarze Vorhang leichter und heller, er leuchtete, und das Leuchten ging in Rot über, in Blutrot, in brennendes Rot –. Er verstand das nicht: Woher kam dieses tiefe Rot auf einmal? Alle Wände um ihn her waren flammend rot, selbst der Himmel glühte. Er wollte aus dem Traum erwachen, da schreckte ihn auch schon ein schriller Schrei auf. Es war die Stimme seiner Mutter, noch nie hatte er sie so außer sich, so voller Panik schreien hören, doch es war ohne Zweifel ihre Stimme.
»Feuer!«
Feuer. Es züngelte am Boden, kletterte die Wände empor, es umgab die Zimmer von allen Seiten. Das ganze Haus stand in lodernden Flammen, die munter in den Himmel schlugen. Mit einem Satz war er auf den Beinen, riß den vierten Bruder aus dem Bett und zog ihn mit sich. Der morsche Türrahmen hing windschief herunter, und in blinder Hast stolperte er beinah, wurde aber von zwei kräftigen Armen aufgefangen: die Mutter. Sie hatte den Vater mitgeschleppt, und die kleinen Geschwister drängten sich wie eine Schar verschreckter Küken an sie heran. Der lodernd herabhängende Türrahmen bot einen märchenhaft unwirklichen Anblick.
Die Mutter gab ihm einen Stoß, so daß er ins nächste Zimmer stolperte. Im selben Augenblick ging das hintere Zimmer in Flammen auf.
»Großvater!« schrien sie wie aus einem Mund, und wie eine Antwort prasselte das Feuer besonders laut.
Der Kreis der Flammen zog sich immer enger zusammen,

und die Dachsparren über ihnen wirkten wie eine Reihe roter Ziehharmonikatasten, sie würden im nächsten Augenblick herunterkommen. Da zögerte die Mutter keine Sekunde länger, zerrte den Vater mit sich und drängte alle anderen aus dem Flammenmeer hinaus ins Freie. Auf der Straße fanden sie sich wieder und kamen sich vor wie vom Ofenbett in den Eiskeller geflüchtet. Es war eine bitterkalte Nacht, und sie trugen nur leichte Hemden, einige der Kleinen sogar nur dünne Hosen. Zitternd drängten sie sich aneinander und blickten in das Haus aus Flammen.

Es war überwältigend in seiner Pracht wie nie zuvor – ein Palast! Im Augenblick seines Unterganges waren alle Düsterkeit und alle Schwere wie weggeblasen, als habe es einzig dafür existiert, in Flammen aufzugehen, als habe es die Finsternis vieler Jahrzehnte nur um dieses einen glorreichen Augenblickes willen gegeben. Die Flammen zeichneten die Konturen der Zimmer gegen den tiefblauen Vorhang des Himmels ab, ringsum wirbelten Aschewolken umher wie Geister, die einen lautlosen Grabgesang anstimmten.

»Großvaters Lebenswerk!« schluchzte der Vater. Das Haus war plötzlich durchsichtig wie ein kristallener Palast, der im nächsten Augenblick ruhig in sich zusammensank. Als es zu nieseln begann und der Regen Tropfen für Tropfen das Feuer löschte, führten die Flammen noch am Boden einen Tanz auf.

Die ganze Familie war naß bis auf die Knochen und schon ganz steif. Die Nachbarn öffneten ihre Türen und wollten sie in ihre Häuser ziehen, um sie vor dem Regen zu schützen. Doch keiner von ihnen rührte sich vom Fleck, wie gelähmt standen sie im Regen und blickten in die Asche: Das war das Skelett eines Gebäudes, das Skelett ihres Zuhauses, und erst jetzt, beim Anblick seiner Trümmer, erkannten sie seine Größe und Heiligkeit. Sie weinten stumm, ihre Tränen mischten sich in den Regen und flossen ihnen die Gesichter und Körper hinunter.

Mit schwimmenden Augen trat er über die Schwelle in das Trümmerfeld. Die glühende Asche versengte seine nackten Füße, wie um ein letztes Lebewohl zu sagen. Er spürte die Liebe, die in dem Haus steckte, und begann von neuem zu schluchzen. Er ging zum Westzimmer. Aus einem Stapel verkohlten Holzes ragte ein Paar nackter, runzliger Füße hervor. Es war das Grab des Großvaters: Er hatte selbst im Tod nichts an Würde eingebüßt.

Sie waren gleichermaßen wütend und getröstet.

Niemand bezweifelte, daß der Großvater das Feuer gelegt hatte. Das Haus gehörte ihm, und seine letzte Tat war, sein Recht einzulösen und selbst Hand daran zu legen. Niemand konnte ihm etwas vorwerfen. Doch warum hatte er getan, was er getan hatte? War es sein Protest gegen den Irrsinn der Welt? Oder weil er die Hoffnung, die er auf Söhne und Enkel gesetzt hatte, enttäuscht sah? Was es auch gewesen sein mochte, er nahm es mit ins Grab und ließ seine Söhne und Enkel zurück, wie sie einst auf die Welt gekommen waren: mit leeren Händen, ohne Kleider und Nahrung, fast wie neugeboren. Und so mußten sie nun weiterleben.

18

Das Mädchen aus der Gasse des Goldenen Tales am Gelben Meer war in einer Propagandagruppe für Mao Zedong-Ideen. Niemand dort paßte so dazu wie sie: Silbrig schimmerndes Gesicht, die Augen wie Aprikosen geformt und leicht nach oben gezogen, silberfarbene Pupillen darin. Ihre Lippen hatte sie grell rot angemalt und konturiert. Die Haare waren kürzer geschnitten und über den Ohren gelockt, so daß sie wirr abstanden. Ein Haarreif auf ihrem Kopf und ein hochgesteckter Zopf. Das rabenschwarze Haar machte ihren Teint noch heller, ihre Augen noch leuchtender. Die selbstgemachte, gelbe Armeekleidung paßte wie angegossen, und mit Hilfe eines Gürtels wurde ihre Figur stark betont. Auf den ersten Blick sah sie wie eine Achtzehnjährige aus, war aber noch keine vierzehn. Bei einer Abendveranstaltung war sie an allen Programmpunkten beteiligt: Ansage, Lesung, Streitgespräch, Solo und Duett, Revolutions- und Loyalitätstänze. Und dabei bekam sie nicht eine Sekunde lang Herzklopfen oder geriet außer Atem, sondern blieb vollkommen ruhig. So wurde sie über Nacht zum Star der Stadt.

Ein Mitglied der Propagandagruppe überreichte ihr einen Notizzettel. Darauf war vom tieferen Sinn der Liebe die Rede, von einem ewigen Schwur, und beigelgt war eine Muschelschale in Form eines Katzenauges zum Zeichen, daß der Zettelschreiber sie ewig ansehen werde. Sie nahm den Zettel ohne jede Gefühlsäußerung entgegen und steckte ihn in ihre Hosentasche, stolz und belustigt zugleich. Sie hatte so etwas selbst noch nicht erlebt, wohl aber oft gesehen. Mit eigenen Augen hatte sie durch einen Türspalt beobachtet, wie ein Onkel vor der Mutter gekniet hatte und seine kostbaren Geschenke von der Mutter zerschmissen und zertreten worden waren, weil seine Besuche zu selten und seine Liebe zu lau gewesen sei. Sie sah den weinenden Onkel noch vor sich – selbst der stattlichste Mann kann vor einer sanften Frau die Fassung verlieren. Was auf dem Fetzen Papier stand, machte zwar Sinn, doch im Vergleich zu der Liebe jener Onkel war es nicht mehr als frivol. Da sie in ihrem Leben schon so viel gesehen hatte, erschienen ihr die Männer, auch wenn sie um einige Jahre älter waren als sie selbst, wie unerfahrene kleine Kinder, die von nichts eine Ahnung hatten. Beim Überreichen eines Zettels waren sie übertrieben schüchtern; berührten sich dann auch noch ihre Hände, so liefen sie knallrot an – aus ihnen würde nie etwas werden, und Stil hatten sie auch nicht. Nach der Lektüre einiger Briefchen gab sie sie in aller Öffentlichkeit mit unbewegter Miene zurück und sagte: »Hier, das ist dir aus der Tasche gefallen, nimm es wieder an dich.« Die Umstehenden fanden nichts

dabei, sie selbst noch weniger; nur der Mann wurde abwechselnd rot und blaß und wußte nicht, ob er fliehen oder bleiben sollte. Als sie ihn dann wie einen armen Sünder herumstehen sah, amüsierte sie das nur. Von da an wich er ihr aus und richtete nie wieder das Wort an sie. Sie aber suchte ihn wie aus purer Langeweile auf und unterhielt sich freundlich mit ihm. Er schöpfte wieder Hoffnung, wagte aber keinen neuen Vorstoß. Wenn er ihre kindlich naive Art sah, schmerzte es ihn vor Liebe, doch was sollte er tun? Er war wie mit Puder überzogen, weißlich und dünn, und er war ungeduldig und aufbrausend. Das schmerzte sie nun wieder, und es rührte sie. Abends im Bett dachte sie an seine schmale Gestalt, an seine Verliebtheit, und es kribbelte in ihr. Sie drehte sich um und nahm ihr Kopfkissen wie einen Geliebten in den Arm. Niemand auf der Welt ist so glücklich wie ich, dachte sie, so wunschlos glücklich. So glücklich, daß sie tief durchatmen mußte.
Die Schatten des Mondes wanderten am Fenster entlang und bis in ihre Träume.

19 Am Kai des Flußufers tutete eine Schiffssirene. Der Dampfer entfernte sich mehr und mehr, er aber sah immer noch den großen Bruder winken. Alles verschwamm vor seinen Augen, der Yangtse war im Mondlicht zu einer weißen Fläche geworden und das Schiff ein schwarzer Punkt darauf, und der große Bruder winkte immer noch. Auch er wollte winken, doch er schämte sich, er war heftige Gefühlsäußerungen nicht gewöhnt, dabei aber so bewegt und voller Liebe, daß er vor Anstrengung keuchte, um seine Gefühle zu unterdrüken.
Der große Bruder war sehr abgemagert und sah um viele Jahre gealtert aus, seine Stimme aber war schön wie eh und je. Und solange er diese Stimme hatte, schien er anderen

eine Stütze sein zu können. Er hatte ihn mitgenommen, um bei der Einheit des Vaters und beim Nachbarschaftskomitee Hilfsgelder zu beantragen, eine Wohnung zu mieten, Reis zu holen und einfache Möbel und Kleidung zu kaufen. Er hatte ihn, den Zweitältesten, getröstet, sich nicht zuviele Sorgen zu machen, und die Kleineren ermahnt, verständig und gehorsam zu sein. Dann hatte sich der Bruder zum Kai aufgemacht. Er begleitete ihn, völlig stumm. Unzählige Dinge hatte er auf dem Herzen, sprach am Ende aber nichts davon aus.

Da sagte der große Bruder: »Grübel nicht über der Vergangenheit.«

Er nickte.

»Und über die Zukunft brauchst du dir auch nicht den Kopf zu zerbrechen.«

Wieder nickte er.

»Denk an die Gegenwart und an jeden einzelnen Tag.« Da tutete die Sirene, der große Bruder faßte ihn bei den Oberarmen und drückte sie einmal, noch einmal, dann betrat er die Landungsbrücke. Einem plötzlichen Impuls folgend wollte er hinterherlaufen und den Bruder umarmen, aber seine Füße waren wie festgewurzelt, er brachte sie nicht vom Fleck. Ihm fiel ein, daß sie nicht ein Wort über ihn, den Abreisenden, verloren hatten, wie es ihm eigentlich gehe, und warum er so abgemagert sei. Warum hatte er sich nicht erkundigt? Er hatte die ganze Zeit fragen wollen, am Ende aber den Mund nicht aufbekommen. Seinen Bruder und ihn verband so viel, daß er nicht einmal einen freundlichen Abschiedsgruß herausgebracht hatte, sondern ihm nur hinterherstarrte mit einer unbeschreiblichen Wehmut im Herzen. Die letzten Ermahnungen des Bruders klangen ihm noch im Ohr. Nicht zurückzudenken war ihm völlig unmöglich. Nie würde er den Augenblick vergessen, da das Haus wie durchsichtig gewesen war, und nie das Paar runzliger Füße in dem Stapel verkohlten Holzes. Es waren Eindrücke, die allen früheren Kummer verblassen ließen, Eindrücke, die auf ihm lasteten als ein Druck, den er nie wieder loswerden sollte. Die Gegenwart wurde ihm so schwer, daß er sich auf vage Hoffnungen zu stützen suchte. Doch sie waren auf Sand gebaut und wertlos.

Das Schiff hatte abgelegt und glitt inmitten großer Möwenschwärme auf dem breiten Fluß dahin. Wasser und Himmel hatten die gleiche Farbe angenommen und waren nicht mehr voneinander zu unterscheiden.

Niemand auf der Welt ist so traurig wie ich, dachte er, so todunglücklich.

Eine bleiche Scheibe leuchtete schwach auf die unendliche Weite von Himmel und Wasser herunter.

2. Kapitel

20 Es war ein großer Gebäudekomplex. Ein ebenerdiges Gebäude umschloß den Probenraum, der im Westen und Osten Türen hatte und im Norden und Süden Fenster, draußen gingen die verschiedensten Leute vorüber, Schauspieler in Trainingsanzügen, Alte und Kinder, in den Wasserleitungen gluckerte es, ein Jauchewagen rumpelte in den Hof hinein und, nachdem er stinkendes Wasser verspritzt hatte, wieder hinaus. Am Südfenster eine Reihe von Köpfen, die neugierig hereinschauten. Er war aufgeregt und wandte sich dem Nordfenster zu. Da fiel ihm der grüne Mischwald auf, aus dem eine Erhu herüberklang, die schluchzend ein Gute-Nacht-Lied spielte. In diesem Augenblick wurde sein Name aufgerufen. Er wandte furchtsam den Kopf und erhob sich. Alle Blicke konzentrierten sich auf ihn, und einige Prüfer musterten ihn von ihren Bürotischen her mit aufgesetzter Strenge besonders eingehend. Er war ganz und gar verunsichert, als an ihn eine Frage gerichtet wurde:
»Welches Instrument?«
Er antwortete stockend: »Cello.«
Kurz darauf hatte er ein Cello in Händen. Als seine linke Hand den glatten Hals des Instrumentes faßte, beruhigte er sich plötzlich. Der Cellohals in seiner Hand war fremd und vertraut zugleich. Er wußte nicht, ob er schnell genug wieder würde spielen können, nachdem er so lange aus der Übung war. Doch welche Überraschung: Der Bogen entlockte den Saiten herrliche Töne, die so schön waren, daß er darüber erschrak und ihm die Tränen kamen. Er legte den Kopf leicht an den Hals des Instruments und begann es

mit halb geschlossenen Augen zu stimmen. Seine linke Hand hielt die Schnecke, die rechte zupfte zwei Töne, die nach und nach zu einer wohlklingenden Harmonie zusammenwuchsen. Beim Klang der singenden Saiten wurde er immer wehmütiger, er biß sich auf die Lippen, um nicht laut zu weinen. Als er fertig gestimmt hatte, legte er seine Hände einen Augenblick auf die Knie. Dann bewegte er die Gelenke der linken Hand und wog in der rechten den Bogen, bevor er ihn auf die Saiten legte. Es erklang jene kreisende, zwei Schritt vor und einen zurück sich bewegende Übungsmelodie. Er mußte nicht eine Sekunde nachdenken, die Töne flossen ganz von selbst, als habe man eine Schleuse geöffnet.

In all den Jahren hatte die Melodie in seinem Innern gespielt, so daß es ihn nun nicht überraschte, sie in Wirklichkeit zu hören, er war nur tief bewegt. Das Gefühl, Saiten unter den Fingern zu haben, war neu und beglückend, der Bogen lag ganz locker in seiner Hand wie etwas Lebendiges und bewegte sich ganz ohne sein Zutun. Er liebte das Cellospiel so, daß er es nun nie wieder missen wollte. Als das Stück zu Ende war, erhob er sich, lehnte das Cello vorsichtig an den Stuhl und verließ den Raum. Er trat aus dem Hof, ging um die Mauer herum in Richtung Norden ins üppig grüne Mischwäldchen. Er umfaßte einen jungen Götterbaum und weinte in sich hinein. Er war traurig und glücklich zugleich. Doch wieviel Trauer und Wehmut auch in ihm waren – die in unendlichen Windungen gen Himmel kreisende Übungsmelodie in seinem Ohr war verstummt. Als habe sie endlich ihr Zuhause gefunden und sei heimgekehrt.

Schließlich zog er ein Taschentuch heraus, wischte sich die Augen und seufzte einmal tief auf. Dann hob er den Kopf zum Himmel, einen vom saftigen Grün der Bäume fast ganz verdeckten Himmel, an dem dünne Wolkenbänder wie Seidenfäden dahinzogen. Er schloß kurz die Augen, ihm schwindelte, und als er gerade einen Stein suchen wollte, um darauf zu verschnaufen, sah er jemanden in einem geblümten Hemd zwischen den Bäumen. Erschrokken wandte er sich um und stolperte davon.

Die junge Frau, wie er Bewerberin um einen Platz im Ensemble, hatte ihn schon lange hinter dichtem Blätterwerk verborgen beobachtet, hatte ihn herzzerreißend schluchzen gehört und den Wunsch verspürt, ihn zu trösten. Doch dann hatte sie gedacht: Wenn jemand heimlich hierher flieht, um zu weinen, muß er großen Kummer haben, und es wäre nicht gut, ihn zu stören. Sie wollte gehen, doch sein Schluchzen ließ sie keinen Schritt von der Stelle kommen. Und dann hatte er sie entdeckt und war verschreckt geflohen. Sie fühlte sich nicht recht wohl in ihrer Haut.

Sie schlenderte aus dem Wald heraus. Eigentlich müßte die Reihe inzwischen an ihr sein, dachte sie, und betrat den Hof. An die Tür zum Prüfungsraum gelehnt hörte sie, wie sie aufgerufen wurde. Ruhig schritt sie in die Mitte des Raumes, warf die Zöpfe locker nach hinten und stand einen Augenblick schweigend da. »Ich singe die ›Traurige Familiengeschichte‹.« Sie sagte das ganz deutlich, und mit weicher und reiner Stimme begann sie zu singen.

Ihr schlichtes Erscheinungsbild – rotgeblümte Bluse, dunkelgraue Hose und weiße Sandalen – zog in seiner ganzen Anmut alle Blicke auf sich. »Woher ist sie?« wurde raunend herumgefragt, und jemand antwortete, daß sie ursprünglich eine Nanjinger Produktionsgenossenschaft mitverwaltet hatte, dann in Shilibao fünf Kilometer westlich der Kreisstadt gewesen war und, bevor sie hierhergekommen war, in der Propagandagruppe die Großmutter Li gespielt hatte.

Zu diesem Zeitpunkt waren sich alle mehr oder weniger einig, daß sie sie aufnehmen würden. Selbst wenn es nur einen Platz gäbe. Und bei zwei Plätzen hätte der Mann mit der »alten Schildkröte« den anderen bekommen müssen. (Aus Unwissenheit nannten sie das Cello »alte Schildkrö-

te«.) Sie hatten nicht gedacht, daß man dem Instrument solche Töne entlocken konnte (doch die Mehrheit täuscht sich in der Regel).
Ihre beiden Aufnahmebestätigungen wurden als letzte bekanntgegeben, denn die Familienverhältnisse beider waren arg kompliziert. Der Entschluß der Prüfer aber setzte sich schließlich durch. Alle übrigen neuen Mitglieder des Ensembles, deren Namen verlesen wurden, kannten sich schon lange.
Sie trafen aufeinander, als sie Essensmarken kaufen wollten. Sie erkannte ihn auf den ersten Blick, er aber erkannte nichts und niemand, senkte den Kopf und ließ ihr den Vortritt. Als sie wieder fort war, atmete er auf. Mit den Marken in der Tasche ging er geradewegs zum Probenraum des Orchesters und ließ sich vom Dirigenten ein Cello geben. Er faßte den Hals des Instruments und strich den Bogen über die Saiten, als sei es ihm angeboren. Die bezaubernden Töne des Cellos klangen über den schäbigen Innenhof und erfüllten ihn mit Ruhe, ja fast mit Erhabenheit.
Das Cello spielte morgens und abends, bei Sonnenaufgang und Sonnenuntergang. Als die Tage länger wurden, glaubten die Leute schließlich, es sei eins mit dem Innenhof, mit dem Mischwäldchen, mit Sonnenauf- und Sonnenuntergang, und es war nichts Besonderes, Bemerkenswertes mehr dabei.

21 Der Mann war Trommler in einer Propagandatruppe. Mit dem Mädchen aus der Gasse des Goldenen Tales verstand er sich gut, auch sie war in einer Propagandagruppe, wo sie mit der roten Fahne in der Hand endlose Kreise tanzte. Er ging jeden Morgen und jeden Abend in die Gasse des Goldenen Tales, um sich mit dem Mädchen zu unterhalten, und da sie Diskussionen nicht mochte, redete er mit der Mutter des Mäd-

chens. Die Mutter war ruhiger geworden, die geliebten Onkel kamen seltener, zum einen, weil Sitten und Moral strenger geworden waren, und zum anderen, weil sie einfach älter geworden war. Ja, die Mutter war alt geworden, das Mädchen dagegen von Tag zu Tag frischer und strahlender. Sie ließ ihr Haar wachsen, bis es ihr auf die Schultern reichte. Wenn ihr heiß wurde oder sie es leid war, schlang sie ein weißes Tuch um den Kopf, und nur ihr zarter Hals, die Ohren und ein Muttermal auf der Wange blieben zu sehen. So saß sie mit einem Buch in der Hand auf einem Hocker, und obwohl sie in Wahrheit nicht eine Zeile las, tat sie ganz vertieft, sanft und still und sehr vornehm, so daß niemand auf schlechte Gedanken kommen konnte. Der Mann saß von mittags bis abends neben ihr, und sie wechselten kaum eine Handvoll Worte. Meist sprach er, und sie antwortete einsilbig mit »Ja« oder »Nein«. Erst wenn er im Begriff war zu gehen, hob sie den Kopf und stand auf, um ihm die Tür zu öffnen. Am Ausgang dann sah sie ihn an und lächelte vieldeutig, doch bevor er richtig hingesehen hatte, stand er schon ganz benommen draußen, die Tür war hinter ihm zugefallen, und es war still. Tags darauf kam er wieder, nur damit nach einer halben Ewigkeit jenes Lächeln erschien, das er nicht missen wollte. Doch sie blieb zurückhaltend wie eine höhere Tochter. Und heißblütig und zügellos wie die wilden Mädchen in den ausländischen Filmen – auch das war sie.
Ab und zu, wenn niemand außer ihm im Hause war, stand sie plötzlich ganz unvermittelt auf, so daß das Buch zu Boden fiel, ging zu ihm hinüber, drückte seine Hände fest an ihre glühenden Wangen und weinte und jammerte unverständliches Zeug von überwältigender Liebe oder überwältigendem Schmerz. Er saß verwirrt und töricht da, während zwei kalte Hände die seinen drückten, und kam nur langsam wieder zu sich. Er spürte das Glück auf sich einstürzen und wurde ganz aufgeregt, richtete sich auf, um sie in den Arm zu nehmen, doch da war ihre Hitze schon

verflogen, sie zog sich zurück und sah ihn liebe- und kummervoll an, legte einen Finger an die Lippen – »Pst!« – und sofort war er wieder versteinert, und übrig blieb eine unklare, aber lebhafte Erinnerung. Sie wußte nicht, wohin mit ihrer Leidenschaft, und so kletterte sie auf den verwilderten Berg der Blumen und Früchte und begann zu singen. Es waren Lieder aus der Zeit vor der Kulturrevolution, »Neunundneunzig Frühlingstage« oder »Fünfzehn Monde am Himmel«. Von weitem klang ihr Gesang wie das Geheul eines wilden Tieres.

22 Die Sirenen am Flußufer heulten und heulten. Die Wohnung, die die Familie nun gemietet hatte, war zwar heruntergekommen und winzig klein, dafür aber nah am Fluß gelegen, so daß die Schiffssirenen deutlich zu hören waren.

23 Die Räume der weiblichen Ensemblemitglieder lagen über dem Probenraum des Orchesters. Wenn er spielte, klang seine Musik im Raum darüber wie Wasser, das unter den Füßen dahinströmte. Wenn die junge Frau nichts zu tun hatte, hörte sie ihm mit angehaltenem Atem zu, hörte mit der Zeit all seine Sorgen heraus, seinen unaussprechlichen Kummer, dem das Cello Ausdruck verlieh. Sie war vierundzwanzig Jahre alt, hatte es bis zur Mittelschule gebracht und viel Unterhaltungsliteratur gelesen, und die Melancholie berührte ihr Gemüt ganz besonders. Seine weibliche Schwäche rief tief in ihr schlummernde Muttergefühle wach. Sie gehörte zu den Frauen, die sich sanft und weich geben, jedoch große Kraft und einen weiten Horizont haben und eine schwache Seele beschützen können. Ihr Herz war voller

Liebe – ob es die einer Frau oder die einer Mutter war, war nicht zu unterscheiden. Es war fast so etwas wie Nächstenliebe, die sich aufopferte, die andere oft beschämte und einschüchterte und sie schmerzte.

Bei seinem versunkenen Spiel im Probenraum kam ihm nicht im Entferntesten der Gedanke, daß sich eine Frau unsterblich in ihn verliebt haben könnte. Kurz vor dem Essen war über ihm stets ein Durcheinander von Schritten zu hören, dann kamen die jungen Damen nacheinander die Treppe herunter, und jedesmal blieb eine vor der Tür zum Probenraum stehen und sagte: »Hör auf zu spielen, komm essen.« Er wußte nicht, daß das der erste Ausdruck von Liebe war, errötete nur leicht und antwortete: »Danke, ich komme gleich.« Sie ging voran und stellte fest, daß er keineswegs sofort folgte, sondern bis zur letzten Sekunde wartete, bis sich die endlos lange Schlange fast wieder aufgelöst hatte und der Schalter schon fast geschlossen hatte. Dann erst kam er an und kaufte drei Liang Reis oder zwei Liang Dampfbrötchen und ein Gemüsegericht, immer das teuerste und schlechteste, das sie nicht verkauft hatten. Einmal blieb sie an der Tür zum Probenraum stehen und schlug vor: »Ich kaufe dir Essen, ja?« Sprachs, nahm seine Schüssel vom Cellokasten und verschwand. Verlegen stand jer auf, stellte das Cello ab und wollte ihr folgen, doch an der Tür stockte er, denn es war ihm peinlich, ihr hinterherzulaufen. Was tun? Er konnte nicht gut warten, bis sie ihm das Essen vorsetzte, aber in den Speisesaal zu laufen und mit ihr Schlange zu stehen, das ging ebensowenig. Also setzte er sich wieder und spielte gedankenlos weiter, während in seinem Innern der Zwiespalt rumorte. Er legte den Bogen wieder aus der Hand und kramte ein paar Essensmarken aus der Tasche, um sie ihr zu geben, wenn sie zurückkam. Das Warten machte ihn nervös. Verwirrt sah er ihren Schatten hinter dem Probenraum vorüberhuschen und wich unwillkürlich zurück. Ruhig trat sie durch die Tür, stellte die mit Reis und Gemüse gefüllte Schale auf den Instrumentenkasten, wandte sich um und wollte gehen. Da sagte er hastig: »Die Essensmarken!« Sie verhielt ihren Schritt und drehte sich lächelnd um: »Drei Liang Reis, das macht zwei Mao.« Mit fliegender Hast nahm er die Marken heraus, und etliche fielen zu Boden, bevor er ihr endlich die richtige Anzahl geben konnte. Dann ging sie mit ihrer Schüssel davon. Nun erst wurde ihm die Lächerlichkeit der Tatsache bewußt, daß etwas ganz Alltägliches auf diese Weise ausgeartet war. Er nahm seine Schale, der noch ihr Duft anzuhaften schien, in die Hand und wurde ruhiger. Von da an brachte sie ihn nicht mehr so aus der Fassung. Daß er sie damit betraute, ihm sein Essen zu holen, wurde ganz alltäglich und natürlich. Manchmal blieb sie dann noch bei ihm im Probenraum sitzen, aß mit ihm zusammen und plauderte ein wenig. Wie groß seine Familie sei, fragte sie, und das wievielte Kind er sei. Er fragte, ob ihre Eltern wohlauf seien, wieviele Geschwister sie habe, und sie fragte ihn nach seinem Examensjahrgang. Er antwortete ihr wahrheitsgemäß, nur die kurze Zeit an der Musikschule in Shanghai ließ er aus; dann erzählte sie ihm von ihrer Produktionsgenossenschaft und gab noch ein paar Anekdoten zum besten. Es waren alltägliche, freundschaftliche Gespräche.

Sie strahlte eine Ruhe aus, die sich automatisch auf ihr Gegenüber übertrug. Sein Interesse an ihr wuchs. Er war kein sehr starker Mann, von klein auf hatte er sehr an seiner Mutter gehangen, und obwohl er den großen Bruder innig liebte, war ihm dieser doch zu groß und zu stark, so daß er ihn stets ein wenig gefürchtet hatte und ihm nie wirklich nahe gekommen war. Ihm selbst war nicht bewußt, daß er sich instinktiv von Männern abgrenzte und nicht gewillt war, sich auf sie einzulassen. Von seinen frühesten Schulzeiten an und bis auf den heutigen Tag hatte er nie eine besonders innige Männerfreundschaft gepflegt. Und da er Mädchen gegenüber entsetzlich verlegen war, blieb er ein Einzelgänger, zog im Grunde aber Frauen vor. Was er brauchte, war eine starke Frau, die ihm half, seine Scheu zu überwinden und an die er sich anlehnen konnte. Sie mußte nicht nur ein gutes Herz haben, sondern auch kräftige Arme, die ihn festhalten und ihm Ruhe einflößen konnten.

Instinktiv hatte sie all das erfaßt, und um seiner Schwachheit willen liebte sie ihn umso mehr. In Wahrheit haben Frauen mehr Kraft und Weisheit als Männer, aber da sie beides nirgendwo sonst erproben können, bleibt ihnen nur die Liebe. Sie wollte, daß er von ihr abhängig war, denn seine Abhängigkeit war für sie eine Bürde, die sie glücklich und stolz machte, die ihre Liebe und ihr Leben bereichern würde. Sie brauchte seine Abhängigkeit um ihrer tiefen Zärtlichkeit und Liebe willen. Sie wollte seiner sicher sein, denn sie war überzeugt, daß sie ihn und sich selbst glücklich machen könnte. Doch sie wußte genau, daß sie weder zuviel Gefühl zeigen noch zu heftig auftreten durfte, denn das würde ihn in die Flucht schlagen. Er war weich und scheu und seine Seele voller Wunden. Was es gewesen war, wußte sie zwar nicht, doch sie wußte, daß der gleiche Schmerz andere Menschen nicht so verwundet und beschädigt hätte wie ihn. Er brauchte Schutz und Fürsorge. Je mehr sie das erkannte, umso mehr liebte sie ihn. Sie war eine junge Frau und hatte Ehrgefühl – mehr, als die meisten anderen Menschen. Sie wollte weder, daß er ihre Gedanken erriet, noch, daß die Leute ihr nachsagen konnten, sie habe die Initiative ergriffen. Es gab bereits einiges Gemunkel, das sich auf geheimnisvolle Weise verbreitete. Sie war manchmal wütend deshalb. Wütend, weil er so apathisch war, wütend, weil er so unmännlich übervorsichtig war, wütend, weil er sie als seine Schwester zu betrachten schien. Und so begann sie sich zu distanzieren in dem Augenblick, da sie sich gerade nähergekommen waren. Einige Tage hintereinander rief sie ihn nicht zum Essen, geschweige denn, daß sie ihm sein Essen holte, und trafen sie sich zufällig, so lächelte sie und ging ihres Weges. Sie benahm sich so unauffällig, daß die anderen keinerlei Verdacht schöpfen konnten, sondern nur meinten, ihr liege wohl irgendetwas auf der Seele. Sie war gar nicht in der Lage, jemanden in Verlegenheit zu bringen. Denn ob sie sich von ihm distanzierte oder sich ihm näherte, beides war gleichermaßen natürlich und alltäglich, so daß niemand etwas dabei finden konnte.

Als sie anfing, sich zu distanzieren, war er ein wenig enttäuscht, als fehle ihm etwas, und er begann seinerseits, sie zu suchen. Als es Zeit war, daß sie die Treppe herunterkommen mußte, hörte er sie nicht. Ihm wurde plötzlich bewußt, daß er aus all dem Getrappel ihren Schritt genau heraushören konnte. Er ging zur Tür und rief ihren Namen nach oben. Sie streckte den Kopf aus dem Zimmer und fragte lächelnd, was es gebe? Wieso sie nicht zum Essen herunterkomme, ob es ihr nicht gut gehe, fragte er. Sie habe die anderen gebeten, ihr etwas mitzubringen, sagte sie. Er könne es ihr auch holen, erbot er sich. Da lachte sie, das nächste Mal werde sie ihn darum bitten, sagte sie und zog sich wieder zurück. Wo eben noch ihr Kopf zu sehen war, funkelte nun eine Glasscheibe im Sonnenlicht. Langsam setzte er sich in Bewegung, als sei er durch das kurze Gespräch etwas sicherer geworden, aber auch ein wenig leerer. Als sei ihm eine Stütze genommen worden. Er kaufte sich sein Essen, setzte sich neben das Cello und kaute vor sich hin, als habe er Wachs in dem Schälchen. Als er halb fertig war, kam sie mit einer Thermosflasche voll Wasser die Treppe herunter, blieb stehen und fragte, ob er etwas davon haben wolle. Es sei noch etwas darin, und wenn er den Rest nehme, hole sie neues. Ja, er könne etwas brauchen, sagte er und schüttete das kochende Wasser in seine Schale mit dem angetrockneten Reis. Sie füllte gemächlich Wasser nach, lehnte in der Tür und plauderte mit ihm: Die Sonne scheine so schön, und der diesjährige Winter sei außergewöhnlich warm, da werde der Sommer

sicher nicht so heiß. Lauter Belanglosigkeiten, doch er nahm jedes Wort sehr wichtig. Aber als er sich später ihr Geplauder ins Gedächtnis rufen wollte, fiel ihm kein einziges Wort mehr ein. Es blieb nur ein Gefühl von Wärme und Ruhe, das er in seinem Körper spürte.
Sie wußte, daß sie ihn nicht zu sehr ermuntern durfte, denn wenn in seinem Inneren erst einmal etwas zerbrochen war, würde er sich nie wieder aufrichten. Sie wollte eine Regel umkehren, ihre Rollen vertauschen. Nur so würde sie ihn wirklich lieben können. All das hatte sie nicht etwa von langer Hand vorbereitet, es hatte sich ganz von selbst so ergeben. Aber Verstand und Gefühl gehörten bei ihr unauflöslich zusammen; wenn ihr Gefühl sich regte, wurde es vom Verstand beherrscht, und wenn ihr Verstand einsetzte, so ging ihr Gefühl ganz eigene Wege.
Von da an war nicht immer nur sie es, die ihm Essen brachte, sondern er holte oft Essen für sie. Lange vor der Zeit fand er sich dann bei der Essensausgabe ein, lernte die angeschlagenen Gerichte auswendig und sortierte die Essensmarken in seiner Hand so, daß er zügig und ohne Mühe bezahlen konnte. Er war so aufgeregt und ernst dabei, als habe er eine schwere Verantwortung zu tragen. Auch war nicht mehr nur sie es, die zu ihm in den Probenraum kam, sondern abends, wenn alle fort waren, ging nun auch er oft zu ihr hinauf. Sie besaß einen Petroleumofen, den sie schon mitgenommen hatte, als sie von Nanjing aufs Land verschickt worden war und von dort nach Shilibao. Oft kochte sie, während sie sich unterhielten, und füllte ihm dann ein Schälchen. Er kam sich vor wie ein naschhaftes Kind, hatte aber alle Schüchternheit abgelegt. Sie war abgesehen von seiner Mutter die einzige Frau, vor der er sich nicht genieren mußte. Wenn er mit ihr zusammen war, legte er alle Schwere ab, sprach und lachte und war wie ausgewechselt – als habe er zu seinem ursprünglichen Wesen zurückgefunden. Wenn ihn ihre Ruhe und Wärme umgab, fühlte er sich zufrieden und wohlig.

Zum Nationalfeiertag gab es fünf Tage Ferien. Die aus dem Umkreis stammten, fuhren nach Hause, und die aus der weiteren Umgebung planten Reisen zu ihren Verwandten. Die Küche wurde geschlossen, und nur die, die es zu weit zu ihren Familien hatten, blieben, darunter auch sie beide. Sie brachte ihren Ofen in Gang, dann kauften sie zusammen Krabben und Garnelen ein, dämpften sie und aßen sie mit einer Ingwer-Essig-Sauce. Oder sie kauften Huhn und Fisch – jedenfalls aßen sie an den fünf Tagen zehn verschiedene Gerichte und hätten nicht glücklicher sein können, wenn sie nach Hause gefahren wären. Am letzten Abend fragte sie plötzlich, ob er es gewesen sei, der am Tag der Aufnahmeprüfung im Wäldchen geweint habe. Er wurde rot: Woher sie das wisse? Sie lächelte bedeutungsvoll, und da fiel ihm ein, daß er damals ein geblümtes Hemd im Wald gesehen hatte, aber er sagte nichts. Auch sie fragte nicht weiter und sprach stattdessen endlos über das Wäldchen, das so friedlich, ja geradezu märchenhaft und ein wirklich wunderbarer Ort sei. Ihre Worte rüttelten ihn auf, und er schlug vor, dort ein wenig spazierenzugehen. Das war von Anfang an ihr Anliegen gewesen, nur sollte die Initiative von ihm ausgehen, und nun willigte sie mit Vergnügen ein. Sie nahmen ihre Mäntel, gingen nacheinander zum Hof hinaus und an der Mauer entlang in die Richtung des Wäldchens. Das Mondlicht ließ das Harz an den Baumstämmen hell schimmern. Die Gräser ragten rund um die Baumstämme wie Sägezähne empor und bewegten sich leicht im Wind.
Er begann plötzlich zu reden, als habe man ein Grammophon angestellt. Nach und nach erzählte er seine Geschichte und ließ auch den beschämenden Abschnitt in Shanghai nicht aus, er sprach von dem Haus in Flammen und von den Füßen inmitten des verkohlten Holzes. Es gab ihm einen leichten Stich, als er das erzählte, doch sobald er seine Geschichte losgeworden war, fühlte er sich unsagbar erleichtert und befreit. Als er geendet hatte, hob er den

Kopf zum Himmel, wo der Mond vor Helligkeit fast blendete, dann senkte er den Blick vor seine Füße auf den taudurchweichten, faulig riechenden Schlammboden. Schließlich sah er ihr in die Augen. So viel Mitleid und Liebe lagen darin, daß er zitternd ihren Namen rief. Sie antwortete leise. Da rief er sie erneut, und wieder antwortete sie. Er las in ihrem Blick, wie sehnlich sie wartete, doch er brachte es nicht fertig, auf sie zuzugehen. Sie erkannte seine Verlegenheit, dachte aber nicht daran, nachzugeben. So warteten beide. Ermutigt durch ihren Blick gab er endlich nach, beugte sich vor und faßte sie bei den Schultern. Da erst hob sie ihre Hände und zog seinen Kopf zu sich herunter. Mit beiden Händen fuhr sie in sein Haar: »Ach du, du und nur du!« Auf eine solche Zärtlichkeit hatte er nie zu hoffen gewagt, und hatte doch sein Leben lang darauf gewartet. Er begann zu seufzen, umso mehr spürte er seine Pein und Qual, umso mehr aber auch sein Glück.

24 Das Mädchen aus der Gasse des Goldenen Tales vertrug sich gut mit aller Welt und war zu einer Stadtprominenten geworden. Es gab Gerüchte, denen zufolge sie Männer erwürgt haben sollte, und später besagten andere, daß sie mit Messern zerstükkelt worden sei. Aber Gerüchte hin oder her, sie hatte nie jemanden getötet, und sie selbst war nach wie vor das blühende Leben. Sie trug schon lange keine gelben Armeehemden mehr, sondern dunkelblaue Reißverschlußblusen. Unter ihren Bekannten waren etliche, die sie nicht »Bekannte«, sondern »Freunde« nannte, denn es konnte nicht schaden, den Kreis der Freunde zu erweitern. Wie sehr ihr auch manche in den Rücken fielen, sie war glücklich, wenn es Zeit war, glücklich zu sein, und sie amüsierte sich, wenn es Zeit zum Amüsieren war. Sie wollte alle Welt in Rage bringen, und wann immer ihr dies gelang, schob

sie anderen die Schuld dafür in die Schuhe und war's zufrieden. Die Gerüchte kannte sie, doch nahm sie sie nicht weiter ernst. Sie war sehr großherzig, und sie hatte noch nie Ärger gehabt – also keine Aufregung! Damit würde sie sich erst recht Ärger einhandeln. Wenn die Leute unbedingt Gerüchte verbreiten wollten, wozu sie dann widerlegen? Konnte man sie überhaupt widerlegen? Sie war klug genug um zu begreifen, daß die Leute, die auf sie zeigten, neidisch waren, neidisch auf ihre Schönheit, neidisch, daß sie so beliebt war, neidisch schließlich, daß so viele Männer sie liebten und sich ihr mit Haut und Haaren verschreiben würden, während die Neider niemand lieben wollte. Eine Frau, die nicht von einem Mann geliebt wurde, das war schließlich die unglücklichste, jammervollste Sache der Welt. Daher haßte sie die anderen nicht für die Gerüchte, die sie verbreiteten, sie taten ihr nur leid, was deren Zorn wiederum nur noch steigerte, so daß sie noch sensationellere Gerüchte ersannen. Die einen behaupteten, sie habe sieben bis acht Abtreibungen hinter sich, und die anderen, sie habe ein Rezept zur Empfängnisverhütung von ihrer Mutter bekommen und mit wer weiß wievielen Männern geschlafen – eine brave Tochter!
Wenn es um die Sache mit dem Schlafen ging, so wußte sie selbst am besten Bescheid darüber, und die Besorgnis Außenstehender war überflüssig. Auch im Umgang mit ihren »Bekannten« oder – wie sie sie nannte – »Freunden« wußte sie genau, was sie wollte und was nicht. Wer immer mit ihr zusammensaß – es gab keinen, der nicht an das eine gedacht, aber auch keinen, der sie darauf angesprochen hätte. Sie bewegte sich munter wie ein Fisch im Wasser und legte einige Gewitztheit an den Tag. Es konnte zu noch so intimen Zärtlichkeiten kommen, sobald jemand jene Schwelle überschreiten wollte – fand er keine Tür. Denn das wußte sie am besten: Es war der kostbarste Schatz einer Frau, ihre ganze Würde und ihr Wert. Über alles andere konnte man sich getrost lustig machen, dies

eine aber durfte man nicht aufs Spiel setzen. Die Mutter war stets gut zu den Onkeln gewesen und die Onkel zu ihr. Doch nie hätten sie gewagt, zudringlich zu werden; sie liebten und verehrten sie, nie zu intim, nie zu distanziert. Oft hatte sie gedacht, wenn die Mutter ihr Verhalten geändert hätte, dann hätten die Gefühle der Onkel sich längst abgekühlt, sie hätten die Mutter als gelöstes Rätsel betrachtet und links liegen lassen. Eine Frau mußte das Rätsel aufbewahren, um geheimnisvoll und unergründlich zu bleiben; dann würde der Mann sie nicht verlassen und sie nie genug lieben können. Mit ihrem ganzen Verstand und Gefühl erfaßte sie, daß die Mutter es nur mit einem Onkel getan hatte, und das war ihr Vater gewesen. Sie hatte ihn zwar nie gesehen, doch es mußte ein ›guter Onkel‹ gewesen sein, denn wenn ihre Mutter ihm das gewährt hatte, konnte er nicht schlecht gewesen sein. Andersherum konnte es mit einer Frau nicht weit her sein, wenn sie *das* benutzte, um einen Mann an sich zu binden. So dachte sie. Ihr selbst lagen die Männer im Handumdrehen zu Füßen: Wenn sie sie groß haben wollte, waren sie groß, wenn sie schrumpfen sollten, schrumpften sie. Eine Frau hatte viele Mittel und Wege, und diesen wertvollsten Teil ihrer Selbst zu bewahren, zählte zu den wichtigsten. Sie litt nicht unter Torschlußpanik und schaffte es auch ohne dies Letzte preiszugeben, die Männer an sich zu binden. Sie wollte es aufheben für den Mann, dem sie es wirklich geben wollte. Sie hatte zwar keine genaue Vorstellung von ihm, zerbrach sich aber auch nicht den Kopf darüber. Sie war ein Mensch, der nur dem Augenblick lebte, und der Augenblick war schön, wunderschön, unbeschreiblich und herrlich. Sie hatte ihn noch nicht bis zur Neige ausgekostet.

Das beste Amüsement, fand sie, waren die Männer. Dabei war sie kein Mädchen mit unlauteren Absichten, sie war aus tiefstem Herzen gutmütig. Sie liebte das Amüsement, und sie amüsierte sich aufrichtig, sie stürzte sich mit Haut und Haaren hinein, selbstvergessen und temperamentvoll,

man war machtlos dagegen. Es war nie ihre Absicht, einem Mann das Herz zu brechen, sie tat alles nur um des Vergnügens willen. Hatte sie andere verletzt und sah sie sie leiden, so ertrug sie es kaum und konnte Tränen darüber vergießen. Der Schmerz trug zu ihrem Glück bei, als müsse der Mensch nach so viel Süßem auch Bitteres kosten, etwas Scharfes und Saures. Sie sonnte sich nicht ohne Gegenleistung in der Liebe und Freundschaft der Männer, sie gab Wärme und Zärtlichkeit und ließ sich auf Neckereien ein. Manchmal traf sie auf Männer, die nicht sofort auf sie flogen. Dann reagierte sie wie der Wissenschaftler auf ein schwer lösbares Problem: Sie war nun erst recht interessiert und neugierig. Wann immer sie auf Widerstand stieß, versuchte sie trotzdem weiterzukommen und erreichte auch meist ihr Ziel. Denn sie kannte die Männer besser als diese sich selbst. Dank ihrer Intelligenz, mehr aber noch dank ihrer Intuition, durchschaute sie sie durch und durch.
Das Mädchen aus der Gasse des Goldenen Tales meinte, alle Menschen durchschauen zu können, und war selbst nur für einen Menschen durchschaubar: für die Mutter. In jungen Jahren war die Mutter noch hübscher gewesen als das Mädchen jetzt, sie hatte sich viel mehr herausgeputzt und sich nicht, wie heute üblich, mit gelben Uniformen begnügt. Sie wußte, daß es ein junges Mädchen glücklich machte, mit Männern umzugehen. Doch in mittleren Jahren, als die Haut um die Augen faltig wurde, winzige Härchen aus den Nasenlöchern wuchsen, die Lippen ein wenig brüchig wurden und sich im Knoten am Hinterkopf graue Strähnen zeigten, wurde sie dieses Umgangs müde, und es wurde ihr zu anstrengend. Sie hoffte, daß ihre Tochter ihr Auskommen finden würde und einen aufrichtigen, ehrlichen Ehemann, das war alles.
Die Tochter aber dachte nur an ihr Vergnügen.

25 Die öffentliche Meinung eilt den Tatsachen immer einen Schritt voraus. Als alle annahmen, daß die beiden im Probenraum über sich und ihre gemeinsame Zukunft sprachen, redeten sie in Wirklichkeit über Gott und die Welt; als bereits in aller Munde war, daß sie jeden Morgen und jeden Abend im Wäldchen Hand in Hand spazierengingen, kochten sie in ihrem Zimmer Reis und brieten Eier; als das ganze Ensemble schon gebilligt hatte, daß sie ihr Leben gemeinsam verbringen würden, da trafen sie sich in Wahrheit zum ersten Stelldichein im Wäldchen. Zu einem Zeitpunkt, da beide noch vor einer klaren Haltung zurückschreckten, half ihnen ihre Umwelt auf diese Weise, den schützenden Vorhang aufzureißen und ihre Beziehung schneller voranzutreiben. Nach den Sonderveranstaltungen zum Frühlingsfest bekamen die Mitglieder, die in entfernten Gebieten wohnten, Ferien für Verwandtenbesuche, und die beiden reisten nach Süden. Erst fuhr er mit nach Nanjing und bekam die stillschweigende Zustimmung ihrer Eltern, danach nahm er sie mit zu seiner Familie.

Die Familie wohnte nun in einer engen Gasse, wo über zehn Haushalte zu einem Karree zusammengefaßt waren. Auf den Steinplatten im Innenhof wuchs eine dicke Schicht Moos. Eine gewaltige Akazie breitete schützend ihre Äste darüber aus, so daß der Hof das ganze Jahr hindurch dunkel und feucht blieb. Die Familie bewohnte zwei Nordzimmer. So sehr die Mutter auch Reinlichkeit liebte und daher ununterbrochen putzte – gegen die muffige Luft und den allenthalben sich ausbreitenden Schimmel kam sie nicht an. Im Gegenteil, je mehr sie schrubbte, umso schneller wuchs und gedieh der Schimmel. Beim Betreten der Zimmer schlug einem ein modriger Geruch entgegen, die primitiven Möbel waren bleich gescheuert, Tücher und Decken grün und gelb gesprenkelt, als habe man sie unvollständig abgeschält – ein armseliges und schäbiges Zuhause. Fast wagte er ihr vor Scham nicht in die Augen zu sehen und bereute schon, sie mitgebracht zu haben. Doch es war notwendig gewesen, denn ohne die Zustimmung der Mutter konnte er keine endgültige Entscheidung treffen, die Mutter genoß ungeteiltes Ansehen, und seine Liebe zu ihr übertraf alles andere. Selbst der große Bruder hatte der Mutter vor seiner Hochzeit ein Foto der Schwägerin zur Begutachtung schicken müssen. Ohne diesen Schritt wären sie ihres Lebens nicht froh geworden. Die Mutter saß am Tisch direkt unter dem Fenster und nutzte das Tageslicht, um einen Faden durch ein Nadelöhr zu ziehen. Von der Sonne beschienen schimmerte das Baumwollgarn wie eine hauchdünne Spinnwebe. »Mutter«, machte er sich bemerkbar. Sie wandte sich um und sah ihn mit leisem Erstaunen an. Durch das Fenster hinter ihrem Rücken drangen Wasserrauschen und Kichern herein, draußen tummelten sie sich um den gemeinsamen Wasserhahn.

»Mutter!« rief nun auch sie, aber natürlicher und gelöster als er.

Die Mutter ließ Nadel und Faden sinken: »Macht euch ein wenig frisch«, sagte sie.

Er wandte sich um und wollte die Waschschüssel vom Ständer nehmen, da stand sie bereits darübergebeugt und schöpfte eine Kelle kaltes Wasser aus dem Kübel, eine weitere mit warmem Wasser dazu und ließ ihm dann den Vortritt. Er hielt die Luft an und tauchte den Kopf ganz in die Schüssel. Das warme Wasser liebkoste sein Gesicht, als er plötzlich zwei Hände sich wie einen Kragen um seinen Hals legen spürte, vom Nacken aus langsam bis zum Kehlkopf nach vorne gleitend. Warme und feste Hände waren es und geschickte Finger. Als er wieder auftauchte, röteten sich seine Wangen, und er war gerührt.

In der Nacht legten sich die Eltern wie immer in ihr winziges, schmales Zimmer. Sie teilte sich mit der fünften Schwester das Bett, und er drängte sich mit mehreren Brüdern auf zwei Betten und einer Strohschütte so eng zusammen, daß keine Maus mehr dazwischen Platz gefunden hätte. Er wartete mit den Brüdern im Innenhof, bis die Mädchen unter ihre Decken geschlüpft waren, und erst auf das Kommando der Schwester hin betraten sie das Schlafzimmer, machten Katzenwäsche und gingen ebenfalls ins Bett. Durch das dünne Fenster leuchtete der fahle Mond alle Winkel des Zimmers aus. Er lag auf dem Rücken und sah zur Decke, und da er wußte, daß auch sie auf dem Rücken lag, war er völlig ruhig und ohne jede Scham und Verlegenheit. Der jüngste der Brüder erzählte eine zum Totlachen langweilige Geschichte von den Nachbarn. Er mußte lachen, und auch sie amüsierte sich, natürlich und ungezwungen wie je. Als der Junge geendet hatte, begann der sechste Bruder eine noch langweiligere Geschichte zu erzählen. Mittendrin aber schliefen alle nacheinander ein. Mitten in der Nacht wachte er auf, drehte sich auf die Seite und sah auch sie auf der Seite liegen und geräuschlos ein- und ausatmen wie ein kleines Kind. Ihre Ruhe übertrug sich auf ihn, und er schlief wieder ein. Als er zum zweiten Mal die Augen aufschlug, war es schon hellichter Tag, und durch das Fenster sah er den klaren Himmel, der ihm das Herz froh machte. Die Geschwister waren schon fort, nur sie stand noch in der Tür, hielt das Gesicht zum Himmel gerichtet und kämmte ihr Haar, das wie ein Wasserfall nach allen Seiten auseinandersprang. Einige Sonnenstrahlen schimmerten durch die Zweige und Blätter der Akazie hindurch auf ihren Schopf, und ihr Kamm fuhr ruhig und gleichmäßig durch die Haare. Schließlich steckte sie den Kamm ein und begann einen Zopf zu flechten, den sie am Hinterkopf zu zwei Kreisen zusammenlegte und feststeckte. Dann wandte sie sich zu ihm um.

Mit dem Sonnenlicht im Rücken kam sie herüber. Denkerstirn, hoch angesetzte Nase, gerader Mund – all das strahlte plötzlich einen seltsamen Glanz aus. Jetzt erst begriff er, daß sie schön war. Er lag reglos auf dem Bett und beobachtete sie, bis sie neben ihm stand und ihm ins Ge-

sicht lachte, und indem sie über seine Stirn strich, sagte sie: »Na, ausgeschlafen?«
»Was ist mit Vater?« fragte er leise.
»Ist bei der Arbeit.«
»Mutter?« Er senkte die Stimme noch mehr.
»Ist einkaufen gegangen.«
Er umarmte sie und zog sie zu sich herunter, bis sie auf seiner Brust lag. Sie ließ ihn gewähren und lauschte still seinem Herzschlag, während ihre Hand sein scharf hervortretendes Schlüsselbein entlang hin und her strich. Ihm war, als klettere eine Ameise auf seinem Hals herum, und er kratzte sich leicht. Dann bedeckte er ihre Stirn, Wangen und Ohren mit Küssen und sagte mit zitternder Stimme: »Mach die Tür zu, ja?«
Sie stand auf, drückte die Tür zu und schloß die durch den Baum fallenden Sonnenstrahlen und die bemoosten Steinplatten aus. Nur das Plätschern des Wassers und das Gelärme der Menschen auf dem Hof drang gedämpft durch das Fenster herein. Und dann hörten sie eine Schiffssirene aus unbestimmter Richtung herübertuten. Beide mußten an das seidig weiß glänzende Band des Yangtse denken.

26 Das Mädchen aus der Gasse des Goldenen Tales hatte weitere zwei Jahre zu Hause verbracht, ohne in eine Produktionsgenossenschaft verschickt worden zu sein. Sie genoß die Vorteile der einzigen Tochter und wurde eingeteilt, am Stand einer Obstfirma zu verkaufen. Es war der Stand, an dem getrocknete Früchte verkauft wurde: Datteln, kandierte Datteln, Drachenaugen und Weißdornfrüchte – Süßes und Herzhaftes für Leckermäuler. Sie hatte eine Vorliebe für Drachenaugen, und wenn sie das lange Stehen leid war, nahm sie sich eines, schälte es in aller Ruhe und schob es sich in den Mund, dann spitzte sie die Lippen und spuckte einen glän-

zenden Kern auf die Erde. Es kam körbeweise Nachschub, und sie konnte sich den Magen beliebig vollschlagen, ohne daß der Berg kleiner zu werden schien, geschweige denn daß sie Schadenersatz hätte leisten müssen. Ob es an den Drachenaugen und ihrer blutbildenden Wirkung lag oder an ihrem jugendlichen Alter von achtzehn Jahren, jedenfalls schien sie von Tag zu Tag mehr aufzublühen. Da sie eine lebhafte Verkäuferin war, drängten sich stets viele Leute um den Verkaufstisch, und der Handel blühte. Einige bartstoppelige Jungen lungerten um sie herum und versuchten, sie in ein Gespräch zu verwickeln. Sie beachtete sie nicht weiter, betrachtete sich in einem kleinen, runden Taschenspiegel, zupfte ihren Pony zurecht und schob sich ein Drachenauge in den Mund. Sie wurde von den Männern regelrecht hofiert.

Die Männer vom Revolutionskomitee schlossen eine Wette ab: Wer es schaffte, mit der Obstverkäuferin ein Gespräch von mindestens drei Sätzen anzuknüpfen, der würde am Sonntag gratis zur Sperlingsjagd auf dem Berg gehen dürfen: freies Essen, freie Getränke und freies Schießpulver, so daß er sich nicht zu ärgern brauchte, wenn er danebenschoß. Gesagt, getan. Wie ein Bienenschwarm kamen sie die Straße hinunter zu ihrem Verkaufstisch. Sie schaute gerade nicht in ihren Spiegel und kaute auch kein Drachenauge, sondern sang vor sich hin:

»In der Feuertaufe der Revolution
Erwachsen Helden
Aus den Ideen des Mao Zedong...«

Sie kannte nur die ersten Zeilen des Textes, danach summte sie weiter. Es war eine komplizierte Melodie, doch sie vertat sich nicht ein einziges Mal. Den ersten Vorstoß wagte ein Junge in einem khakifarbenen Armeeanzug, der schon ganz verwaschen war und an den Schultern Löcher von inzwischen abgetrennten Achselklappen hatte. Er näherte sich dem Verkaufstisch und sagte:

»Genossin, zwei Pfund Drachenaugen, bitte.«

»In der Feuertaufe der Revolution ...«, summend wog sie zwei Pfund Drachenaugen ab und wickelte sie in Papier.
»Ach, doch keine Drachenaugen. Zwei Pfund Datteln, bitte«, bat er plötzlich.
»Erwachsen Helden/Aus den Ideen des Mao Zedong ...«, sie schüttete die Drachenaugen zurück und packte Datteln ein.
»Was macht das?«
»La-la-la-la ...«, wo sie den Text nicht mehr wußte, mußte »Lalalala« herhalten, während sie die Perlen auf dem Abakus herumschob und ihm das Ergebnis unter die Augen hielt: Einsachtundvierzig.
Er ließ sich nicht aus der Fassung bringen, kramte in seinen Taschen und warf fünf Kuai auf den Tisch: »Wechseln, bitte!«
»La-la-la-la«, sie gab ihm heraus. Sie hatte keine Sekunde ihren Singsang unterbrochen und die ganze Zeit kein Wort zu ihm gesagt.
Da wurde er wütend, wischte mit einer Handbewegung das Wechselgeld vom Tisch in seine Hand und beanstandete: »Zu wenig!«
»In der Feuertaufe der Revolution ...«, begann sie wieder von vorn, trat wieder an den Verkaufstisch, stützte sich mit einem Arm ab und sortierte mit der freien Hand die Scheine: Drei zu einem Kuai auf einen Haufen, fünf zu einem Mao auf einen weiteren, und zum Schluß noch zwei Kupferpfennige daneben. Er wollte sie noch mehr schikanieren, doch wußte er nicht wie, raffte wütend das Geld zusammen und stopfte es in seine Tasche. Nicht ein einziges Wort hatte er ihr entlocken können und auch noch einen Kuai achtundvierzig verloren. Er verließ den Stand und warf die Datteln wütend zu Boden.
Der erste war gescheitert, der zweite betrat die Szene. Es war ein kleiner Kerl in Arbeitskleidung. Die Mode der Uniformen war abgelöst worden durch die Arbeiterkluft. Das Zeitalter der Rotgardisten ging vorüber, und die Herr-

schaft der Arbeiterkleidung hatte begonnen. Es gab kein besseres Schicksal als das, zur Arbeit in eine Fabrik geschickt zu werden. Außerdem war die Arbeitsjacke wie ein Jackett gearbeitet, wenn man es nicht als Arbeitskleidung trug, konnte man es als Jackett überziehen. Der kleine Kerl ging auf das Mädchen zu und fragte übertrieben deutlich:
»Genossin, wo ist der Berg der Blumen und Früchte?«
Sie wies mit dem Kinn nach Osten.
»Welchen Bus muß ich nehmen?« fragte er weiter.
Sie zeigte ihm drei Finger.
»Und wo ist die Haltestelle?«
Ihr Kinn wies nach Westen.
»Ist der Berg der Blumen und Früchte eigentlich schön? fragte er, nur um irgendetwas zu fragen und lehnte sich an den Verkaufstisch.
Sie schwieg.
»Wir sind auf Dienstreise hier und wollten eigentlich ein paar Sehenswürdigkeiten bewundern, aber es gibt ja nur diesen Berg der Blumen und Früchte. Lohnt es sich hinzugehen?«
Sie schwieg.
»Ist es nicht der Berg der Blumen und Früchte aus der ›Reise nach dem Westen‹?«
Sie schwieg.
Da wurde er wütend und verließ den Stand. Er hatte zwar kein Geld, dafür aber sein Gesicht verloren, und das war erheblich schwerwiegender.
Aus den Augenwinkeln beobachtete sie alles mit unbewegter Miene und lachte schadenfroh in sich hinein. Wer kannte sie nicht, diese Bande hoher junger Herren? Und wer schätzte sie schon sonderlich? Wenn sie sich mit Männern abgab, dann deshalb, weil es Männer waren, egal ob sie die Söhne vom Kaiser oder von einem Bettler waren. Und überdies: Was hieß schon Kaiser oder Bettler? Der Kaiser heiratet, und der Bettler heiratet auch, der Kaiser wird Kinder haben, und das kann der Bettler auch. Auch

der Kaiser bekommt beim Anblick einer Frau weiche Knie – war es nicht ein Kaiser der Tang-Dynastie gewesen, der verführt worden war auf eine Weise, daß er um ein Haar sein Hoheitsgebiet verloren hätte? Wenn es um Frauen ging, waren alle Männer gleich. Sie hatte jede Sorte Männer erlebt, und aus diesen Herrensöhnchen machte sie sich einen Dreck, denn sie hielt sie für leichtfertig und unstet wie junge Hähne, die gerade gelernt haben zu krähen, aber noch keine Schwanzfedern haben! Sie schätzte gestandene Männer, die schon einige Jahre auf dem Buckel hatten, Männer mit Fältchen im Gesicht und mit Wangen voller schwarzer Bartstoppeln, Männer, die viel Schweres durchgemacht und viel Not und Elend erlebt hatten. Sie zu bezwingen, bedeutete wahres Können und war wirklich aufregend. Ihrer Meinung nach waren die, die ihre Macht und ihr Ansehen einsetzten, um eine Frau zu gewinnen, keine Männer. Richtige Männer konnten mit leeren Händen und ohne jede Äußerlichkeit, nur durch ihr Mannsein auf Frauen Eindruck machen. Sie verachtete die Mädchen, die sich um die Herrensöhnchen scharten und auch noch vor Stolz die Nase hochtrugen, als ob sie Prinzessin oder Kaiserin werden würden. Frauen, deren Lebensinhalt aus Reichtum und Ansehen bestand, waren keine richtigen Frauen. Mochten sie auch ein Leben in Ruhm und Glanz, mit Eßgelagen, in Samt und Seide und mit allen Vergnügungen dieser Welt genießen, das eigentliche Gefühl des Frauseins würden sie nie erleben. Und dieses Gefühl war nicht nur das Geliebtwerden, sondern mehr noch das Lieben. Natürlich war es schwerer zu lieben als geliebt zu werden. Sie war anziehend, schön, und jeder kannte sie, daß man sie liebte, war das Natürlichste von der Welt. Wer sie nicht liebte, war kein richtiger Mann, fand sie. Geliebt zu werden, das war nicht schwer, andere zu lieben dagegen war nicht einfach.

Sie wußte selbst nicht so genau, ob sie eigentlich liebte. Sie war gern mit Männern zusammen, weil es interessanter

war als mit Frauen. Kleidung und Make-up hatten Bewunderer, ihre sprühenden Augen ein Gegenüber, und es war, als habe ihr Leben einen Sinn bekommen. Warum mußten Mann und Frau seit altersher lebenslang aneinander festhalten? Weil Mann und Frau zusammengehörten, weil es natürlich, ihre Anlage und der Wille des Himmels war. Daher war sie unter Frauen unbeholfen und befangen und fühlte sich im Kreise von Männern frei und leicht – wie zuhause. Sofort war sie hellwach. Ja, wenn der Flirt eine Kunst war, so war sie eine Meisterin dieses Fachs.
Aber langsam wurde sie der Liebe anderer überdrüssig und wollte selbst lieben, koste es was es wolle. Also begann sie auf Leben und Tod zu lieben und fand es am Ende merkwürdig ermüdend und ein wenig lächerlich, wie im Theater, und ließ wieder davon ab. Vielleicht war es noch keine wirkliche Liebe gewesen. Sie jedoch glaubte, sie liebe wirklich und ohne jeden Falsch, sie nahm ihr ganzes Temperament zusammen um zu lieben, und hinterher war sie ganz verwirrt und wußte nicht mehr, was echt und was falsch war. Jedenfalls mangelte es ihr nicht an Männern, an Liebe von anderen und an Geliebten, und vielleicht war alles eine Mischung aus Echt und Falsch. Wer sagte, sie sei schön und charmant? Wer sagte, daß sie die Liebe anzog? Wer sagte, daß alle sie liebten? Auf jeden Fall trug sie keinerlei Verantwortung und konnte nach Lust und Laune lieben.
Die Mutter des Mädchens wußte jedoch, daß der Mensch nur einmal im Leben wirklich lieben und geliebt werden konnte. Einen Menschen zu lieben und von ihm geliebt zu werden, das war gut und anständig. Aber sie wußte auch, daß man diesen einen Menschen unter Umständen sein Leben lang nicht kennenlernte, daß man ihn vielleicht traf und weiterging, ohne einander erkannt zu haben. Vielleicht traf man sich auch und lernte sich kennen, aber wenn sich die Wege nie kreuzten, war alles Bemühen aussichtslos. Voller Zuversicht, dachte sie, müsse sie ge-

duldig sein, anstelle der Tochter auf der Hut sein, denn sie war überzeugt, daß sie den richtigen Mann für ihre Tochter sofort erkennen würde, wenn sie ihn sähe, und ihn dann nur anhalten müsse.
Das Mädchen aber dachte nur an die Liebe.

27 Die Schiffssirenen am Flußufer jaulten bald lang und bald kurz auf.

28 Was konnte süßer sein als der Honigmond? – Er vergaß alles Vergangene, alles Zukünftige und war ganz und gar durchdrungen von der Schönheit des Augenblicks. Jetzt erst spürte er, daß seine Haut dreiunddreißig Jahre lang danach gedürstet, sich nach diesem Umsorgtsein gesehnt hatte. Die Zärtlichkeiten seiner Frau waren unendlich wohltuend und beglükkend. »Ich will gut zu dir sein«, flüsterte er ihr ins Ohr, »oh ja, ich will gut zu dir sein«, wiederholte er leise. Nur indem er ihr sein Leben lang mit Leib und Seele Gutes tat, würde er ihre Wärme und ihre Zärtlichkeit vergelten können. Er hatte das Gefühl, ihre Liebe zu ihm habe sein Leben völlig umgekrempelt. Die Nacht verging über ihren Zärtlichkeiten, und viel zu schnell schien der Tag zu erwachen. Der himmelblaue Vorhang war kaum richtig schwarz gewesen, da wurde er schon wieder heller und blasser, und das Muster des Fenstergitters zeichnete sich darauf ab. Ihre Wohnung bestand aus einem Zimmer und war sieben Quadratmeter groß, ein der Requisitenkammer mit einer eingezogenen Mauer und einer Tür mühsam abgetrotztes Eckchen. Doch für sie war es das schönste Zimmer der Welt. Durch ihre Einrichtungskünste war es ein behagliches Zuhause geworden, und dank seiner von der Mutter geerbten Putzwut war alles sauber und wie neu; wo Alter

und Schäden nicht zu vertuschen waren, wirkten die Teile wie alte Schmuckstücke, originell jedenfalls. An der Südwand stand das etwas mehr als einen Meter breite Ehebett, das beinahe Kopf und Füße einklemmte, und zwischen Kopfende und Wand hatten sie noch ein paar Kisten gezwängt, mit Plastikfolie überzogen, die Noten darin untergebracht und ein Foto von ihnen beiden daraufgestellt. An der Nordwand stand ein gewaltiger Schrank, dessen Türspiegel das Zimmer tiefer erscheinen ließ. Zwischen Schrank und Bett war ein Fenster, darunter ein blütenweiß gedeckter Tisch und vier Hocker. Gegenüber dem Tisch die Tür und daneben der Kohleofen und ein Regal mit dem nötigsten Hausrat, das war alles. Er konnte sich kein wärmeres und angenehmeres Nest vorstellen. Fast meinte er, dreiunddreißig Jahre Bitternis und Schuld bezahlt zu haben, um endlich dieses Glück erleben zu dürfen.
Ja, er hatte ein Zuhause, und er fühlte sich sicher und ruhig. Immer und überall spürte er den wärmenden und verläßlichen Schutz seines Zuhauses, der Schutz folgte ihm überall hin und hüllte ihn ein, er machte ihn mutig, stimmte ihn optimistisch und heiter. Seine Kontaktschwierigkeiten waren wie weggeblasen, und nach und nach legte er seinen schützenden Panzer ab und war weniger mißtrauisch. Das Zuhause schloß inmitten des Gewimmels und Gedränges der Welt einen engen Kreis um ihn, und zugleich wurde sein Leben offener. Da er die Möglichkeit hatte, sich jeden Augenblick wieder zurückzuziehen, wagte er ein paar Schritte vorwärts.
Er fing an, Freundschaften zu schließen mit Männern, die wie er aus dem Süden stammten und nicht zu stolz waren. In ihrer Gesellschaft vergaß er seine Minderwertigkeitsgefühle fast ganz und fühlte sich im Gegenteil leicht und befreit. Er begann in seinem kleinen Zuhause Gäste zu empfangen und rückte den Tisch vor das Bett, um mehr Sitzplätze zu haben, und bewirtete die Freunde mit Spezialitäten des Südens: köstlichen Suppen, Rippchen mit Au-

berginen, Gemüsen, die auch nach dem Braten noch knakkig grün waren, und mit schneeweiß geschmorter Sojabohnenpaste. Nach und nach tischte er alles auf und nahm gelassen das Lob der Gäste entgegen. Wenn sie ihn dann wie zufällig anblickte und ihm auf diese Weise zu verstehen gab, in Maßen zu trinken, hielt er sich bereitwillig zurück. Ihre Disziplin ließ seine Liebe ins Grenzenlose wachsen, wie ein Kind wollte er sich auf ihrem Schoß an sie schmiegen und sich liebevoll züchtigen lassen. Er war so unendlich dankbar.

Bald wölbte sich ihr Bauch auf geheimnisvolle Weise, und sie zog ein selbstgenähtes Schwangerschaftshemd an, sie wirkte unschuldig und würdevoll darin. Je mehr sich ihr Leib wölbte, umso liebevoller umsorgte sie ihn. Es war, als wollte sie mit dem Wachsen des Kindes in ihrem Leib auch ihre Mutterliebe wachsen lassen. Und er wurde frech wie ein Kind. Wenn sie abends mit nackten Füßen auf dem Bett hockte und kleine Pullover und Höschen strickte, setzte er sich neben sie, zog ebenfalls die Schuhe aus und barg seinen Kopf an ihrem Leib. »Nicht nur für den Sohn. Du vergißt den Ehemann«, sagte er. Dann schlug sie ihm mit dem halbfertigen Gestrickten leicht auf Stirn, Nase und Wangen, während die Stricknadeln in ihren Händen munter weiterklapperten. Er ergriff das Wollknäuel und zog nach und nach den Faden für sie heraus. Dabei redete er unzusammenhängend vor sich hin, lächerlich langweiliges Zeug. Sie erwiderte nichts, denn sie merkte, daß er Unsinn redete, der immer grotesker wurde, und erhob sich lächelnd ein wenig und strich mit ihrem Kinn über seine Stirn. Als er in das verschwommene Mondlicht hinter dem himmelblauen Vorhang blickte, fiel ihm eine Geschichte ein, die er als Kind oft und oft gehört und dann vergessen hatte, und darüber schlief er ein. Als er erwachte, fand er sich in warme Decken gewickelt und von zwei kräftigen Armen um die Schultern gefaßt. Er war ruhig und sehr glücklich.

Das Kind kam zur Welt, ein Mädchen. Als habe er noch nicht genug Zeit gehabt, die Freuden der Ehe zu genießen, brachte er es nicht fertig, ein liebevoller Vater zu sein. Oder er hatte noch nicht genug Mutterliebe erfahren, so daß er es nun nicht eilig hatte, Vater zu sein. Aber da er weich und gutherzig war, faßte er trotz alledem Zuneigung zu dem kleinen, faltigen Ding und hieß es in seinem Leben willkommen. Und sie ließ nicht zu, daß er ihre Liebe von nun an halbiert sah und glaubte, das kleine Ding könne ihm ihre zärtlichen Gefühle streitig machen. Sie suggerierte ihm, daß es nun zwei Frauen waren, die ihn liebten und er dadurch noch reicher geworden sei. Ihre Liebe wuchs. Hatte sie die Tochter auf dem Arm, so ließ sie ihn beide umarmen, und wenn er die Tochter hielt, schlang sie ihre Arme um beide zusammen.

Tief in der Nacht, wenn alles schlief und ihr Blick über den Großen und die Kleine glitt, war sie selig vor Glück. Beide betrachtete sie als ihre Kinder, nur war die Art der Beziehung zu ihm anders als zu ihr, das war alles. Der Große und die Kleine waren beide labil und verletzlich, und sie bot ihnen Schutz und trug die Verantwortung. Eine Verantwortung, der sie sich nicht entziehen konnte und die sie glücklich machte. Sie küßte die Kleine, küßte den Großen, und hielt sich selbst für den glücklichsten Menschen der Welt. »Ich werde gut für euch sorgen«, flüsterte sie am Ohr des Großen. »Ich werde gut für euch sorgen«, flüsterte sie in das Ohr der Kleinen. Ja, sie wollte gut für sie sorgen und so beider Abhängigkeit von ihr und beider Liebe zu ihr wiedergutmachen.

Im Wald leuchtete der Mond klar und hell.

29 Das Mädchen aus der Gasse des Goldenen Tales war schon ganz verwirrt von so viel Liebe. Sie suchte jemanden, den sie von ganzem Herzen lieben könnte, um herauszufinden, zu wieviel Liebe sie eigentlich fähig war.

Eines Tages saß sie auf einem Hocker vor der Tür und wusch Kleider. Sie trug eine Art geblümte Schlafanzughose, denn sie hatte zufällig mitbekommen, wie die Kollegen am Obststand sich über das gerade gegründete Musik- und Tanztheater unterhalten hatten: Einige Shanghaier seien darunter, die abends in Hosen aus geblümter Seide herumliefen, in denen sie zum Fürchten aussahen: wie Gespenster! Sie war sofort ins Kaufhaus gegangen, um geblümten Seidenstoff zu kaufen, einmal in grün und einmal in rosa mit purpurnen Blumen, je etwas über einen Meter mehr als notwendig. Daraus wollte sie sich noch ein kurzärmeliges Hemd mit rundem Kragen nähen, um beides abwechselnd miteinander kombinieren zu können. Zuhause hatte sie sich sofort ans Zuschneiden gemacht. Die Hose wurde gearbeitet wie eine Anzughose in westlichem Stil, aber mit Gummizug in der Taille, damit sie besser saß. Das Oberteil war in der Taille eng anliegend, hatte einen weiten Kragen und immerhin so lange Ärmel, daß die Schultern bedeckt waren und man die Achselhöhlen nicht sehen konnte, so wirkte es nicht allzu unkultiviert. Die Kombination sah attraktiv und alles andere als zum Fürchten aus, die dunkelgrüne elegant, die rosarote eher sportlich bunt. Sie zog sich jeden Tag anders an und war auf keinen Modestil festzulegen, denn sie trug von jedem Stil das beste und hatte jeden Stil ausprobiert. An dem Tag, an dem sie vor dem Haus auf einen Hocker saß und Kleider wusch, trug sie dunkelgrün. Da bog plötzlich jemand in die Gasse ein, ein Mann, groß, stattlich, in gelber Armee-Uniform ohne Abzeichen. Er ging würdevoll und mit festen Schritten, daß sie nicht anders konnte als noch einmal genauer hinzusehen. Auf den zweiten Blick hatte sie ihn

erkannt, es war der Trommler aus den Zeiten der Propagandagruppe. Es hieß damals, er sei aufs Land verschickt worden und dann zur Armee gegangen – und nun war aus der spindeldürren Bohnenstange ein gutaussehender Mann geworden. Sie erschrak ein wenig, und erst, als er vor ihr stehenblieb und sie ansprach, kam Bewegung in ihren starren Blick, und sie lächelte hilflos, so daß Grübchen auf ihren Wangen erschienen: »Sieh an, in Samt und Seide heimgekehrt.«
Er reagierte nicht darauf, sondern fragte nach dem Mädchen von nebenan. Das überraschte sie ein wenig, und wie selbstverständlich entschlüpfte ihr die Frage: »Was willst du denn von ihr?« Sie bereute die Frage sofort.
Es war schon fast dunkel, so daß er ihren Gesichtsausdruck nicht erkennen konnte und freundlich antwortete: »Ihr Bruder und ich waren zusammen bei der Armee, und er bat mich, ihr ein paar Dinge zu bringen.«
»Ach so. Da entlang«, sagte sie und ärgerte sich im nächsten Moment schon wieder. Sie redete zu viel. Was ging es sie an, wohin er ging?
Er verschwand in dem von ihr bezeichneten Hof, und es wurde immer dunkler. Sie hatte längst fertig gewaschen und hätte zum öffentlichen Wasserhahn gehen und die Kleider ausspülen müssen, doch sie blieb sitzen. Es war schon spät und sie sehr müde, redete sie sich ein, und am Wasserhahn war es um diese Uhrzeit sowieso zu voll. Sie wollte warten, bis er wieder herauskam und noch ein paar Worte mit ihm wechseln, um ihr Gesicht wiederzugewinnen. Aber das gestand sie sich nicht ein.
Kurz darauf, es war dunkel geworden, trat er wieder auf die Straße hinaus, bemerkte sie aber nicht, sondern ging seines Weges. In der Nacht bettete sie ihren Kopf auf das kleine bohnengrüne Kissen und konnte nicht einschlafen. Das hatte noch kein Mann gewagt, so mit ihr umzuspringen. Wie kam er dazu? Ganz in gelb, das sah nicht schlecht aus. Aber wenn er wirklich etwas könnte, wäre er längst

zum Bataillonskommandeur befördert worden. Und wie kam es, daß er von anderen hergeschickt wurde? Sie hatte zwar deutlich gesehen, daß er eine Uniform mit vier Taschen getragen hatte, aber mehr als Kompanieführer konnte er nicht sein, denn das wäre in diesem Nest sofort in aller Munde gewesen, zumal es seine Familie ganz besonders darauf angelegt hatte, mit ihm aufzutrumpfen. Da fiel ihr ein, daß er in Shanghai Soldat gewesen war, und die Kaserne, hatte sie gehört, war an der Nanjingstraße gelegen. Wahrscheinlich hatte er zuviele der aufreizenden Shanghaier Frauen gesehen und daher kein Auge für sie gehabt. Bei dem Gedanken wurde sie immer wütender. Unruhig wälzte sie sich hin und her. »Was kann an den Frauen in Shanghai schon groß sein. Wachsen ihnen vielleicht Blumen im Gesicht?« schnaubte sie. In was stand sie ihnen nach? Nicht, daß sie noch nie eine Shanghaierin gesehen hätte, einige Tänzerinnen des neuen Musik- und Tanztheaters waren aus Shanghai: Klapperdürr, die Brust flach wie ein Handtuch, der Hintern wie der eines kleinen Jungen, und totenblaß waren sie. Sie dagegen, sie hatte zwar auch eine helle Haut, doch wirkte sie gesund und kräftig, so war es ihr vom Himmel gegeben. Sie hatte sich stets mit kaltem Brunnenwasser gewaschen und anschließend mit etwas Bienenhonig eingerieben. Trug man dagegen irgendeinen »Gesichtsfreund« oder eine »Tagescreme« auf, um die Haut gleichmäßig aufzuhellen, krümelte das Ganze ohnehin bald wieder herunter. Sie aber sah frisch und strahlend aus wie eine taufrische Blume. Sie beschloß, diesen Mann zu erobern. Und zwar nicht nur, um ihn zu besitzen – sondern um sich mit den Shanghaier Frauen zu messen. Vielleicht war dann sie die schönste und bekannteste Frau der Nanjingstraße. Sie war ganz erfüllt von der Idee, ihren Entschluß in die Tat umzusetzen und fühlte sich großartig. Sie beruhigte sich wieder und wurde sogar munter und fröhlich.

Unter dem Vorwand, ein Strickmuster haben zu wollen,

ging sie nach nebenan und fragte das Mädchen: »Gestern abend wollte ein entlassener Soldat zu euch, hat er hergefunden?« Ja, er sei angekommen, beeilte sich das Mädchen zu versichern und bat sie überhöflich, doch Platz zu nehmen. Wie alle anderen Frauen der Gasse haßte auch diese sie insgeheim bis aufs Blut und hatte sie bestimmt tausendmal als »Hure« beschimpft, doch als sie nun vor ihr stand, fürchtete und schätzte sie sie gleichermaßen. Daß sie von sich aus vorbeigekommen war, um ein paar Worte zu wechseln, freute und ehrte sie. Wer durchschaut schon die Stimmungen einer Frau. Ihr großer Bruder und der Mann seien in derselben Kaserne gewesen, und seit seiner Demobilisierung arbeite er nun in einem Industriebüro, erklärte das Mädchen hastig. Sie wechselte das Thema: »Zeig mir doch mal den lila Pullover, den du neulich anhattest, ich will mir das Muster ansehen«. Die andere fühlte sich geschmeichelt über so viel Aufmerksamkeit: daß eine so moderne und berühmte Frau sich plötzlich nach ihrem Pullover erkundigte! Eilig suchte das Mädchen ihn heraus, und von dem Tag an war er das kostbarste Kleidungsstück im Hause. Sie aber zeichnete das Muster Strich für Strich penibel ab und verabschiedete sich dann, sie war sich ihrer Sache nunmehr ganz sicher. Er arbeitete also im Industriebüro, das hieß, jeden Morgen mußte sie nur die Straße überqueren, um ihn zu treffen. Die Öffnungszeiten der Obstfirma und die der öffentlichen Organe waren identisch, und wo der junge Mann ungefähr wohnte, wußte sie auch. Im stillen entwarf sie einen Plan des Weges und war nun ganz ruhig.

Wie geplant traf sie ihn am nächsten Tag und tat, als habe sie ihn nicht gesehen. Sie trug einen blauen Rock und eine weiße Bluse, da sie wußte, daß ihre Anmut besonders gut zum Ausdruck kam, je schlichter sie sich kleidete. Er aber hatte sie offenbar nicht einmal gesehen, denn er raste auf seinem Fahrrad vorbei, ohne links und rechts zu sehen. Natürlich ärgerte sie das, doch sie glaubte nicht an einen

Fehlschlag, sondern fühlte sich nur noch mehr bestätigt in ihrer Absicht. Wenn man einen alten Kameraden auf der Straße traf, war es nur natürlich, ein paar Worte zu wechseln, dachte sie, alles andere wäre unnormal und erweckte den Eindruck, als sei einem eine Laus über die Leber gelaufen. Sie wußte: Wenn es zwischen einem Mann und einer Frau gut stand, lag etwas in der Luft, und wenn es schlecht stand oder feindselig wurde, ebenfalls, also durfte ihre Beziehung weder zu gut noch zu schlecht, weder zu eng noch zu locker sein. Wenn er morgen ihren Weg kreuzte, wollte sie ihn ansprechen. Sein Verhältnis zu ihr war wahrscheinlich völlig unkompliziert: alte Kameraden, und basta. Und es kam ihr so vor, als sei er verspannt und nervös, als stimme mit ihm etwas nicht. Aber er war in Shanghai gewesen und hatte seine Rolle als Mann bei den Shanghaier Frauen sicher genossen. Sie lächelte.
Am nächsten Tag ließ er sie gar nicht erst zum Zuge kommen, sondern scherte einfach aus dem Strom der Radfahrer aus und hielt vor ihr an. Er neigte das Rad und setzte einen Fuß auf die Erde, ohne abzusteigen: »Ach, so ein Zufall!« rief er wie ein Feldwebel und jagte ihr einen tüchtigen Schrecken ein. Im stillen aber bewunderte sie ihn, er war schließlich in der weiten Welt herumgekommen. Sein lächelndes Gesicht war ihr zugewandt, doch mußte sie sich enttäuscht eingestehen, daß es auch wirklich nicht mehr als Freundlichkeit ausstrahlte. Und noch mehr ärgerte sie, daß sie ihm die Oberhand gelassen hatte. Alles war so überraschend geschehen, daß sie gar nicht dazu gekommen war, ihm zuzuwinken. Ihr blieb nur, ebenso freundlich zurückzulächeln:
»Tatsächlich – so ein Zufall!«
»Wo arbeitest du?« fragte er.
»Bei der Obstfirma.«
»Ich bin im Industriebüro, Organisationsabteilung. Komm doch mal vorbei«. Er wies mit dem Kinn nach vorn.
Gerade als es interessant zu werden schien, fügte er hinzu:

»Wir von der Propagandagruppe müssen uns doch mal treffen.« Damit stieg er auf und fuhr weiter.
Sie setzte ihren Weg fort und sah an sich herunter: Sie hatte extra die rosa Bluse und den geblümten Rock angezogen und fühlte sich ungerecht behandelt. Es war zum Heulen.
Er hatte das äußerste aus dem Fahrrad herausgeholt und verlangsamte allmählich wieder. Dabei dachte er darüber nach, ob sein Angriff erfolgreich gewesen war oder nicht. Sie hatte keine Miene verzogen, war weder besonders entgegenkommend noch sehr distanziert gewesen, sondern ganz natürlich, viel gesetzter als früher, und natürlich viel hübscher. Er hatte keine Vorstellung, was in ihr vorging. Aber er wußte, daß er sie erobern mußte. Es war nicht das erste Mal, daß er über sie nachdachte, schon damals, in der Propagandagruppe, hatte er sich in sie verliebt. Nur war damals seine Zuneigung in Haß umgeschlagen. Er hatte sie gehaßt für ihre Arroganz und Sinnlichkeit und dafür, daß sie stets von Männern umlagert war und mit ihnen flirtete. Je mehr die anderen sich an sie heranmachten, umso weniger tat er es, und da alle den Kontakt mit ihr suchten, sprach er kein Wort mit ihr. Die sich erfolglos um ihre Gunst bemüht hatten, beschimpften sie als Hure und Schlampe, doch auch ihnen schloß er sich nicht an. Später, als er aufs Land verschickt und ab und zu heimgekehrt war, hatte er sie gelegentlich auf der Straße gesehen und festgestellt, daß sie immer schöner wurde. Er hatte oft an sie gedacht und sich dort aufgehalten, wo sie vielleicht vorbeikommen und er sie sehen würde. Nie hätte er gewagt sie anzusprechen, denn er wußte, daß er sich eine Abfuhr eingehandelt hätte. Oder sie wäre für einen Moment nett zu ihm gewesen, nur damit hinterher doch alles beim alten bliebe. Sie war einfach zu arrogant und verdrehte dieser ganzen Bande von Weichlingen den Kopf. Doch später, bei der Armee, als es Zeit wurde, an Heirat zu denken, und insbesondere als er wußte, daß bald mobilisiert würde, sah

er sie jeden Abend vor sich: mit blitzenden Augen, als spreche sie zu ihm, oder mit Grübchen in den Wangen, als lache sie, mit zusammengezogenen Brauen, als schimpfe sie, oder mit Schmollmund, als mache sie ihm eine Szene. Er brauchte nur an sie zu denken, und schon stach sie alle anderen Frauen aus, sie wurden ihm vollkommen gleichgültig. Im stillen faßte er den Entschluß, sie oder gar keine zu heiraten. Er wußte, daß sie eine besondere Frau war, daß sie viele Männer gesehen und nicht wenige geliebt hatte, und daß er sich von allen anderen unterscheiden mußte, um ihre Aufmerksamkeit zu erregen. Und überdies mußten ihre Arroganz und Sinnlichkeit verschwinden. Es war unklar, was an den Gerüchten stimmte und was nicht – wenn alles erstunken und erlogen war, umso besser: wenn nicht, so hatte er lange genug in Shanghai gelebt und genügend ausländische Romane gelesen, um sich nobel zu verhalten. Solange sie nur ihm allein gehörte. Ihre Schönheit und ihre Sinnlichkeit mußten einzig ihm gehören, nur er allein sollte sie genießen können. Sie war die schönste und attraktivste Frau weit und breit, und um seiner Zukunft willen wollte alles genau durchdacht und geplant sein, es würde ein langwieriger Kampf werden.
Sie waren einander ebenbürtige Kämpfer.

30 Als die zweite Tochter zur Welt kam, entwickelte er endlich Vatergefühle.
Wie ein an Körperbau und Seele schwaches Kind brauchte er mehr Mutterliebe als andere, um heranzuwachsen und zu reifen. Und wie ein Kind, das Milch trinkt, sog er ihre Liebe und ihre Mutterinstinkte in sich auf und wurde nach und nach kräftiger, sein männliches Selbstbewußtsein wuchs – und seine Vaterliebe erwachte. Als die kleine Tochter ihn undeutlich »Papa« rief, war er überglücklich, und als sie mit ihren Händchen in sein Gesicht patschte, stiegen ihm Tränen der Freude in die Augen. Bei der

großen Tochter war es – obwohl sie erst zwei Jahre alt war – für Vatergefühle zu spät, und er fühlte sich wie ein Freund, ein über alles geliebter Freund. Und dieser Freund schien ein Gehilfe der Mutter zu sein oder eine Miniaturausgabe von ihr – jedenfalls eine ganz andere Position einzunehmen als die Mutter. Sie umarmte ihn mit mütterlicher Wärme, das Erwachen der Liebe zum Vater war kaum mehr als Pflichterfüllung: Mädchen haben von Geburt an einen Mutterinstinkt in sich, und bei ihr offenbarte er sich auf kindliche und zugleich gelangweilte Art und Weise. Wenn der Vater und die kleine Schwester einander abküßten, sah sie von der Seite zu, nicht etwa eifersüchtig, sondern großzügig und fröhlich, und fast mitleidig beobachtete sie, wenn sich die beiden wie verwöhnte Kinder aufführten. Ihr Blick rührte ihn, denn mit der Vaterliebe war auch das väterliche Verantwortungsgefühl in ihm gewachsen.
Er liebte Mädchen und bedauerte nicht einen Tag, keine Söhne zu haben. Er war im Gegenteil froh, daß auch das zweite Kind kein Junge geworden war. Nun hatte er drei Frauen in seiner Familie, die ihn liebten und früher oder später verhätscheln würden.
Doch mit der Geburt des zweiten Kindes wurde ihr Leben immer schwieriger. Auf den sieben Quadratmetern war kein zweites Bett unterzubringen, und so drängten sie sich zu viert auf ihrem wenig mehr als einen Meter breiten Bett zusammen, und die Eltern mußten beim Umdrehen aufpassen, daß sie sich nicht auf die Kinder legten. Da sie entsetzliche Geschichten gehört hatten von Eltern, die ihre Kinder auf diese Weise erdrückt hatten, wagten sie sich kaum zu rühren. Und je größer sein männliches Selbstbewußtsein wurde, desto mehr wuchs sein Verlangen. Angesichts des ruhigen Atems und der reinen Gesichtchen seiner Töchter jedoch kam ihm dies verworfen und niederträchtig vor, und so unterdrückte er seine Leidenschaft, tat Nacht für Nacht kein Auge mehr zu und stand morgens wie gerädert auf.

Das Einkommen der beiden reichte für die täglichen Ausgaben, ohne daß sie Hunger hätten leiden müssen, doch wenn sie nicht so geschickt hätte haushalten können, hätten sie zuweilen nicht gewußt, woher sie die nächste Mahlzeit nehmen sollten. Wie sie bei genau ausgeglichenen Einnahmen und Ausgaben noch Geld für dringend notwendige Anschaffungen auftreiben sollten, wurde zum Dauerthema jedes Morgens und jedes Abends, und es machte sie immer mut- und hilfloser. Am schlimmsten aber war es, wenn sie Gastspiele geben sollten. Wenn das Ensemble auf Tournee ging, dann nicht unter drei bis fünf Monaten, also mußten sie die Kinder mitnehmen. Sie führten dann ein unstetes Leben, und manchmal waren sie jeden Tag an einem anderen Spielort. Die Häuser, in denen sie auftraten, waren ganz verschieden, doch nur wenige hatten Einzelzimmer zu bieten. Getrennte Schlafsäle für Männer und Frauen waren die Regel, und dann war sie allein mit den zwei Kindern. Manchmal waren die beiden Mädchen unruhig und heulten und jammerten die ganze Nacht hindurch, so daß der ganze Schlafsaal in Aufruhr geriet. Die selbst verheiratet waren und Kinder hatten, waren meist nachsichtig, die Junggesellinnen aber, die keine Ahnung vom Leben hatten, beschwerten sich ununterbrochen. Er konnte nichts tun, als vor dem Schlafsaal auf und ab zu gehen, er hörte das Weinen der Kinder und das Schimpfen der Frauen, die kein Hehl aus ihrem Unmut machten, und Ärger und Ratlosigkeit zerrissen ihm das Herz.

Als sich das Programm des Ensembles änderte, wurden die Probleme noch größer. Sie war aus Nanjing und hatte Dialoge aus der Peking-Oper sprechen gelernt, da sie jedoch den Henan-Dialekt nicht beherrschte, verlor sie sofort die Hauptrolle und durfte nur noch hie und da in kleinen Rollen auftreten. Bei der Orchestrierung war es meist gleichgültig, ob ein Cello dabei war oder nicht, es gab keine festgelegte Sollstärke für die Instrumente und keine

Partitur, man improvisierte einfach. Das Cello wurde nur noch als großes Zupfinstrument eingesetzt; er hatte keine Noten, und ob er die Melodie oder von jedem Takt nur den ersten Ton oder gar nichts spielte, auch das war gleichgültig. Doch sie hatten keine Zeit, sich um ihre Zukunft zu sorgen, sondern waren froh, wenn ein Tag nach dem anderen friedlich vorüberging. Und wenn weder von den Erwachsenen noch von den Kindern jemand krank geworden oder anders zu Schaden gekommen war, so war das bereits ein Erfolg.

Obgleich ihr Leben hart und nicht sehr befriedigend war, fühlten sie sich reich und stimmten in allem überein. Den Alltag zu bewältigen wurde zum einzigen Ziel jedes neuen Tages. Widrigkeiten und Armut, ihre täglich neuen Verwirrungen und Probleme ließen ihre Liebe nur noch größer werden. Das eine Kind bekam den ersten Zahn, das andere lernte sein erstes Lied, mal wurde Fisch gekauft und köstlich gebraten, mal kamen sie an einen Ort mit abgetrennten Schlafzimmern und stellten ein zweites Bett hinein. Sie waren zufrieden und genossen ihr Glück.

Er hatte stets allein gegen unsichtbare Widerstände gekämpft und einsam mit seiner bodenlosen Melancholie gerungen. Nun waren seine Probleme konkreter Art, er konnte sie anpacken und ihnen damit das Quälende nehmen. Vor allem aber kämpfte er nicht mehr allein auf verlorenem Posten, sondern hatte eine Stütze und eine Gefährtin. Für ihn war das Leben daher zwar hart, aber dafür beruhigend klar und einfach.

Die Kinder wuchsen heran, wurden immer hübscher und verständiger. Sie konnten den ganzen Tag auf dem Bett sitzen und mit ihren Puppen spielen. Mal gingen sie zur einen, mal zur anderen Großmutter; die beiden atmeten auf – einige glückliche Tage ohne Haushaltssorgen! – und konnten endlich an sich denken. Sie waren nicht ungebildet, und als Statisten in einem Kreistheater zu arbeiten – das konnte auf die Dauer nicht so weitergehen. Da mach-

ten Freunde sie darauf aufmerksam, daß einhundertfünfzig Kilometer weiter im Osten, am Gelben Meer, ein neues Musik- und Tanztheater gegründet worden sei, und so sehr man auch die Werbetrommeln gerührt habe, es fehle ein Cellist. Es schade also nichts, wenn er sich dort bewerbe. Als kein Ausweg aus ihrer Lage in Sicht gewesen war, hatte er sich gequält, und nun, da es eine Hoffnung gab, schreckte er davor zurück. Er war träge und wenig darauf bedacht, um persönlichen Ruhm zu kämpfen. Solange er nicht völlig am Ende war, unternahm er aus eigenem Antrieb keinen Schritt. Als er nun über die Anstrengung nachdachte, die es bedeuten würde, dorthin zu fahren – eine schier unermeßliche Anstrengung!, und dann die Möglichkeit zu scheitern – da wurde er ganz verzagt. Um sich vor der Fahrt zu drücken, beklagte er sich nicht mehr, legte seine Traurigkeit ab, tat fröhlich und täuschte große Zufriedenheit vor.
All das konnte ihrem Blick nicht entgehen, dazu kannte sie ihn zu gut, und sie fand es lächerlich und bemitleidenswert zugleich. Doch vermied sie es, ihn bloßzustellen, denn sie wußte, daß er zwar feige, dafür aber sensibel war und Ehrgefühl hatte. In der Nacht fuhr sie ihm durch sein weiches Haar, am Tage kochte sie mit größter Sorgfalt ein delikates Essen. Sie verwöhnte ihn an Leib und Seele und sagte dann: »Laß uns hinfahren.« Es klang so alltäglich, als hätte sie ihn gebeten, mit ihr zum Gemüsemarkt zu gehen. Sie wollte ihn auf keinen Fall aufregen. »Wir könnten zum Beispiel eine schöne Reise daraus machen. Wir waren schließlich noch nie dort«, fuhr sie in demselben Ton fort. Trotzdem fühlte er sich bedrängt und schwieg. »Dein Cello kann einem doch wirklich leid tun«, setzte sie hinzu. Sie fühlte sich für ihn gedemütigt. Wenn sie selbst scheiterte, was bedeutete das schon, sie hatte keine Ausbildung und immer nur vor sich hingesungen und -gespielt. Nie hätte sie gedacht, daß sie damit Geld würde verdienen können und ihr Dorf verlassen, und noch weniger hatte sie

gedacht, dabei einen wie ihn kennenzulernen und einen so liebevollen Mann in ihm zu finden. Sie wußte, daß er außergewöhnlich gut spielte und begabt war, und sie wußte, daß her sein Cello über alles liebte – man brauchte ihn ja nur spielen zu hören und ihn dabei zu beobachten. Sie wünschte nichts mehr, als daß er die Möglichkeit habe, weiterzukommen. Er mußte ja nicht gleich Karriere machen, aber zu düster sollten seine Aussichten auch nicht sein. Außerdem aber trieb sie ihn wegen der Ausbildung ihrer beiden Töchter an: Es mußte eine größere Stadt sein, die zudem am Meer lag. Soweit man das aus der Ferne beurteilen konnte, mußte es dort viel mehr Möglichkeiten geben. Und zuletzt wollte sie schließlich auch um ihrer selbst willen in diese Stadt. Sie hatte von klein auf in diesem Provinznest gelebt und kannte das Leben und die Menschen einer Kreisstadt nicht. Insgeheim hatte sie sich immer nach dem Leben in der Stadt gesehnt. Es lag in ihrer Natur, alles zu tun, um ihre Lage zu verbessern, und sie meinte, es könne nicht schaden, sich zu bemühen, wenn man scheiterte, hatte man schließlich nichts verloren. Aber versuchen konnte man es immerhin, sie mußte ihn dazu bringen, es zu versuchen. Natürlich konnte sie ihm unmöglich all ihre Überlegungen auf einmal unterbreiten, die Verantwortung wäre ihm zu groß vorgekommen, und noch bevor er darunter zusammengebrochen wäre, hätte er sich zu Tode erschrocken. Sie durfte ihn nicht verängstigen. Also sagte sie nur: »Ich weiß, daß du dein Cello liebst.« Das konnte ihn nicht kalt lassen. Vor einiger Zeit hatte er in Nord-Xuzhou zwei Monate lang vertretungsweise den ›Kleinen Steppenhelden‹ mitgespielt, es war zwar kein sehr gutes Orchester gewesen, aber immerhin ein Orchester, und sein Cello hatte sich nahtlos eingefügt. Es war bewegend gewesen. Plötzlich hatte er wieder im Orchestergraben gesessen und sein Solo gespielt. Das ganze Orchester hatte mit ihm gebangt, als er zum Arpeggio der Violinen die Saiten strich, die Töne kamen aus den

Lautsprechern und füllten den Saal, der in atemloser Stille lauschte.
Sie überließ ihn seinen Erinnerungen und verließ auf Zehenspitzen den Raum. Es ließ ihn nicht mehr los. Später erst nahm sie ihn beruhigend in den Arm und ermutigte und besänftigte ihn. Sie sagte nichts Besonderes, nur, daß ein Versuch nicht schaden könne, denn auch wenn er es nicht schaffe, lebten sie hier schließlich immer noch glücklich und zufrieden. Und nachdem er sich durch dieses Hintertürchen hatte besänftigen lassen, lud sie ihm unauffällig eine neue Last auf sein Gewissen: »Die Kinder werden dort bessere Schulen haben.« Das rief ihm seine väterlichen Pflichten ins Gedächtnis, und wenn sie ihm wie eine Last vorkamen, erfüllten sie ihn doch mit Stolz. Und von neuem tröstete und beschwor sie ihn, öffnete ihm Hintertürchen und erschloß Zukunftsperspektiven. So lud sie ihm Stück für Stück alle Verantwortung für die Entscheidung auf, ohne ihn zu verschrecken. Zögernd kam er zu einem Entschluß:
»Ich werde hinfahren. Kommst du mit?«
»Natürlich komme ich mit«, sagte sie, »wir machen uns ein paar schöne Tage. Es soll einen Berg dort geben, der Geschichte gemacht hat.«
Das langweilte ihn wiederum, er hatte kein Interesse an Vergnügungen, aber nun gab es kein Zurück mehr.
Sie wählten einen freien Tag und sagten niemandem etwas davon. Heimlich gingen sie über den Hof und durch den Wald zum Bahnhof. Die ersten Strahlen der Morgensonne drangen durch die Zweige und Blätter zu ihnen herunter, da überkam ihn plötzlich die Einsicht, daß alles gut sei, und er begann vor sich hinzusummen.
Ein gutes Omen, dachte sie.

31 Eine Schiffssirene heulte am nahen Flußufer, und die Enkelin fragte:
»Oma, was ist das?«
»Das ist ein Schiff«, erwiderte die Großmutter.
»Was für ein Schiff?« fragte die Enkelin.
»Das, mit dem dein Vater kommen wird.«
»Mama sagt, Papa kommt mit dem Zug«, wandte die Enkelin ein.
»Jaja, mit dem Zug«, pflichtete die Großmutter bei.
Die Enkelin spielte auf den moosbedeckten Steinplatten und malte Kreise und Kreuze darauf.

32 Liebe ist Kampf. Liebe ist ein langer, unerbittlicher Kampf.
Auf dem Weg zur Arbeit kamen sie einander entgegen, die Gesichter natürlich und entspannt, und wenn ihre Schultern sich streiften, tobte es in ihrem Innern. Als sich das einen Monat jeden Morgen wiederholt hatte, begann er sich zu fragen, worauf sie wohl hinauswolle und ob seine Taktik Erfolg haben werde. Noch weniger wußte jedoch sie, was er eigentlich wollte. Was war das für ein Mann, der sie sah und so ruhig bleiben konnte? Sie haßte ihn dafür, wußte sich aber auch keinen Rat. Er war der erste Mann seit ihrer Geburt vor zwanzig Jahren, der sie hassen lehrte und ratlos machte. Haß und Ratlosigkeit waren neue Gefühle für sie, und umso mehr reizten sie sie. Wie oft mochte sie mit zusammengebissenen Zähnen Flüche ausgestoßen haben, und eines Tages wünschte sie sich sogar, daß er ihr zu Füßen niederkniete. Über diesem Gedanken brütete sie eine Nacht und änderte dann ihre Vorgehensweise. Beim morgendlichen Gruß senkte sie ihren Blick einige Momente in den seinen, bevor sie sich losriß und weiterging. Dieser Tag wurde für ihn zu einem Feiertag. Von da an lag in ihrem Blick jeden Morgen ein tieferer Sinn, und das

summierte sich, bis er schließlich nicht mehr an sich halten konnte und eine Antwort in seinen Blick legte. Da lächelte sie ihn höflich an. Dieser Tag nun wurde für sie zum Feiertag. Die erste Runde hatte sie zwar gewonnen, wurde aber das Gefühl nicht los, dabei etwas verloren zu haben. Da sie alles begonnen hatte, waren ihre Zurückhaltung dahin und ihre Absichten offengelegt. In ihre Freude mischte sich Traurigkeit. Aber wenn schon, denn schon, sagte sie sich, und ging zur zweiten Runde über. Am nächsten Tag lag in ihren Augen eine grenzenlose Melancholie, eine Melancholie, die ihn mehr bewegte und freute als ihre Freundlichkeit, so daß er zuhause erst einmal ein paar Gläschen Schnaps trinken mußte. Jeden Tag ein Stückchen Melancholie in ihrem Blick und ein wenig Blässe auf ihrem Gesicht, das dadurch noch hübscher wurde. Wie als Antwort auf ihre Melancholie wurde auch er trübsinnig – und dann heiterte sich ihre Miene auf, und sie schritt munter aus, als erwarte sie an ihrem Ziel ein Rendezvous. Sie faßte seinen Blick und hielt ihn fest. Sie war glücklich: Auch die zweite Runde war reibungslos an sie gegangen. Doch war auch dies ihr Angriff gewesen, und es mußte der Eindruck entstehen, daß sie ihm nachlief. Da überfiel sie wieder diese Traurigkeit. Schließlich gab er sich zum Ausgleich ein wenig temperamentvoller, nicht genug zwar, um sich vor ihr zu demütigen, aber es stand nun Unentschieden. Sie nahm es sehr genau damit. Es begannen die dritte, vierte, fünfte und sechste Runde.

Dem äußeren Schein nach veränderte sich ihre Situation nicht, innerlich aber war beiden klar geworden, daß sie stark aufeinander bezogen waren. Und da sie aufeinander bezogen waren, konnte ihr Verhalten nicht mehr natürlich und entspannt sein. Diese Erkenntnis erfüllte sie einerseits mit Stolz, andererseits ärgerte sie, daß der andere es ebenfalls durchschaut hatte. Die Frau war alles andere als leicht zu nehmen, dachte er und liebte sie um so mehr, und nachts sah er sie im Traum und hörte das Krachen ihrer

Knochen in seiner Umarmung. Er schreckte hoch – und in Wahrheit waren es seine Zähne, die aufeinanderschlugen. So selten sie ihn auch sah, so beschäftigte er sie doch sehr. Haßerfüllt biß sie sich auf die Lippen, daß es schmerzte, und hielt es für einen Kuß von ihm. Er küßte sie? Sie tobte innerlich. Doch als sie begriff, daß sie nur phantasiert hatte, war sie enttäuscht, und sie stellte sich seinen geraden Mund mit den zwei Reihen ebenmäßiger Zähne vor und bekam Herzklopfen.

Niemand wußte, wie es gekommen war, jedenfalls kreuzten sich ihre Wege nicht mehr nur vor, sondern auch nach der Arbeit. Mit Beginn des Herbstes wurden die Tage kürzer, der Tagesplan aber blieb unverändert. Es war finster, wenn sie von der Arbeit kamen, und Laternen gab es nicht, nur dichtes Menschengedränge. Obwohl sie sich auch im dichtesten Gedränge ohne den geringsten Zweifel erkannten, taten sie, als hätten sie sich nicht gesehen, und gingen grußlos aneinander vorbei. Die Dinge hatten sich so weit entwickelt, daß sie alles durchschauten – es mußte nur noch ausgesprochen werden. Er konnte genausogut etwas sagen wie sie, aber weder er noch sie bekam den Mund auf. Beide warteten, daß der andere zuerst etwas sagte, ja, sie wollten erzwingen, daß der andere etwas sagte. Die Situation war festgefahren und schien aussichtslos, wenn nicht der Himmel noch ein Einsehen hätte.

Eines Abends bewegten sie sich genau auf einer Linie, und ob es im Dunkeln nicht zu sehen gewesen oder ob es Absicht war, jedenfalls stießen sie zusammen. »Hure!« schimpfte er los, bereute es aber im nächsten Moment schon. Warum fluchte er sofort drauflos, statt einfach zu sagen: »Wie kann ein Fußgänger bloß einen Radfahrer zur Strecke bringen?« Aber dieser leicht zweideutige Satz hätte seinem Temperament nicht entsprochen. Sie konterte: »Hurensohn! Kind einer Nutte!« Auch sie bereute sofort ihre Worte – wozu so jähzornig, statt mit fester Stimme zu fragen: »Und wieso fährst du in Fußgänger hinein, wenn

man fragen darf?« Sie hatte ihm das Blut ins Gesicht und den Herzschlag in die Höhe getrieben. Aber das ewig unterdrückte Feuer in ihren Seelen war zu groß und zu heftig, und so explodierte ihre Sehnsucht, sobald sie an die Oberfläche drang, in einer Flut von Beschimpfungen. Da ihr Streit weder Sinn noch Ursache hatte, und da beide keine passenden Worte fanden, griffen sie nun auf die schmutzigsten Flüche zurück. Sie benutzten sie normalerweise nie und waren um so überraschter, daß sie ihnen einfielen und einer nach dem anderen laut wurde, bis die ganze Straße vor Schreck erstarrte. Wie konnten ein so anständiger Kerl und ein so hübsches Mädchen derart primitiv schimpfen! Die beiden tobten, bis ihm plötzlich die Hand ausrutschte und er ihr eine Ohrfeige gab. Ihre Wange brannte wie Feuer, und doch war sie fast glücklich dabei – und schlug zurück. Da erst erwachten die Umstehenden aus ihrer Erstarrung und fuhren dazwischen. Er machte sich frei und schrie: »Das geht euch gar nichts an, ihr Hurensöhne! Trollt euch!« Er riß sich los, packte sie am Kragen und brüllte: »Das ist unsere Sache, was steht ihr immer noch hier herum?!« Sie zitterte, und die Tränen rannen ihr nur so übers Gesicht. Die Menge zerstreute sich lachend, es war inzwischen völlig dunkel. Sie fanden sich bebend einer in den Armen des anderen wieder.
Am Abend kehrte das Mädchen aus der Gasse des Goldenen Tales heim und erklärte ihrer Mutter, daß sie heiraten werde. Die Mutter bekam einen Schreck, brach in Tränen aus und wußte selbst nicht warum. Das Mädchen ließ es nicht zu, sondern rief, sie werde die Decke auftrennen und ein neues Kleid daraus nähen. Da wischte sich die Mutter die Tränen ab, sperrte den Schrank auf und zeigte ihr – stapelweise Samt und Seide! Sie hatte ihr ganzes Leben lang gesammelt, anfangs für sich, und als es für sie keine Hoffnung mehr gab, für ihre Tochter. Das Mädchen fiel der Mutter um den Hals und weinte vor Glück.
Als an diesem Abend der Mond am Himmel emporkletter-

te, war das Mädchen aus der Gasse des Goldenen Tales im Begriff, die Gasse des Goldenen Tales zu verlassen.

33 Es war alles bei weitem nicht so einfach, wie es anfangs den Anschein gehabt hatte, doch als sie erst einmal zu handeln begonnen hatten, war es auch bei weitem nicht so hart, wie sie es sich ausgemalt hatten. Nach langen, unermüdlichen Kämpfen ging es endlich voran. Nachdem das Musik- und Tanztheater sich für ihn entschieden hatte, nahm sie Kontakt zur städtischen Fernsehstation auf. Sie ließ durchsickern, daß nur einer von ihnen beim Theater arbeiten könne, der andere müsse für Haus und Kinder sorgen. Sie habe Peking-Oper studiert, und wenn sie nun in einem Theater singe, singe sie alles wie Peking-Oper. Sie überließ ihm die Möglichkeit zu arbeiten. Für ihn war ihr kein Opfer zu groß – es bedeutete für sie im Gegenteil das größte Glück. Da das Kreistheater eine Einheit im Kollektiveigentum war, gab es noch mehr Komplikationen beim Eintritt als bei volkseigenen Theatern. Es dauerte lange bis zum vorläufigen Bescheid und noch länger bis zum Versetzungsbescheid. Erst kam seiner, dann der ihre. Es gab eine Abschiedsfeier, Freunde halfen beim Packen, und schließlich war die letzte Nacht da. Sie hatten ein paar Strohmatten auf dem Boden ausgerollt. Er ruhte auf einem Kissen aus alten Zeitungen und dachte an sein neues Leben, das nun beginnen würde. Durch die Herumplagerei mit der Versetzung hatte ihr Vorhaben an Frische und Leidenschaft eingebüßt, und geblieben waren Belanglosigkeiten: Wohnung, Einrichtung, Schule, Kindergarten, usw. Als sie alles besprochen hatten, sagte er: »Ohne dich hätte ich das nie bewältigt.« Und sie bestätigte: »Ohne dich hätte ich das nie bewältigt.« Beides waren ehrliche Eingeständnisse: Ohne den anderen hätten sie es in der Tat nicht so weit gebracht.

Die Kämpfe schweißten sie zusammen. Sie umarmten sich, und als sie sahen, daß die Vorhänge schon abgenommen waren, verhängten sie das kleine Fenster mit Zeitungspapier. Der Mond schien hell und zeichnete Zeile für Zeile schwarz darauf ab. Sie meinten, das Rauschen des Windes im Wäldchen hinter dem Haus zu hören und eine Erhu mit ihrer Melodie. Da erst erkannten sie, daß sie es kaum übers Herz brachten fortzuziehen.
Morgen, wenn die Sonne aufging, würden sie fortgehen und das Wäldchen mit seinen zahllosen Erinnerungen zurücklassen.

34 Flitterwochen – das ist wie betrunken sein. Obwohl sie sich seit Jahren mit Männern abgegeben hatte, hatte sie dieses letzte bis auf den heutigen Tag nicht preisgegeben. Nun gab sie es preis – und war überrascht, in dem »verbotenen Gebiet« eine so berauschende, faszinierende Welt vorzufinden. Das also war Liebe. Das waren die Gefühle einer Frau. Sie hatte Jahre ihres Lebens vergeudet, sinnlos mit Männern herumgespielt und sich zur Frau der halben Welt gemacht. Im Schmerz spürte sie zugleich eine unaussprechliche Freude, und so machte sie Bekanntschaft mit dem Wesen der Liebe. Es war wie die Erschaffung eines neuen Himmels und einer neuen Erde, einer uferlosen neuen Welt. Nun hatte sie einen Ort, an dem sie sich nach Belieben entfalten und erfreuen konnte. Ihre Phantasie kannte keine Grenzen beim Ersinnen neuer Liebeslisten, und sie freute sich an deren Gelingen. Stets hatte sie gedacht, bei der Liebe handele es sich um ein Rätsel, zu dem es genau eine Lösung gebe, nicht aber, daß sie ein Spiel ohne Ende sei und weiter und weiter ging. Es war, als habe sie eine neue ergiebige Quelle der Weisheit gefunden, das Wasser des Lebens, einen nie versiegenden Quell. Sie war dem Mann zutiefst dankbar, denn er hatte ihre Mauer im rechten

Augenblick durchbrochen und ihr zu tiefem Glück verholfen. Wäre es zu früh passiert, hätte ihr noch unreifer Körper natürlichen Widerstand geleistet; wäre es zu spät gewesen, hätte die aufgestaute Unruhe sie schnell erschöpft, und sie könnte ihr Glück nicht mehr genießen. Genau im richtigen Moment – sie war zweiundzwanzig Jahre alt – hatte er auf ihr Erwachen reagiert. Der Himmel meinte es gut mit ihr. Der Mann staunte, wie lebendig und mutig diese Frau durch ihr Leben ging, wieviel sie vom Glück verstand, und sie machte auch ihn glücklich. Vor allem steckte sie voller Ideen und konnte jederzeit auf überwältigende Gedanken kommen. Im Sturm ihrer Liebe legten sie jede Maskerade ab und zeigten ihre wahren Gefühle. Er liebte sie über alles und litt darunter, sie nicht mit Haut und Haar verschlingen und sich einverleiben zu können. Er brach ihr fast die Knochen im Leibe. Ihre Schreie, die des Schmerzes und die des Glücks, erregten ihn. Ein ganzes Leben lang hatte er gelitten – und nun wurde er reich entschädigt, dachte er erregt. Denn so erregt er auch sein mochte, er behielt immer noch einen nüchternen Kopf. Er bereitete den nächsten Schritt vor: die Frau an sich zu binden. Er wußte, wie schwer es war, sie zu binden – aber zu fügsame Frauen waren fade, sie erregten ihn nicht und stachelten ihn nicht auf. Er liebte sie, gerade weil sie sich nicht binden ließ. Er war kein gehorsamer Hausmann, sondern ein Energiebündel und begabt, und eine Frau wie sie war jemand, an dem er sich messen konnte. Vielleicht würde er von nun an sein Leben lang kämpfen müssen. Der Gedanke machte ihn unruhig und gelassen zugleich. Sie war an die Freiheit und an den Umgang mit Männern gewöhnt, und auch wenn er ein Mann ganz besonderer Art war, fiel es ihm nicht leicht, sich ihr zu nähern. Also mußte er ihr soviel Freiheit geben, daß sie glücklich sein und sich amüsieren konnte und sich nicht langweilte. Er wußte, daß sie fortlaufen würde, wenn er die Zügel zu locker ließ, und sich freikämpfen würde, wenn er sie zu fest anzog – er mußte ein Mittelmaß finden. Er zog unsichtbare Grenzen und bewachte sie streng. Er ließ ihr all ihre Freunde – war es nicht erhebend zu wissen, daß diese geliebte und begehrte Frau ihm allein gehörte? Aber nur, wenn sie wirklich ihm ganz allein gehörte, war die Tatsache, daß andere sie liebten und begehrten, ein Grund, stolz zu sein, und daher wachte er streng darüber, daß ihre Freundschaften nicht zu weit gingen. Sein Großmut bestätigte, daß er kein gewöhnlicher Mann war, und um so mehr mochte sie ihn und nahm die lockeren Zügel gern hin. Sie genoß alle Freuden, die eine junge Frau genießen kann, und dazu die, die es zuhause nicht gegeben hatte. Sie schminkte sich, kokettierte, blinkerte mit den Augen, und er allein mußte -zig Zuschauer ersetzen. Sie begnügte sich bereitwillig mit ihm. Im darauffolgenden Jahr schenkte sie einem Sohn das Leben. Sie wußte nicht, ob es Liebe war, was sie mit diesem Sohn verband: Es schmerzte sie, wenn er weinte, und es machte sie glücklich, wenn er lachte, und wenn er an ihrer Brust trank, empfand sie gar nichts. Sie spritzte ihm den Rest Milch ins Gesicht, er kniff die Augen zusammen und bot einen jämmerlichen Anblick, als er unbeholfen auszuweichen suchte. Sie küßte ihn stürmisch ab. Aber er war ihr ein Klotz am Bein, sie hatte ihr Leben noch nicht lange genug genossen. Gerade hatte sie eine neue Familie bekommen und war Schwägerin geworden, und nun sollte sie schon Mutter sein? Sie verabscheute all die Arbeit und trat sie immer wieder an andere ab. Die Schwiegermutter nahm den Sohn zehn Tage, und sie vermißte ihn nicht, ihre Mutter nahm ihn einen halben Monat, und auch das machte ihr nichts aus. Wenn sie ihre vom Stillen geschwollenen Brüste ansah, wurde sie wütend und fürchtete um ihre Figur.

Wie einen reifen Apfel wollte jeder sie pflücken, der sie sah. Jeden Tag strömten zahllose Taugenichtse und Müßiggänger zu ihrem Obststand, so daß ihr Mann unruhig wurde und meinte, die Arbeit sei zu hart und anstrengend für sie, man müsse sie versetzen. Zum Glück arbeitete er in der Organisationsabteilung und konnte dies ohne Schwierigkeiten in die Wege leiten. Nicht lange, und sie bekam einen weißen Kittel, um im Kulturpalast als Schreibkraft zu arbeiten. Ihre Tätigkeit dort war geruhsam und ehrenhaft, und wenn es an einem Tag weniger zu tippen gab, strickte sie. Zwar gab es keine Drachenaugen mehr, von denen sie hätte naschen können, dafür aber konnte sie sich immer schön machen und ordentlich anziehen. Der Mann ließ alte Kampfgefährten aus Shanghai ein knallrotes Fahrrad mitbringen, mit Spiegel und munter klapperndem Korb an der Lenkstange. Sie befestigte noch ein rosa Kaninchen daran und war mit dem scheppernden Korb stets schon von weitem zu hören. Manchmal kaufte sie nach der Arbeit noch Sellerie auf dem Markt und packte ihn in den Korb.

Sie prägte die Szenerie der Stadt und war der Untergang der Stadt. Alle sahen sie an und waren beschämt; sie bespuckten sie und fühlten sich unterlegen und wußten selbst nicht warum.

Sie kümmerte sich nicht darum. Schön und fröhlich war sie vom Morgengrauen bis spät in die Nacht auf den Beinen.

35 Mit den großen Zeiten der »Viererbande« gingen auch die des Musik- und Tanzensembles zu Ende. Er war noch keine sechs Monate dabei, als es sich auflöste. Acht Jahre waren es von der Gründung bis zum Ende, nicht einmal so lange wie die zehn Jahre der »Viererbande«. Die Mitglieder des Ensembles zerstreuten sich in alle Winde: wer Beziehungen hatte, suchte sich eine andere Arbeit, wer keine Beziehungen hatte, wurde zwangsversetzt. Er hatte zwar keine Beziehungen, doch eilte ihm der Ruf eines hervorragenden Cellisten voraus, und der Kulturpalast bemühte sich um ihn.

Also war er von nun an im Kulturpalast für Literatur und Kunst der Massen tätig.
Von seinem Büro aus sah er die bewegten Lichter und Schatten der Stadt und dachte belustigt daran, wieviel Komplikationen seine Versetzung bereitet hatte – offenbar nur, um nun im Kulturpalast zu arbeiten!

3. Kapitel

36 In einer verlassenen Ecke des Kulturpalastes lag ein Schifferklavier der Marke »Der Osten ist rot«. Er nahm es mit in sein Büro, und wenn gerade niemand da war, holte er es vor und spielte darauf. Das Instrument war alt, und sein heiserer Klang mischte sich mit dem Rauschen des lecken Blasebalgs zu tiefen Seufzern. Ganz leicht berührte er die Tasten, und das gleichmäßige Zischen der Luft stimmte ihn schwermütig. Da er durch puren Zufall an das Schifferklavier geraten war, mußte es wohl der Wille des Himmels gewesen sein. Immerhin ein Trost, daß seine Frau an eine volkseigene Einheit gekommen war. Sie hatte bei einer Fernsehanstalt zu arbeiten begonnen, die drei Monate später in ein Gebäude mit zwei Zimmern und einer großen Halle umzog. Die Arbeiter, die schon über zehn Jahre bei der Anstalt waren, erlebten zum ersten Mal, wie gut Arbeit und Arbeitsklima sein konnten.
Die ältere Tochter kam in die erste Klasse, die jüngere in den Kindergarten der Fernsehanstalt.
Obwohl er sich von seinem geliebten Cello hatte trennen müssen, genoß er die entspannte Arbeit im Kulturpalast, mußte nie auf Tournee gehen und blieb von den Qualen der Trennung von seiner Frau verschont. Wenn er alles gegeneinander abwog, konnte er zufrieden sein. Er hatte keinen übertriebenen Ehrgeiz und keine hochgeschraubten Ambitionen, er wollte nichts als seine Ruhe. Eine Zeitlang hatte er darüber nachgedacht, wieder zurückzugehen. Nun aber hatte er statt des Cellos ein Schifferklavier und war es zufrieden.
Das Dach des Kulturpalastes war neu gedeckt. Der Thea-

tersaal lag zur Straße hinaus, dort fand auch der Kartenverkauf statt, und dort hingen auch die großflächigen Ankündigungen und kleinen Programminformationen. Unter den Ankündigungen befand sich eine kleine Eisentür mit einem winzigen Schildchen, das auf den Kulturpalast hinwies. Es wurde von den großen Werbeplakaten fast völlig verdeckt. Hinter der Eisentür aber war reichlich Platz: Ein großer Hof, ein zweistöckiges Gebäude mit Bibliothek, Spielsaal, Probenraum und den Büros der Leitung. An der Eingangstür zum Erdgeschoß und an Kesselraum und Küche vorbei gelangte man in einen kleineren Hinterhof. Dort standen nach Süden ausgerichtete, flache Gebäude mit weiteren Büros. Seines gehörte zur Abteilung für die Kunst der Massen und war in einem der flachen Gebäude untergebracht, ein Zwei-Mann-Büro. Die Tische hatten ursprünglich einander gegenübergestanden, aber da er es nicht ertrug, mit einem völlig Fremden vis-à-vis zu sitzen, schob er ungünstigen Lichteinfall vor und stellte seinen Schreibtisch an die Westwand, so daß dem anderen nichts anderes übrigblieb, als seinen vor die Ostwand zu stellen. Nun saßen sie Rücken an Rücken, Gesicht zur Wand, und er war zufrieden. Er richtete sich seine persönliche Ecke ein, stellte ein kleines Regal neben den Schreibtisch, spannte eine Schnur, um sein Handtuch daran aufzuhängen, die Seife fand auf der Fensterbank Platz, und zog einen Zimmerbambus auf. Dann hängte er noch einen Wechselrahmen mit einem Landschaftsgemälde auf: Nomaden in der Steppe, unterwegs in der weiten Welt. Mit diesem Bild vor Augen geriet alles Vergangene in Vergessenheit.

Es gab keine Arbeit zu tun, es sei denn, man suchte sie sich. Da er lieber weniger als mehr arbeitete, hing er eher melancholischen Gedanken nach, statt sich um eine Tätigkeit zu bemühen, gab ein bis zwei hoffnungslosen Cello-Amateuren Nachhilfeunterricht, und das war so gut wie alles. Eigentlich wußte er nicht einmal, wofür die Abteilung für die Kunst der Massen zuständig war, und der Kollege erklärte: Vergiß den Leerlauf jetzt, wenn wir ein Festival veranstalten, gibt es mehr als genug zu tun. Bisher hatte sich jedoch nicht eine einzige Gelegenheit für eine Vorführung ergeben. Da es immer nur um die Produktivität in Industrie und Landwirtschaft ging, hatten Kunst und Literatur Flaute, und so gab es für ihn nichts zu tun, und er spielte oft auf der Ziehharmonika. In der Stille der Nachmittage drang ihre klagende Melodie bis in den letzten Winkel des Hofes.

Und das Mädchen aus der Gasse des Goldenen Tales? Ihre Schreibmaschine stand in einem kleinen Nordzimmer im zweiten Stock. Durch das Fenster zum Hof war die Ziehharmonika deutlich zu hören. Wenn sie strickenderweise auf dem hohen Schreibtischstuhl thronte und die Ziehharmonika zu spielen anfing, drehte sie sich in die Richtung, aus der die Töne kamen. Manchmal stand die Tür auf, so daß sie einen abgemagerten, bleichen jungen Mann vor der Wand sitzen sehen konnte. Seine Haltung war höchst eigenartig, den Kopf hielt er über den Blasebalg gebeugt und so reglos, als schlafe er. Aber das Instrument spielte, heiser zwar, aber warm und angenehm. Sie sah in den Hof, als sitze sie im Theater, hörte aber keine Sekunde auf zu stricken. In rasendem Tempo bewegten sich die Nadeln und brachten ein kompliziertes Muster hervor. Ein paar Tage später war die Arbeit bereits fertig, und sobald sie den Pullover mit dem neuen Muster trug, wurde ein alter aufgeribbelt, die Wolle gewaschen und getrocknet und ein noch modischeres Modell gestrickt. Auf diese Weise gingen ihr nie die neuen Kleider aus, und sie konnte beliebig oft die Muster wechseln. Am meisten freute sie am Sturz der »Viererbande« die Tatsache, daß es nun einfacher war, sich schön zu machen. Neue Frisuren, Kleider und Make-up gab es in allen Variationen, und sie änderten sich in so atemberaubendem Tempo, daß sie ganz aufgeregt wurde. Sensibel nahm sie jeden neuen Trend auf, entwickelte ihn in Gedanken weiter und trug mutig die neueste Mode. Sie war geradezu neuerungssüchtig und wollte nie sein wie andere. Kürzlich hatte jemand ihr neuestes Strickmuster gesehen und es nachgemacht, und sie hatte ihren Pullover wütend wieder aufgetrennt. Als die andere ihren eigenen daraufhin noch einmal in Augenschein genommen hatte, war er ihr plötzlich glanzlos und uninteressant vorgekommen. Frauen mögen Kleider, und zwar meist die anderer und nicht die eigenen.

Sie war von überdurchschnittlicher Auffassungsgabe. Wie ein Dirigent, der die Orchestermusik im Ohr hat, sobald die Partitur vor ihm liegt, so verwandelte sich in ihrer Phantasie jeder Stoff sofort auf magische Weise in ein Kleidungsstück und paßte ihr wie angegossen. Ohne sie wäre die Stadt hoffnungslos rückständig geblieben.

Sie hatte langes Haar, das zur Hälfte in Dauerwellen gelegt war. Als es modern war, das Haar offen wie ein Schultertuch zu tragen, teilte sie ihres, flocht einen Zopf dicht am Kopf und steckte ihn hoch. Je einfacher, desto schöner. Offenes Haar sah immer zerzaust und unordentlich aus, als kämen die Leute gerade aus der Badeanstalt. Sie trug eine rotblaue Bluse aus Schafwolle, dazu Hosen und Schuhe derselben Farbe, und die ausgeschnittene Bluse gab den Blick auf eine rote Kette frei. Es waren zwar nur billige Glasperlen, doch da sie sie trug, wirkten sie blendend schön. So war es mit all ihrer Kleidung: Sie war nicht für Geld zu haben, sie war einfach schön oder eben nicht schön. Während ihre Hände eifrig strickten, nahmen ihre Ohren die Musik der Ziehharmonika auf, und ihre Augen suchten einen Blick auf den wie schlafwandlerisch Spielenden zu erhaschen. Es reizte sie, auf leisen Sohlen hinüberzugehen, um ihn zu erschrecken. Der Gedanke amüsierte sie, und schon wickelte sie die Wolle auf, klemmte sich das Strickzeug unter den Arm und stieg die Treppe hinunter. An Kesselraum und Küche vorbei ging sie quer über den verlassenen Hof zu den Büroräumen.

Kurz vor dem Ziel verlangsamte sie ihren Schritt, um zu überlegen, wie sie ihn am besten erschrecken konnte, doch ehe sie es sich versah, stand sie schon in der Tür. Er hatte den Kopf tief über das Instrument gebeugt und ihr Kommen nicht bemerkt. Seine Finger glitten wie im Traum über die Tasten und reihten einen Ton zögernd an den anderen zu einer herrlichen Melodie. Da brachte sie es mit einem Mal nicht mehr übers Herz, ihn zu stören, sondern lehnte sich stumm in den Türrahmen, hielt die Wolle unter den Arm geklemmt und fuhr fort zu stricken.

Er unterbrach einen Moment, hob den Kopf und fragte mit leichtem Erschrecken: »Willst du zu mir?«

»Ja, zu dir«, antwortete sie aufrichtig.

Er stand auf und band das Schifferklavier mit einem Ledergürtel zusammen.

Sie steckte sich eine Stricknadel ins Haar, zog sie wieder heraus und wickelte den Faden um ihren kleinen Finger. »Hab' dich spielen gehört«, sagte sie.

Er setzte sich, machte das Lederband wieder auf, so daß der Blasebalg sich öffnete und er ihn zusammendrücken mußte. Die rechte Hand lag auf der Tastatur: »Ich spiele blind«, sagte er.

»Dann höre ich dich eben blind spielen.« Sie trat vollends ins Zimmer, zog einen Stuhl heran und setzte sich.

»So traue ich mich nicht.« Als sei er bereits müde, hängte er sich das Instrument am Ledergürtel um die Schultern.

»Keine falsche Bescheidenheit!«

Er lachte: »Das hat nichts mit falscher Bescheidenheit zu tun. Ich bin kein Ziehharmonika-Spieler. Ich habe Cello gelernt.«

»Ich weiß.« Das Wollknäuel entglitt ihr und rollte unter seinen Tisch. Um es aufzuheben, kniete sie nieder und streckte den Arm aus; dabei hielt sie den Kopf geneigt, so daß die Sonne durch das Westfenster ihre Wange beleuchtete und die Konturen ihres schönen Gesichtes abzeichnete. Schließlich hatte sie das Knäuel zu fassen bekommen,

richtete sich seufzend auf, klopfte es ab, setzte sich und fuhr fort zu stricken.
»Du strickst?« fragte er, nur um die Stille zu durchbrechen. Sie aber wurde wütend.
»Wenn du Ziehharmonika spielst, werde ich ja wohl noch stricken dürfen.«
»War doch nicht so gemeint«, beeilte er sich zu sagen. Ihre Worte schienen ihm grob und unsinnig, doch brachte sie sie mit so herrlicher Entrüstung vor, daß es unmöglich war, ihr zu widersprechen. Er fand es ein wenig lächerlich, aber wenn er lachte, würde sie wieder wütend werden, also senkte er den Kopf und fuhr fort zu spielen. Ohne abzureißen flutete ein Strom von Tönen aus dem Instrument in die Stille des Nachmittages hinein. Die benachbarten Büros waren leer und die Menschen fortgegangen.
»Wenn du spielst, dann bitte ernsthaft und nicht so wie in Krämpfen«, sagte sie.
Also drückte er den Blasebalg zusammen und begann, eine Melodie von Anfang bis Ende zu spielen. Ihre Worte schienen ihm Befehl, ein so selbstverständlich geäußerter Befehl, daß er gar nicht auf die Idee gekommen wäre, sich ihm zu widersetzen.
Sie strickte in atemberaubendem Tempo und sah dabei auf seine Hände, erst auf die linke, dann auf die rechte, dann wieder auf die linke, und erst als das Lied zu Ende war, sagte sie: »Ziehharmonika ist wohl das schwerste Instrument überhaupt, oder?«
»Wieso?« fragte er.
»Nun, die rechte Hand muß spielen und die linke auch, und beide müssen den Blasebalg bewegen, das heißt, zwei Hände müssen drei Dinge tun – wenn das nicht schwer ist.« Ihre Worte duldeten keinen Widerspruch.
Er mußte lachen und sah sie an: Sie strickte blitzschnell, steckte dann eine freigewordene Nadel in ihr Haar und begann, Maschen zu zählen. Sie sah auf ihr Strickzeug und spürte, daß er sie beobachtete.

Sie litt wahrhaftig keinen Mangel an Verehrern, doch bewundernde Blicke stimmten sie immer noch froh, und so zählte sie genüßlich weiter: »Elf, zwölf, dreizehn, vierzehn ...«, ganz langsam, um seine Augen möglichst lange auf sich gerichtet zu wissen.
Aber er wagte nicht, seinen Blick auf ihr ruhen zu lassen. Ihre albernen Bemerkungen reizten seine Lachmuskeln. Frauen, die ewig schlau daherredeten, waren in Wirklichkeit dumm. Er senkte den Blick, nur um ihn sofort nochmals zu heben, auf ihr rabenschwarzes Haar zu schauen, das sie mit einem strahlend weißen Band geteilt hatte und in dem lässig ihre Stricknadel steckte. Als sie fertig gezählt hatte und den Kopf hob, wandte er seinen Blick ab und nahm sein Spiel wieder auf.
Aber sie gehörte nicht zu den Leuten, die sich still auf die Musik konzentrieren konnte. Wenn sie ihm von ihrem Platz hinter der Schreibmaschine aus zuhörte, geschah es nur aus Langeweile und weil sie schlecht weghören konnte. Jetzt aber war jemand bei ihr – ein Mann – und sie wollte sich unterhalten. »Woher kommst du?« unterbrach sie ihn.
Er sagte es ihr.
»Leben deine Eltern noch?« fragte sie.
Was blieb ihm übrig, als ihr zu antworten.
»Wieviele Geschwister hast du? Arbeiten sie schon?«
Er begann zu erzählen, und wegen der großen Zahl seiner Geschwister wurde es eine sehr lange Erklärung, doch noch bevor er zu Ende gesprochen hatte, war ihr Interesse bereits erloschen, und sie unterbrach ihn mit der nächsten Frage. Er empfand keinerlei Groll gegen sie, denn mit ihrer Vitalität kam Leben in den öden Nachmittag. Die Sonne war inzwischen weitergewandert, die Feierabendglocke schrillte, und beide standen auf, um heimzugehen. Hastig stürzte sie zur Tür, um vor ihm hinauszugehen. Sie wußte, daß er dicht hinter ihr war, wußte, daß er sie ansah, wußte auch, daß er sie ein wenig mochte, und das stimmte

sie fröhlich. Sie stolzierte wichtigtuerisch die Treppe zu ihrem Büro hinauf, als wartete dort eine verantwortungsvolle Aufgabe auf sie, und richtete kein Wort mehr an ihn. Ihre naive Affektiertheit war ihm nicht entgangen; ihre sprühende Lebendigkeit hatte sich ihm tief eingeprägt und ihn insgeheim sogar glücklich gemacht.
Einige Tage später, als sein Bürokollege den Raum verlassen hatte, holte er das Schifferklavier hervor, und sowie er zu spielen angefangen hatte, kam sie herüber, und bald auch die Angestellten aus den benachbarten Räumen, es ging hoch her in seinem Büro. Er selbst kam nicht ein einziges Mal zu Wort, spielte leise vor sich hin und hörte genau zu, wie sie sich mit zehn Leuten gleichzeitig Wortgefechte lieferte. Sie fuhr weder auf noch wurde sie wütend und gab auch gar nichts Besonderes von sich.
»Eine Prinzessin gibt sich die Ehre und mischt sich unters Volk«, sagten die Leute. Die Angestellten der leitenden Büros auf der ersten Etage hatten nämlich den Spitznamen »Oberschicht«, die aus dem Erdgeschoß »Unterschicht«.
»Habt ihr etwas dagegen? – Wenn es doch ihr Wille ist!« erwiderte sie gelassen.
»Wie sollten wir! Wünschst du noch den roten Teppich und Blumenbukette?«
Sie lachte übers ganze Gesicht: »Aber klar. Wo sind die Sachen?« Dabei unterbrach sie nicht einen Moment ihre Strickarbeit.
Da wechselten sie das Thema: »Wieso trägst du einen Dutt wie die Bauern? Sehnst du dich nach den alten Zeiten zurück?«
»Ich find's schön. Darf ich nicht?«
»Sicher darfst du. Morgen kannst du ja noch eine gefütterte Jacke dazu tragen.«
Sie hakte nach: »Kaufst du mir eine?«
»Gern, aber was für ein Modell?« Der Kollege wollte ihr eine Falle stellen.

Sie aber nahm ihm mit ihrer Natürlichkeit den Wind aus den Segeln: »Unter Genossen hilft man sich eben ...«
Sie wurde nie aggressiv noch war sie jemals beleidigt oder nutzte andere zu ihrem Vorteil aus oder ging auf Abstand zu ihnen. Sie ließ die anderen widersprechen und gab ihnen die Möglichkeit, ihre geistreichen Bemerkungen zu versprühen, sie zu bewundern und zu lieben. Doch manchmal verschreckte sie die Leute, ohne es zu wollen. Dabei wollte sie nicht auf Distanz gehen, sondern alle um sich haben. Meist aber blieb sie bei aller Schlagfertigkeit gutmütig und verbreitete rundum gute Laune. Jeder Tag, den sie von oben herunterkam, wurde zum Festtag.
Trotzdem konnte er sich nicht daran gewöhnen. Es gab ihm ein ungutes Gefühl, wenn alle sie neckten und sie munter konterte. Andererseits sah er, wie naiv sie war, und natürlich wie Wind und Wasser, und dann wurde sein Herz weich – er schien nicht in der Lage, schlecht von ihr zu denken. So senkte er den Kopf noch tiefer über das kleine Schifferklavier und musizierte. Etwas ungerecht ist es ja, dachte er, er hatte sie mit seiner Musik angelockt, und nun munterte sie andere auf. Aber im nächsten Augenblick fand er es grotesk, an Unrecht auch nur zu denken und unterdrückte diesen Gedanken energisch. Nach Feierabend erzählte er seiner Frau beim Abendessen, was für eine Närrin diese Kollegin doch sei, und so kindisch, daß die anderen sie foppten und sie sich auch noch darüber freue, und so weiter. Es beruhigte sein Gewissen, sie schlecht zu machen. Seine Frau erwiderte nur sacht: »Die Menschen sind verschieden. Wenn du es nicht mitansehen kannst, meide sie einfach.« Da verlor er das Interesse, weiter zu erzählen, senkte den Kopf und stocherte in seinem Reis herum. Als er in der Nacht seine Frau umarmte, kam ihm irgendwie der Gedanke, was es wohl für ein Gefühl sei, sie im Arm zu haben, und er begann zu schwitzen und fand die Umarmung seiner Frau plötzlich merkwürdig. Umso fester drückte er sie an sich, und die Frau

vergalt es mit noch mehr Zärtlichkeit. Allmählich beruhigte er sich und schlief ein.
Es wurde zur Gewohnheit, daß sie kam, wenn er spielte, sich zu ihm setzte und mit immer neuer Wolle immer neue Muster produzierte. Sie hörte ihm kurz zu, bevor sie ihn unterbrach, um zu plaudern. Sofort strömten wie auf ein Signal die Männer aus den Büros ringsum zusammen und drängten sich um sie. Von da an hatte er seine Ruhe und spielte weiter, und mit dem Gemisch von zischendem Blasebalg und Musik schien er ihr gelassen Antworten zu geben. Sie fühlte sich wohl, wenn die Männer sie umringten, doch es störte sie, daß er sich nie dazugesellte, und da sie dem Kreis schlecht entschlüpfen konnte, sprach sie ihn einfach an:
»Der Ziehharmonikaspieler spricht wohl nicht mit den Massen, wie?«
»Ich gehöre selbst zu den Massen«, sagte er, nur um irgendetwas zu sagen, weil er fürchtete, sich sonst lächerlich zu machen.
»Und warum redest du dann nicht mit uns?«
»Da kann ich nicht mithalten«, erwiderte er und meinte es ganz ernst.
»Ewig diese Bescheidenheit! Zuviel Bescheidenheit grenzt schon an Arroganz«, beharrte sie.
Ihm fiel nichts mehr ein. Er wand sich und fühlte sich dennoch fast ein wenig geehrt: Alle kamen, um mit ihr zu schäkern, und nur ihn hatte sie von sich aus angesprochen. Da er keinerlei Erfahrung in solchen Dingen hatte, wußte er sich nicht zu helfen und schwieg betreten. Da machten sie sich über ihn lustig, und sie war stolz auf sich. Doch sie war noch nicht fertig mit ihm. Sie ließ alle anderen zu deren Ärger links liegen und setzte zum zweiten Angriff an. Unwillig ging einer nach dem anderen in sein Büro. Zurück blieben nur sie beide.
Als alle fort waren, hörte sie auf mit ihren Frechheiten und wechselte das Thema. Im Plauderton erkundigte sie sich,

wo seine Frau arbeite, wieviel Kinder er habe und ob es Mädchen oder Jungen seien. So gewann er allmählich seine Sicherheit zurück und fühlte sich nicht mehr in die Ecke gedrängt. Es wurde eine ruhige Unterhaltung. Die Abendsonne strahlte durch das Fenster, gab dem Zimmer eine warme Atmosphäre und stimmte ein wenig wehmütig. Als die Feierabendklingel schrillte, standen sie auf, um jeder für sich heimzugehen. Ein wenig Verlegenheit schwang mit, als sie sich die Hand gaben, doch eigentlich gab es keinen Grund dafür.

Einen Tag später kam jemand zu ihm ins Büro, um ihn heimlich und leise zu warnen, er solle vorsichtig sein. Er fragte verständnislos, wovor er sich denn in acht nehmen solle, und als ahnte er es bereits, errötete er leicht. Der andere erzählte ihm Dutzende von Geschichten über sie, allesamt mit Namens-, Zeit- und Ortsangabe. Jede Episode begann mit nichts anderem als einer Verliebtheit, und alle endeten damit, daß sie den Mann fallenließ. Kurzum, sie wickele die Leute ein, fast wie eine Hure, quäle sie auf jede erdenkliche Weise und spiele zu ihrem eigenen Vergnügen mit ihnen herum. Habe man sich erst einmal in ihren Netzen verfangen, so ende es furchtbar, Ruf und Stellung, ja das eigene Leben stünden auf dem Spiel. Es waren komplizierte, ausschweifende Geschichten, mit Süße und Gift gewürzt – grauenerregend! Nachdem er sich alles angehört hatte, fragte er plötzlich, wieso sie, wenn es sich so verhielte, so gern mit ihr herumalberten und nicht einen weiten Bogen um sie machten. Der andere wurde verlegen und begann zu stottern: Wenn man ein bißchen mit ihr schäkere, sei man nur umso wachsamer. Außerdem, fügte er hinzu, wolle er natürlich nur sein Bestes. Und so weiter. Schließlich drehte sich der Kollege leicht verärgert um und ging hinaus.

Er ließ sich in seiner Ecke nieder und starrte wie gebannt auf die gerahmte Landschaftsmalerei, war innerlich tief aufgewühlt und ein wenig empört. Aber er fand nicht heraus, warum er aufgewühlt und empört war. Da trat aus der gemalten Steppe wie hingezaubert leicht zu Seite geneigt ihr rundliches Profil heraus. Die Wange eine anmutig geschwungene Linie, Augenbrauen und Nase faszinierend im Profil. Aus ihrem lächelnden Mund kamen sinnlose Worte, und in ihren gleichgültigen Augen funkelte es plötzlich aufreizend. Etwas beunruhigt wischte er mit der Hand über das Glas, und anstelle ihrer Züge erschien nun wieder die zartgrüne Steppe. Stattdessen spiegelten sich in dieser Grasfläche hinter Glas seine eigenen Gesichtszüge: bleich und hager und ein wenig verblüht. Er wischte sich mit der Hand übers Gesicht, und ungewollt stieg so etwas wie Haß in ihm auf. Die Sonne bewegte sich unmerklich weiter, und ehe er es sich versah, erklang die Glocke zur Mittagspause. Er stand auf, um zum Essen nach Hause zu gehen und dachte dabei, wie zermürbend sinnlos das Leben doch sei. Traurig machte er sich auf den Weg. Die Kinder hatten bereits frei und spielten Gummispringen, die Frau war im Haus und hockte vor der geöffneten Ofenklappe. Er machte sich ans Reiswaschen, schnitt Gemüse, bereitete das Essen zu und rief die Töchter herauf. Nach dem Essen legte er sich kurz aufs Bett. Als er die Augen wieder aufschlug, mußte er mit Gewalt ein so mächtiges Gähnen unterdrücken, daß ihm die Tränen kamen. Mühsam gegen die glühende Mittagssonne und die bleierne Müdigkeit ankämpfend, hastete er zum Kulturpalast zurück. Er stürzte zum Tor hinein, an den Beeten vorbei, und erst im schattigen Flur atmete er auf. Der kühle Windhauch des zugigen Durchganges drang durch jede Pore in seine Haut. Nachdem er wieder zu sich gekommen war, schaute er mit Schrecken in die gleißende Sonne im Hof und wollte noch einen Moment verschnaufen, bevor er ihn durchquerte. Da hörte er ein Fahrrad hinter sich, und als er sich umwandte, war sie gerade abgestiegen und wollte die Treppe hinaufgehen. Unter dem breitkrempigen Strohhut war ihr Gesicht puterrot angelaufen, und in einer großge-

blümten Bluse mit Dreiviertelärmeln ahnte man ihre runden, kräftigen Schultern. Die Warnung vom Vormittag fiel ihm wieder ein und machte ihn nervös und verlegen. Gerade wollte er in die sengende Hitze hinaustreten, da wandte sie den Kopf und sah ihn an. Ihr Blick schien seine Füße auf magische Weise am Boden festzunageln, wie gelähmt blieb er bewegungslos stehen und war peinlich berührt. Träge löste sie das Band, um den Strohhut abzunehmen und stöhnte:
»Haben wir nicht erst Mitte Mai?«
»Jaja, erst Mitte Mai«, erwiderte er hastig.
»Und eine Hitze wie im Juli«, ergänzte sie, und indem sie sich mit dem Hut Luft zufächelte, ging sie an ihm vorbei nach oben.
Ein Windhauch streifte ihn und ein merkwürdiger Geruch, nicht Seife und nicht Crème, und doch ein angenehmer Duft. Er verharrte reglos und wagte weder, sie anzublicken, noch sie nicht anzublicken. Amüsiert beobachtete sie ihn aus den Augenwinkeln. Stufe für Stufe näherte sie sich dem ersten Stock, kramte den Schlüssel hervor, trat in ihr Büro und setzte sich auf ihren Hocker, wobei sie unablässig mit dem Hut fächelte. In diesem Augenblick sah sie durch das Fenster seine hagere Gestalt einsam den hitzeflirrenden Hof überqueren. Sein weißes Hemd reflektierte das grelle Sonnenlicht, daß es ihr in den Augen schmerzte. An der Bürotür machte er halt, suchte nach dem Schlüssel, fand einen, steckte ihn ins Schloß, zog ihn wieder heraus, steckte einen anderen hinein, drehte ihn im Schloß, die Tür sprang auf, und er verschwand dahinter. Kurz darauf kam er wieder heraus, um die Teeblätter aus seiner Tasse zu entfernen, dann stellte er einen Ziegelstein so an die Tür, daß sie nicht zuschlagen konnte.
»Der gefällt mir«, sagte sie vor sich hin, »ja, der ist nicht dumm.« Sie holte aus der Tasche einen Thermosbecher, in dem das Eis schon ziemlich zusammengeschmolzen war. Als sie an dem Eis lutschte, fiel ihr plötzlich ein, daß sie

ihm auch etwas anbieten könnte. Eine gute Idee, fand sie, und lächelte vor sich hin. Sie setzte den Hut so auf, daß er ihr fast bis über die Augen rutschte. Mit dem Becher in der Hand ging sie die Treppe hinunter und über den Hof zu seinem Büro. Hinter den Fenstern ringsum verfolgten mehrere Augenpaare ihren Weg, so daß ihr der Hof wie eine Bühne vorkam. Aber sie ging gelassen weiter, als spüre sie die Blicke nicht, klopfte zweimal an seine Tür und trat ein.

Er war gerade mit dem Kopf auf dem Schreibtisch eingenickt und schreckte hoch. Wie im Traum sah er sie dort stehen, sah unter dem Strohhut zwei funkelnde Augen, sah ihr freudestrahlendes Gesicht und hörte sie sagen:

»Komm, laß uns Eis essen!«

Sein Blick fiel auf den orangefarbenen Becher: Einfach nehmen konnte er ihn schlecht, aber ablehnen konnte er ihn auch nicht.

Ihn so kopflos zu sehen, machte sie fast übermütig, doch sie ließ es sich nicht anmerken, drehte den Deckel auf, nahm ein Stück Eis heraus und tat es in sein Glas, wo es augenblicklich zu schmelzen begann, woraufhin sie ein zweites dazulegte. »Genug, genug!« Er hielt das Glas zu und stieß dabei an ihre Hand. Sie zuckte zusammen, und beim Anblick seiner schützend über das Glas gespreizten Finger dachte sie: »Was für schöne Hände er hat.« Sie zog sich einen Stuhl heran und schob sich das letzte Stück Eis in den Mund, während sie ihn verstohlen beobachtete. Er trank gedankenverloren einen Schluck Wasser und dachte dabei über die Worte des Kollegen nach und, etwas irritiert, darüber, daß sie gekommen war, ohne daß sich von den Nachbarbüros jemand zeigte, um mit ihr zu schäkern. Das machte ihn etwas nervös, und er beschloß, möglichst kurz angebunden zu sein, damit sie schnell wieder ging. Er fischte irgendein Dokument aus seiner Schublade und konzentrierte sich, den Rücken ihr zugewandt, auf die Lektüre.

Seine Befangenheit hob nur ihre Stimmung. Seelenruhig lutschte sie ihr Eis, schob es mit der Zunge im Mund hin und her und ließ die süße Flüssigkeit durch ihre Kehle rinnen. Übrig blieb das Stöckchen aus Bambus, auf dem sie weiter herumkaute, während sie geduldig wartete, bis er den Kopf heben würde. Sie zweifelte keinen Augenblick, daß er es tun würde, denn sie hatte schon ganz andere Männer weich werden gesehen. Und wirklich wandte er sich schließlich ganz langsam um und sah sie mit einem zerkauten Stöckchen zwischen den Zähnen zum Fenster hinausschauen. Er wollte sich wieder seinem Schreibtisch zuwenden, als sie mit einer Bewegung ihrer Augen seinen Blick festhielt. Er tat, als sehe er nicht sie, sondern irgendetwas anderes an, ließ seinen Blick im Raum herum- und schließlich zum Schreibtisch zurückwandern und starrte die Papiere an, ohne sie zu sehen. Ihr blieb sein Rücken, das Hemd, auf dem sich weiß sein Unterhemd abzeichnete, und ein Schweißfleck, der beides an seinem Rücken festklebte. Interessiert beobachtete sie, wie sich der Schweißfleck langsam immer weiter ausbreitete. Zufrieden stand sie auf und ging grußlos.

Er wußte genau, daß sie ihn zum Narren hielt, konnte aber nichts dagegen tun. Er haßte alles, er haßte sie und haßte sich selbst. Er haßte sie für ihre Spielereien, haßte sich selbst für seine trostlose Zukunft. Und er wollte nicht mehr allein in seinem Büro sitzen und ging nach nebenan, um sich ein wenig zu unterhalten. Er hatte das unangenehme Gefühl, daß ihn der Kollege heimlich musterte, als müsse er etwas herausfinden oder als sei irgend etwas anders als sonst. Er tat sich schwer im Umgang mit Menschen, und er war unruhig und nervös. Doch wie unwohl er sich auch fühlen mochte, für den Augenblick war es immer noch besser hier, als in sein eigenes Büro zurückzukehren.

Langsam stieg sie die Treppe hinauf, setzte sich an die Schreibmaschine und schlug wahllos irgendwelche Tasten an. Sie sah den Schweißfleck vor sich, der sich langsam ausbreitete wie im Zeichentrickfilm, und mußte grinsen. Aber etwas in ihr selbst ließ ihr keine Ruhe: Es kam ihr vor, als spürte sie eine Art Sehnsucht nach ihm, und das machte ihr Angst. Von dem Schweißfleck auf seinem Rücken ging eine angenehme Wärme aus und ein Duft, der ihre Nase reizte. Sie bekam Herzklopfen, und das ärgerte sie: Sie hatte sich amüsieren wollen, und nun? Sie reagierte gereizt.

Auch sie empörte sich darüber, zum Narren gehalten worden zu sein, ohne daß ihr bewußt war, daß sie selbst damit begonnen hatte. Sie hämmerte auf die Schreibmaschine ein, doch das Geklapper beruhigte sie auch nicht. Da stand sie auf und beschloß, daß sie nun Feierabend hätte.

Er saß im Nachbarbüro, und sein Blick wanderte an der Sonne vorbei zum ersten Stock gegenüber. Er sah zwei Hände ein Fenster schließen, und kurz darauf schob jemand ein Fahrrad aus dem Tordurchgang. Er konnte zwar niemanden erkennen, doch es mußte sie sein. Erst als er sie mit ihrem Fahrrad davongehen sah, atmete er auf und kehrte an seinen Schreibtisch zurück. Die Sonne stand schräg, und im Hof gab es bereits ein schattiges Eckchen. Er fühlte sich seltsam leer, als habe er etwas verloren, und er mochte auch nicht Ziehharmonika spielen. Nachdem er einige Zeit trübsinnig dagesessen hatte, entschuldigte er sich bei sich selbst und ging ebenfalls nach Hause.

Die Sonne stand genau im Westen.

Daheim saß die ältere Tochter schon über den Hausaufgaben, für die jüngere war es dafür noch zu früh, sie ging noch in den Kindergarten. Er überlegte, was er tun könnte. Die schmutzige Wäsche in der Fußschüssel – das war so viel, daß er damit bis zum Abendessen wahrscheinlich nicht fertig werden würde, zum Gemüsemarkt zu gehen war er zu faul, und was sollte er sagen, wenn er Bekannte traf, rechtfertigte er sich vor sich selbst. Schließlich legte er sich aufs Bett, doch obwohl er vorher todmüde gewesen war, tat er nun kein Auge zu. Nebenan leierte die Tochter das Einmaleins herunter: »Drei mal drei ist neun, drei mal vier ist zwölf, drei mal fünf ist fünfzehn, drei mal sechs ist achtzehn ...« Plötzlich merkte er, daß er leise mitsprach und fand sich lächerlich. Er schwieg und langweilte sich. Über seinen Herzschmerz nachdenken? Es gab keinen. Der Geschmack von Eis und Wasser lag ihm noch auf der Zunge und verklebte ihm den Mund. Er stand auf, um einen Schluck Wasser zu trinken. Und lief bis zum Abend unruhig in der Wohnung hin und her. Als dann seine Frau mit der jüngeren Tochter vom Kindergarten kam, wußte er sich endlich zu beschäftigen:

»Na, welches Lied habt ihr im Kindergarten heute gelernt?« fragte er und zog das Kind auf seine Knie.

Sie sang ihm ein Lied vor, dessen Text er nicht verstand, denn die Worte waren ihr selbst nicht ganz klar. Sie war lange nicht so redegewandt wie die große Schwester und schien stets über die eigene Zunge zu stolpern.

»Und was für einen Tanz habt ihr gelernt?« fragte er weiter.

Sie kletterte von seinem Schoß herunter und vollführte einen Spitzentanz mit den skurrilsten Verrenkungen zu einem nicht erkennbaren Rhythmus. Er hatte die Kleine sehr lieb und nahm sie in den Arm, doch nun hatte sie keine Lust mehr: Sie riß sich los und ging zur großen Schwester. Sie spielten mit ihren Stoffpuppen »Besuch bei der Großmutter«. Die Küche war seine letzte Rettung, aber seine Frau ließ nicht zu, daß er sich einmischte, die Küche sei zu eng für zwei Personen, außerdem gebe es ohnehin nichts zu tun, es sei nun nicht mehr so hektisch wie mittags, er solle sich ausruhen. Er blieb an den Türrahmen gelehnt stehen und plauderte mit seiner Frau. Sie hatte ihn zwar fortgeschickt, war aber im Grunde froh, wenn er blieb und mit ihr schwatzte, wie sehr sie auch alle Hände voll zu tun hatte.

»Diese Kollegin bei uns ist wirklich närrisch«, sagte er.

»Wieso närrisch?«

»Sie kommt, um mit mir zu reden und bringt auch noch Eis mit«, erklärte er.
»Sie paßt bestimmt zu dir«, scherzte sie.
»Ach, woher denn. Sie ist eben so, sonst würde ich ja nicht sagen, sie sei närrisch.« Und dann gab er von A bis Z wieder, was der Kollege am Morgen gesagt hatte.
»Ja, solche Frauen gibt es«, sagte sie darauf nur.
Es verstimmte ihn, daß sie so gelassen reagierte, obwohl er sich fragte, was er eigentlich erwartet habe. Er wechselte das Thema.
In der Nacht – wie kam er nur darauf? – träumte er, daß sie neben ihm schlief und es ganz normal war, ihr hübsches Gesicht an seiner Wange zu spüren. Er wachte auf und fand den Traum umso merkwürdiger und beängstigender, je länger er darüber nachdachte. Er wollte ihn weiterträumen, konnte aber nicht mehr einschlafen. Am nächsten Tag fand eine Massenbelehrung statt. Man hatte sich mit dem eigenen Stuhl im Probenraum des Erdgeschosses einzufinden. Einige Plätze von seinem entfernt saß sie und erinnerte ihn an seinen Traum. Er wurde verlegen. Sie sah ihn nicht an, sondern schaute konzentriert auf die Strickerei und eines ihrer schier endlosen Wollknäuel. Sie hatte das Haar zu einem Pferdeschwanz zusammengebunden, der über ihre Schulter nach vorn hing. Um den Hals trug sie eine gelblich weiße Perlenkette, passend zu dem hellen Kleid aus kreppartigem Leinen.
Ohne ihn zu sehen, spürte sie seinen Blick auf sich gerichtet, und vor ihren Augen erschien der ins Grenzenlose wachsende Schweißfleck. Plötzlich spürte sie etwas wie Vertrautheit. Sie suchte seine Augen, ohne den Kopf zu wenden, und als er seinen Blick schüchtern abwandte, war dort, wo sie ihn zuvor gespürt hatte, eine große Leere. Diese Leere blieb bis zum Ende der Versammlung und machte sie ratlos. Sie ging zu ihm hinüber und sagte höflich: »Trägst du bitte meinen Stuhl zurück?« Ihrem geraden Blick konnte er sich nicht entziehen und trug den Stuhl

in ihr Zimmer im ersten Stock. Der Raum war klein: ein Fenster gegenüber der Tür, ein Kalender mit Film-Stars an der Wand, in der Ecke ein Gestell für eine Waschschüssel und ein rosa Handtuch, und in dem Gestell zwei Thermoskannen aus Plastik, eine grüne und eine rote.
»Willst du etwas trinken?« fragte sie.
»Nein, danke.«
»Du warst noch nie hier, nicht wahr?«
»Hier haust doch die Oberschicht«, witzelte er.
»Sieh an, Unsinn kannst du also auch reden.«
Es war ihm peinlich. Da heulte die Pausensirene auf.
»Mittagspause«, sagte er mit leichtem Bedauern.
»Gehen wir.«
Sie war einen Kopf kleiner als er und sah genau auf seinen Hals. Er dagegen konnte ihr aus nächster Nähe auf den Kopf sehen, eine Nähe, die etwas Vertrauliches hatte. Sie drückte die Tür zu und schloß ab. Er stand daneben und war unsicher, ob er auf sie warten und mit ihr hinuntergehen oder lieber allein vorausgehen sollte. Es wäre beides gleichermaßen selbstverständlich gewesen, aber er kam einfach zu keinem Schluß und hatte den rechten Augenblick zu handeln bereits verpaßt, als er entschied, doch vorauszugehen. In stummer Panik stürzte er wie ein Geist die Treppe hinunter – und das wirkte nun tatsächlich etwas merkwürdig. Kurz darauf ging auch sie hinunter und schob ihr Fahrrad zum Tor hinaus. Nach ein paar Metern Fahrt sah sie ihn inmitten des Menschengedränges: schwach und hilflos. Sein viel zu großes Hemd flatterte wie eine Fahne um ihn herum, und seinen in diesen schlotternden Kleidern steckenden Körper umgab eine grenzenlose Verlassenheit. Ein eigenartiger Zauber war um diese Einsamkeit. Als habe man inmitten der lärmenden Welt einen Kreis der Ruhe um ihn gezogen und trennte ihn so von der Masse Mensch. Sie folgte seinem Weg.
Sie fuhr gemächlich hinter ihm her und merkte erst zu spät, daß sie sich in die verkehrte Richtung bewegte. Flu-

chend kehrte sie um, fluchend, weil sie den Kopf verloren hatte. Zu Hause fragte ihr Mann, warum es so spät geworden sei, und sie sagte etwas von einer Sitzung. Nach dem Essen legten sie sich zum Mittagsschlaf. Sie schwitzten in ihrer Umarmung. Ihre Hand streichelte seinen schweißnassen Rücken, und sie erinnerte sich an den Schweißfleck – es war wunderbar, in diesem Moment an seinen Schweißfleck zu denken. Mann und Mann sind wahrhaftig nicht das gleiche, dachte sie und ließ ihre Gedanken schweifen. Ihre Müdigkeit war wie weggeblasen. Als der Wecker klingelte, schlug ihr Mann die Augen auf und sah mit leichtem Befremden, daß sie geistesabwesend zur Decke starrte. Wieso sie nicht geschlafen habe, fragte er, und sie erklärte ihm, sie sei lediglich früher aufgewacht als er. Sie standen auf, wuschen sich das Gesicht und kehrten zur Arbeit zurück.

An diesem Tag ging sie nicht zu ihm hinüber, als er Ziehharmonika spielte, sondern saß die ganze Zeit in ihrem Zimmer. Undeutlich spürten beide, daß sich irgend etwas ereignet hatte.

Er wußte, daß sie mit Männern herumspielte und diesmal ungewollt mehr beteiligt war. Sie spielte in der Tat mit Männern, aber aus diesem Spiel hier war im Handumdrehen etwas anderes geworden. Dabei begriff sie nicht, was eigentlich sie an dem Mann fand. In ihrem bisherigen Leben hatte sie Männer verschiedenster Art getroffen und Gefühle aller Art durchlebt, das einzige, was ihn von anderen abhob, waren seine Einsamkeit und Melancholie, alles andere war wie bei anderen auch. Sie aber liebte seit jeher Trubel und Ausgelassenheit und hatte schon immer Leute verabscheut, die stets und überall Trübsal bliesen. Diesmal kehrte sich zu ihrem Ärger alles ins Gegenteil – und sie war machtlos dagegen. Sie hatte das Gefühl, daß der Ruhe, die dieser Mann ausstrahlte, eine große Kraft innewohnte, die ihr quirliges Temperament vielleicht würde zügeln können. Und da sie Ruhe nie am eigenen Leib erfahren hatte, übte seine Ruhe eine größere Anziehungskraft auf sie aus als jede Art von Leidenschaft. Sie hatte seinen Frieden stören wollen, um sich darüber zu amüsieren, doch sie mußte erkennen, daß mit seinem auch ihr eigener Friede gestört war. Und das überraschte sie, denn stets war sie es gewesen, die die Leidenschaft anderer geweckt hatte, und nun war sie selbst tief aufgewühlt. Sie hatte ihn unterschätzt. Aber vielleicht trafen all diese Erklärungen nicht den Kern, und der Kern war denkbar einfach: In dieser Zeit an diesem Ort einen solchen Menschen zu treffen, fügte sich haargenau in ihre Gemütsverfassung hier und heute. Immer hatte sie selbst bestimmt, wann sie sich verliebte, und selbst dann hatte sie nie die Tiefen von Kummer und Schmerz ermessen. Ihre Erfahrungen auf diesem Gebiet waren reich, aber dies war eine Bereicherung. Sie blieb weiterhin gelassen und zufrieden. Er dagegen fühlte sich gequält, und das war ein ihm fremdes Gefühl, das ihn ängstigte, doch konnte er seine Neugier nicht unterdrükken, so sehr ihn sein Verstand auch ermahnte und er sich schuldig fühlte. Er hatte zwar nichts Verbotenes getan, setzte nun aber alles daran, Buße zu tun. Er überschlug sich geradezu bei der Hausarbeit und ruhte keine Sekunde, selbst wenn er oft nur viel Lärm um nichts machte. So kam es vor, daß er gerade gewechselte, frische Bettwäsche abzog und wusch oder den Zementboden so lange scheuerte, bis die Feuchtigkeit in alles und jedes eingedrungen war. Mitten in der Nacht, wenn alles in friedlichem Schlummer lag, konnte er einem urplötzlichen Impuls folgend seine Frau heftig umarmen und mit seltener Leidenschaft zärtlich zu ihr sein. Besonders der jüngeren Tochter gegenüber brach er in ungewohnte Zärtlichkeiten aus, umarmte und küßte die Widerstrebende, bis sie aus Leibeskräften brüllte, so daß ihm nichts anderes übrig blieb, als sie loszulassen – mit einer tiefen Traurigkeit auf dem Gesicht. Seine Frau war erstaunt und beunruhigt. Schließlich fragte sie ihn nebenbei:

»Diese Närrin bei euch, spielt die eigentlich immer noch verrückt?«
Er schrak zusammen und sagte unwillig:
»Sie ist halt gutmütig und sehr zuvorkommend, das ist alles.«
Seine Frau sprach sofort von etwas anderem, er aber kam immer wieder darauf zurück, zu oft, wie er selbst merkte und sofort verlegen innehielt. Seine Frau tat, als nehme sie es nicht wahr und redete von belanglosen Dingen, bis er sich gefangen hatte. Er war dankbar für ihre Großherzigkeit und schämte sich.
Sein Wunsch, sie zu sehen, wurde immer größer, und jeden Morgen saß er in seinem Büro und sah zu dem Fenster im zweiten Stock hinüber. War es geschlossen, so machte ihn das ganz nervös, stand es dagegen auf, so erfüllte ihn eine tiefe Ruhe, ja fast ein Glück. Die weit geöffneten Fensterflügel stillten ein Verlangen in ihm, sie schienen etwas auszuschütten, das über den stickig heißen oder regennassen Innenhof zu ihm kam und ihn wärmte. Zuweilen trafen sie sich im Tordurchgang, und auch ohne Worte war ihr Blick bedeutungsvoll. Sie vermuteten etwas beim anderen oder waren sogar fest überzeugt davon. So gefaßt ihr Gesichtsausdruck auch war, im Innern kämpften sie. Auf einmal brachten sie großes Interesse für die eintönige Arbeit auf und dachten am Abend bereits aufgeregt an den kommenden Arbeitstag – wie reich ihr Leben doch geworden war! Auf dem Weg zum Kulturpalast schien die Morgensonne voller Liebe. Aber selbst der anhaltende Nieselregen schien von Liebe und Zärtlichkeit zu erzählen. Schon am frühen Nachmittag stahlen sich die ersten heim, und in dem riesigen Komplex waren es oft nur ihr Fenster und seine Tür, die noch offenstanden, während alle anderen Fenster und Türen bereits zugesperrt waren wie zum Schweigen geschlossene Münder. Dann saßen sie, getrennt durch den verlassenen Innenhof, jeder einsam in seinem Zimmer, bis die Situation fast peinlich wurde,

und oft war er der erste, der sich zurückzog und nach Hause ging, bevor sie, etwas gelangweilt und verärgert, ebenfalls die Tür abschloß und heimkehrte. Sie waren beide zaghaft und feige: Sie fürchteten einander zu treffen, und wenn sie sich trafen, fürchteten sie, miteinander zu sprechen, und wenn sie miteinander sprachen, fürchteten sie, einander in die Augen zu sehen –: Sie versuchten, sich aus dem Weg zu gehen. Eigentlich hatte sie sich immer zu verhalten gewußt, aber beim Anblick seiner ratlosen Miene wußte auch sie, die Erfahrene, weder ein noch aus.

Den lauernden Blicken der anderen entging nichts, und das Gerede nahm zu. Da sich aber keinerlei Veränderung der Lage abzeichnete, wurden sie ungeduldig und erfanden selbst die Fortsetzung der Geschichte. Sie drang nie an das Ohr der beiden, doch spürten sie die eigenartigen Blicke der anderen, spürten, daß sie sich distanzierten. Er hatte nie gefürchtet, daß man sich von ihm entfernte, er hatte eher Angst vor zuviel Leben um sich herum, doch diesmal maß er dem stummen Abstandhalten der anderen eine tiefere Bedeutung bei, die ihn bestürzte.

Er hatte erwartet, daß sie irgendwelche Maßnahmen ergreifen würde, sie dagegen tat so, als stehe sie über diesen Dingen. Doch irgendwie spürten beide unausgesprochen eine öffentliche Meinung, die sie auseinanderzubringen versuchte, sie jedoch erst recht zusammenschweißte, indem sie weiterspann, was die beiden sonst gar nicht zu tun gewagt hätten. So nahmen die Gerüchte immer mehr den Charakter wahrer Begebenheiten an, und die beiden konnten nicht mehr zurück, selbst wenn sie gewollt hätten.

Sie hatten sich tief in ihr Dilemma verstrickt und saßen wie auf einem Pulverfaß. Beide waren bis zum äußersten angespannt. Ihn, für den all das neu war, brachte es um seinen Schlaf, sie aber, die Erfahrung darin hatte, empfand umso mehr Glück dabei.

Sie war mehr als er in der Lage, richtig und falsch zu

unterscheiden, und doch bekam auch sie Angst, denn sie spürte die Gefahren dieses Spiels. Und die Gefahr drohte nicht anderen, sondern ihr selbst – die einzige Gefahr, die sie fürchtete, war die, die ihr selbst drohte. Sie spürte, daß etwas tief in ihrer Seele und in ihrer Begierde Schlummerndes durcheinandergeraten war. Sie wollte das Durcheinander nicht zugeben. Sie wollte es abstreiten und überwinden. Wenn man ihr Gelegenheit gegeben hätte, ohne Hemmung und ohne Zwang zu ihm zu gehen – sie hätten sich umarmt und geküßt, sich voller Zärtlichkeit Treue gelobt und das wetterwendige Gefühl der Liebe genossen. Aber das Schweigen ringsum, seine Feigheit und ihre Angst ließen das nicht zu, sondern förderten vielmehr eine gespannte Atmosphäre, die wiederum das Wachsen ihrer Liebe begünstigte. Sie war seit jeher eigensinnig und fand Verbotenes immer schon besonders anziehend. Ihr Mann wußte genau um dieses Problem und gab ihr (unter heimlicher Überwachung) alle Freiheiten, und nur deshalb hatten sie bereits mehrere gemeinsame Ehejahre herumgebracht. Auch deshalb hatte sie Angst, doch zugleich wurde sie von unstillbarer Neugier getrieben. Sie wollte den Dingen ihren Lauf lassen und sehen, was dabei herauskam. Das Risiko für sie war so groß wie nie zuvor, und das wiederum hatte einen Reiz, der sie vor Angst und Erregung unruhig machte. Auch in ihm gab es ein Gefühl der Neugier, nur war es bisher von seiner Schüchternheit, seinem Gehorsam und seinem Ernst so unterdrückt worden, daß er es nie wahrgenommen hatte.

Alle Hemmnisse von außen und innen wollten die beiden trennen, doch sie hatten über Nacht entdeckt, daß ihre Liebe reif war und gleichsam als rotglühende Sonne am Horizont leuchtete. Er wußte sich nur zu helfen, indem er sich zurückzog und ihr auswich, und er verfluchte, daß er sich nicht in die harte Schale einer Muschel zurückziehen konnte, um dem Unheil zu entrinnen. So sehr die Sehnsucht an ihm zehrte – er konnte sie niederdrücken, weil er

feig und träge war. Sie aber war an dem Punkt angelangt, da sie nicht mehr anders konnte als zu handeln.
Er saß gelangweilt mit seinem Instrument da, seine Finger wanderten die Tasten auf und ab, ohne zu wissen, was sie spielten, die langgezogenen Töne hallten im leeren Innenhof endlos wider. Plötzlich spazierte sie mit knallrotem Strickzeug in der Hand über den Hof. Der Pullover war zur Hälfte fertig, ein sehr kompliziertes, plastisches Muster, das ganz besonders schön aussah. Ohne ihre Arbeit zu unterbrechen, stieß sie die Tür mit dem Fuß auf und betrat sein Büro. Ihr Kommen verstörte ihn, so daß er mit einer fahrigen Bewegung das Instrument zusammenpackte und zur Seite stellen wollte. Auf halbem Wege überlegte er es sich jedoch anders und löste das Lederband, um zu spielen, da er aber nicht wußte, was er spielen sollte, überließ er es dem Blasebalg, zischend Luft auszustoßen.
»Hallo!« Sie setzte sich auf einen Stuhl in seiner Nähe und forderte ihn auf: »Spiel etwas von dir.«
»Hm«, antwortete er und begann eine Melodie zu spielen, die ihm ganz plötzlich eingefallen war, und nach zwei Zeilen wußte er auch, woher er sie kannte. Es war das Lied, das die Kleine im Kindergarten gelernt und wieder und wieder gesungen hatte: In der Produktionsgenossenschaft wohnt eine kleine Ente.
»Hör' auf!« sagte sie.
Die Musik verstummte abrupt. Es war still, keine Schritte, keine Stimmen, nur diese ungewöhnliche Ruhe. Es war eine so atemlose Stille, daß man das Gefühl nicht loswurde, es wimmele von Spionen ringsum. Aber darauf achteten sie kaum. Er vergaß vor Nervosität fast zu atmen, und sein Herz klopfte zum Zerspringen. Er meinte, das Pochen müsse bis zu ihr zu hören sein und wurde blaß vor Verlegenheit. Er wagte nicht, sie anzusehen, und so wanderten seine Augen unentschlossen zu ihr hin, machten aber auf halbem Weg wieder kehrt, und er senkte den Kopf.
Sie strickte ungerührt weiter, dann faßte sie beide Nadeln

mit der linken Hand und zog mit der rechten den Faden nach. »Eine defekte Ziehharmonika – die ist es doch nicht wert, daß man darauf spielt«, sagte sie dann.
Er atmete langsam aus und lächelte gequält: »Ich bin kein Ziehharmonika-Spieler, ich habe Cello gelernt.«
»Und wieso kaufst du dir kein Cello?« frage sie und nahm ihre Strickarbeit wieder auf.
»Welchen Sinn sollte es haben, eines zu kaufen?«
»Welchen Sinn hat es, keines zu kaufen?« fragte sie gereizt.
Nun lachte er: »Zum Cello gehört ein Orchester. Im Orchester Cello zu spielen, das macht Sinn.«
»Dann kauf doch ein Orchester!« sagte sie, und sie schütteten sich aus vor Lachen. Im Gelächter sahen sie einander an, und es blitzte etwas auf, das sie von nun an verband und das stilles Verstehen zwischen ihnen zum Ausdruck brachte.
»Ich bin wirklich ein Pechvogel.« Er entspannte sich und wurde gesprächiger. »Da setze ich Himmel und Hölle in Bewegung, um ins Musik- und Tanztheater zu kommen, und dann löst es sich auf. Am Ende bin ich hergekommen, um im Kulturpalast zu arbeiten.«
»Wie? Du bist nicht froh, hier zu sein?« Sie blinzelte ihm zu.
Das Blut erstarrte ihm in den Adern, und er spürte, daß etwas geschehen würde, vor dem er sich fürchtete und auf das er doch auch wartete.
Sie strickte schweigend weiter. Nach einer Weile meinte sie: »Der Kulturpalast ist nicht schlecht: sauber und ruhig. Geh doch mal in eine Fabrik und sieh dich um. Ich habe im Obsthandel gearbeitet und mich acht Stunden am Tag stehend mit irgendwelchen Faulpelzen herumgeschlagen – das war ein Mist!«
»Was für Faulpelze?« fragte er verständnislos.
Sie sah ihn an und lachte: »Na, Faulpelze eben!«
Er wunderte sich zwar ein wenig, wollte aber nicht weiter

fragen. Da erklärte sie es ihm von sich aus: »Immer, wenn ich am Stand war, kamen lauter Männer an, einer abstoßender als der andere, um getrocknete Früchte zu kaufen – nur, daß sie in Wahrheit alles andere als Obst wollten, verstehst du?«
»Verstehe.« Er war etwas verlegen und wagte ihr nicht in die Augen zu sehen.
»Ich bin doch nicht häßlich, oder?« fragte sie unvermittelt. Statt einer Antwort stammelte er unzusammenhängende Worte vor sich hin. Da warf sie den Kopf in den Nacken und lachte schallend: »Aber meine Pullover sind schön, nicht wahr?« fragte sie, breitete das halbfertige Stück aus und hob es vor ihr Gesicht. Ihm blieb nichts anderes übrig als hinzusehen.
Das Licht der Sonne fiel von hinten auf den Pullover und zeichnete die Konturen des Gesichtes darauf ab. Gleichmütig betrachtete er ihre von der Sonne beschienene Silhouette durch den Pullover. Und auch sie sah ihn durch den Pullover hindurch deutlich vor sich. Beim Anblick seiner Augen wurde sie zuversichtlich und sehr glücklich. Durch die Wolle hindurch bemerkte er plötzlich auch das Funkeln ihrer Augen – und wandte sich verwirrt ab:
»Schön«, murmelte er.
Da ließ sie den Pullover wieder sinken und fuhr fort zu stricken. Sie schwiegen einen Moment, bis sie in die Stille hinein sagte: »Meintest du gerade, ich sei schön oder der Pullover?«
Er merkte, daß sie absichtlich arglos tat und wurde ein wenig ärgerlich. Aber sie war doch irgendwie liebenswert, und so antwortete er: »Sowohl als auch« und lief dabei rot an und bekam rasendes Herzklopfen.
Ihr war das natürlich nicht entgangen. Sie redete noch ein wenig über Belanglosigkeiten und verabschiedete sich schließlich. Ohne ihn noch einmal anzusehen, verließ sie auf dem schnellsten Wege den Raum. Er war enttäuscht.
Von da an schien das Eis gebrochen, und sie verkehrten

unbefangener miteinander. Zwar schwatzten und klatschten sie nur, doch schien jedes Wort einen tieferen Sinn zu haben. Ihre Beziehung wurde enger. Fast täglich saß sie in seinem Büro, und der Zimmerkollege zog sich taktvoll zurück. Zwar war ihnen ein wenig seltsam dabei zumute, schenkten dem aber keine weitere Beachtung. Eines Tages kam er sogar in ihren Schreibraum. Die Leiter der Büros zu beiden Seiten waren nicht anwesend, denn sie verbrachten ihre Tage im Spielsaal, und das Bürogebäude war fast ausgestorben. Da saßen die beiden nun in dem kleinen Zimmer mitten in einem menschenleeren Gebäude, und es hatte ihnen die Sprache verschlagen. Diese weite Stille und die geringe Entfernung, sie übten einen Zwang aus. Sie zwangen die beiden, ein sinnvolles Gespräch anzuknüpfen, denn ihre alltäglichen Plaudereien schienen an diesem Ort zu trivial und zu aufgesetzt, und so brachte keiner von beiden ein Wort über die Lippen. Nach einer Ewigkeit des Schweigens erhob sie sich von ihrem hohen Schreibtischstuhl. Er fuhr heftig zusammen und fürchtete, in Ohnmacht zu fallen. Dann spürte er, daß sie auf ihn zuging, und da sie nur wenige Schritte voneinander entfernt gesessen hatten, fragte er sich, wieso sie schier endlos unterwegs war. Ihm schwindelte, das ganze Zimmer schwankte um ihn. Zu guter Letzt stand sie unmittelbar vor ihm, und er ertrug es nicht, nein, er hielt es einfach nicht aus und streckte hilfesuchend die Hände nach ihr aus, und auch sie streckte ihre Hände aus. Sie mußten einander umarmen, sonst wären sie verrückt geworden. Im Augenblick der Berührung waren sie plötzlich tief erleichtert und wie befreit. Er hielt ihren heißen Körper, und sie umarmte seinen eher kühlen Körper, schweigend. Seine langen, dünnen Finger tasteten auf ihrem Hals hin und her und fühlten sich wie kühlende Tautropfen an. Noch nie hatte sie solch kühlende Zärtlichkeiten gespürt, die ihre Leidenschaft nur noch mehr weckten. Er erstickte fast in ihrer Umarmung, es war ein glückliches Ersticken, und ach, wie

glücklich sie doch waren, und ach, wie schuldig sie doch waren!
Der Damm schien gebrochen, und sie ließen sich von der Strömung mitreißen. Das Verlangen nach dem anderen wurde immer heftiger und konnte nicht mehr durch die Treffen in ihrem Schreibraum gestillt werden. Sie verabredeten sich, einmal, noch einmal. Nach dem Abendessen gingen sie unter einem Vorwand hinaus, um sich an einem entlegenen Ort zu treffen. Dort nahm er ihr kleines Damenfahrrad, sie setzte sich auf den Gepäckträger, und dann ging es noch weiter fort, nur weit, weit fort! Sie vergaßen alles, kümmerten sich weder um Ehre und Scham noch um Demütigung und Erniedrigung. Mitten im Wald krümmten sie sich dann in fieberhafter Umarmung zusammen. Sie genossen die Aufregung und das Glück der Liebe und das Risiko, die Freude an einer erhabenen Tragödie, die Wonne einer großartigen Rebellion. Fast hätten sie den Zeitpunkt verpaßt, da drei Sterne im Westen versanken und sie heimkehren mußten. Herzzerreißender Augenblick, da sie einander loslassen, sich wie Fremde geben und jeder seines Weges gehen und zu seiner Familie zurückkehren mußten.
Die Frau wartete jedesmal auf ihn und stellte keine Fragen. Er war ihr aus tiefstem Herzen dankbar für ihr Schweigen, andererseits hoffte er, daß sie der Sache auf den Grund ging, denn er hätte ihr alles erklärt. Da sie nie Fragen stellte, war es, als wisse sie schon alles, und sie gab ihm keinerlei Möglichkeit für Erklärungen. Er meinte sogar, eine Spur Verachtung in ihren Augen zu erkennen und war geplagt von Schuldgefühlen. Seine Frau wußte von nichts, und doch war es, als wisse sie alles. Normalerweise blieb er abends zu Hause, und nun ging er voller Angst fort und kehrte voller Angst heim, stolperte ins Bett und blieb reglos liegen. Er schlief wie ein Toter, selbst sein Atem schien auszusetzen. War er aber erst einmal im Tiefschlaf, so wurde er unruhig, wälzte sich hin und her, bäumte sich

auf und krümmte sich zusammen. Früher war er – egal wie müde – stets noch rührend um seine Frau besorgt gewesen und schließlich wie eine Schmusekatze eingeschlafen, ruhig atmend wie ein Baby. Sie war ihm immer zärtlich zugetan gewesen. Doch Ruhe und Friede schienen aus ihrem Leben wie fortgewischt. Wenn er den Atem anhielt, um so zu tun, als schlafe er, lag sie ebenfalls reglos und mit geschlossenen Augen. Jeder wollte dem anderen vormachen, daß er tief schlafe und alles wie immer sei. Wenn er aber wirklich eingeschlafen war und sich auf dem Bett hin und her warf, starrte sie mit weit aufgerissenen Augen in das Dunkel der Nacht und machte sich ihre Gedanken. Sie war eine kluge Frau. Etwas mehr Wagemut, und sie hätte hinter die Geschichte kommen können. Sie hätte nur eins und eins zusammenzählen müssen, um alles zu durchschauen. Doch da sie um ihre Würde fürchtete, hatte sie alle Beweggründe für sein Verhalten in Betracht gezogen – nur den einen nicht. Sie war zu klug, als daß irgendeine Ausrede sie hätte überzeugen können. Sie zweifelte, aber da sie zu unentschlossen war und ihn zu sehr liebte, wäre sie nie auf die Idee gekommen, ihn zu fragen. Hätte sie es getan, er hätte ihren energischen, klugen Fragen nicht standgehalten, und alles wäre herausgekommen. Aber sie fragte nicht, sondern fuhr fort, Nacht für Nacht zu beobachten, wie er sich angestrengt hin und her drehte, und fand selbst keinen Schlaf.
Wie um seine Tat zu sühnen, umschmeichelte er sie viel zu viel. Er kämpfte verbissen um die lächerlichste Hausarbeit. Hatte sie Wäsche gewaschen und war bei den letzten Teilen angelangt, so bestand er darauf, den winzigen Rest zu erledigen; trug sie bereits die letzten Schälchen auf den Eßtisch, so mußte er sie an sich nehmen, um ihr zu helfen; für sie lag es auf dem Weg, nach der Arbeit die Tochter aus dem Kindergarten abzuholen, er aber riß diese verantwortungsvolle Aufgabe an sich und nahm einen gewaltigen Umweg dafür in Kauf. Und den Zementboden schrubbte

er dreimal am Tag. Die jüngere Tochter war nun alt genug, um im Herbst zur Schule zu gehen, er aber fuhr fort, sie auf seinen Knien sitzen zu lassen, sie zu umarmen und abzuküssen, bis sie brüllte und schrie und tobte und ihn »Mistvater« schimpfte. Die ältere Tochter sah stumm und mit keiner Gemütsregung auf ihrem Gesicht zu, nur ein prüfender Ausdruck lag in ihren Augen. Da versuchte er mit allen Mitteln, sich bei ihr beliebt zu machen und stellte unzählige Fragen. Und als sie für die Schule Wachsstifte haben mußte, kaufte er ihr sage und schreibe vierundzwanzig verschiedene Aquarellfarben. Aber wie sehr er sich auch anstrengte, das Gefühl, Unrecht zu tun, wurde er nicht mehr los und versank in immer tieferem Schmerz.
Auch sie mußte Schmerz ertragen. Sie widersetzte sich dem Verdacht des Mannes. Fragte er, woher sie denn so spät noch komme, so war ihre schnippische Antwort: Ich hatte ein Stelldichein mit einem Wilden. Da sie damit die Wahrheit gesagt hatte, begann sie heftig zu zittern. Das brachte sie erst recht in Rage, sie spottete über ihre eigene Schwäche und redete immer dreister drauflos mit Worten, die ihr den Ernst ihrer Lage immer bewußter machten. Es war ein ihr fremdes Gefühl: Sie hatte nicht gewußt, daß es im Leben so etwas wie Ernst und Verantwortung gab. Und weil ihr dies ungewohnt und fremd war, übte der ernste Aspekt des Lebens einen umso größeren Druck auf sie aus. Dieser Druck machte sie immer hitziger, so daß sie ihren Sohn, den sie nie wirklich geliebt hatte, in blindem Zorn wegen irgendwelcher Kleinigkeiten grün und blau schlug. Hinterher war sie traurig und mißmutig und weinte in den Armen des Sohnes. Als er ihr mit seiner kleinen Hand die Tränen abwischte, brach es ihr beinah das Herz. Mit ihrem Sohn konnte sie Kompromisse schließen, bei ihrem Mann jedoch war das ausgeschlossen. Sie behandelte ihn grob: Tagsüber machte sie ein finsteres Gesicht, nachts zeigte sie ihm den Rücken – und war ihm dabei von Herzen zärtlich zugetan. Der Mann verstand nichts – sein Stolz verbot ihm

zu verstehen –, und er war in der Lage, in einer Nacht den ganzen Fußboden mit seinen Zigarettenkippen zu übersäen. Bis er endlich beschloß, die Initiative zu ergreifen.
In einer mondlosen, stürmischen Nacht verließ er zwei Minuten nach ihr das Haus und folgte ihr mit dem Fahrrad. Er empfand die Situation als so demütigend, daß er weinte. Wenn sie die Tränen dieses stolzen Mannes hätte sehen können, vielleicht hätte es doch noch Hoffnung auf Versöhnung gegeben. Aber er würde sie nie seine Tränen sehen lassen, und so war er dazu verurteilt mit anzusehen, wie sie mit unbeugsamem Willen weitermachte. Er fuhr lange hinter ihr her, ihr roter Pullover leuchtete ihm im Dunkel der Nacht wie ein Feuer den Weg. Er haßte sie so sehr, daß es schmerzte. Als die beiden sich trafen, sie ihm ihr Fahrrad übergab und sich selbst auf den Gepäckträger schwang, trockneten seine Tränen schlagartig. Er trat in die Pedale. Da quietschte auf einmal die Kette – in dieser entlegenen Gegend ein geradezu schmerzhaft lautes Geräusch –, sie wandte sich um, sprang im selben Augenblick vom Fahrrad, zischte ihm »Los, verschwinde!« ins Ohr und stieß ihn vom Sattel, daß er fast zu Boden stürzte. Ihr Mann baute sich direkt vor ihr auf. Hochmütig stand sie da und sah ihn herausfordernd an. Von dem anderen war keine Spur mehr zu sehen, und so begann er sie zu schlagen, einmal und noch einmal, und sie rührte sich nicht, ja sie hielt nicht einmal ihre Hände schützend vor ihr Gesicht. Der Schmerz spülte alle Demütigung fort und machte sie beinah fröhlich. In ihren Ohren brummte es, als singe ihr jemand etwas vor. Mit den beiden Ohrfeigen aber zahlte sie die Schuld zurück, in der sie bei ihrem Mann gestanden hatte, und war tief erleichtert.
Am nächsten Tag verbreitete sich die Neuigkeit wie ein Lauffeuer im Kulturpalast. Sie wollte um keinen Preis zugeben, daß er es gewesen war, aber es war ohnehin klar. Da nahm sie alles auf sich, sie habe ihn verführt, sagte sie, sich mit ihm getroffen und das Rendezvous ausgemacht,

alles sei ihr Werk gewesen, man solle sich ausschließlich an sie halten. Aber die Verantwortung liegt stets beim Mann, zumal wenn er der Ältere ist. Er unternahm keinen Versuch, etwas zu erklären, sondern stammelte nur mühsam, sie sollten ihn maßregeln und versetzen, es sei ihm alles gleich. Und so blieb sie an der Schreibmaschine sitzen, während er ans Theater versetzt wurde, um Hilfsarbeiten zu tun: über Megaphon Ansagen machen, Vorhang auf- und zuziehen, Eintrittskarten kontrollieren und nach Ende der Vorstellung putzen.

Seiner Frau hatte niemand etwas gesagt, aber wie sollte in einem Nest wie diesem etwas geheim bleiben! Als ihre Gewerkschaft im Kulturpalast einen Film zeigte, ging sie mit der älteren Tochter hin. Von Ferne schon sah sie ihn am Eingang Karten abreißen und begriff sofort alles. Sie habe die Karten zu Hause liegengelassen, sagte sie zu der Tochter, sie müßten umkehren und sie holen. Daheim konnte sie sie auch nicht finden, also war der Kinobesuch ins Wasser gefallen. Das Mädchen jammerte herum, setzte sich aber schließlich an den Tisch und machte Hausaufgaben. Die Frau war zuerst ganz gefaßt, legte Briketts in den Ofen, setzte Wasser auf und holte die Wäsche vom Balkon, doch als das Wasser im Kessel zu kochen anfing, verließen sie die Kräfte, sie zog sich einen Hocker heran, sank darauf nieder und umklammerte mit den Armen ihre Knie. Sie gab sich völlig ihren Gedanken hin.

Nachdem er den riesigen Umweg zum Kindergarten gemacht hatte, kehrte er mit der Kleinen heim. Die ältere Tochter hatte ihre Hausaufgaben erledigt und spielte auf der Straße mit ihren Freundinnen Gummitwist. Das Wasser war fast verdampft, der Deckel des Kessels sprang klappernd auf und nieder. Die Frau saß da, hatte den Rücken dem Ofen zugewandt und starrte blind vor sich hin. Eilig füllte er das Wasser ab, es reichte kaum mehr für eine Kanne. »Das Wasser hat gekocht«, sagte er schüchtern.

Sie zuckte zusammen, wandte ihm ihr Gesicht zu und

lächelte gezwungen. Mühsam erhob sie sich vom Hocker: »Ich muß Reis waschen.«
»Ich mache schon«, sagte er und begann Reis abzumessen, zu waschen und aufzusetzen, dann schnitzelte er in fieberhafter Eile Fleisch und Gemüse, um auch nicht eine Sekunde stillstehen zu müssen.
Sie zog sich zurück und beobachtete ihn an den Türrahmen gelehnt bei der Arbeit. Ihr war jämmerlich zumute.
Er wagte nicht, den Kopf zu heben, seine Hände zitterten, und das Messer sägte sinnlos auf dem Fleisch hin und her. Die Tränen schossen ihm in die Augen und tropften auf das Hackbrett.
Sie weinte stumm. Schließlich wischte sie sich die Tränen ab, wollte ihn vom Küchentisch fortziehen und sagte: »Ich mach' das schon.« Starrkopf, der er war, wehrte er sich, kam aber nicht gegen sie an und mußte nachgeben. Das Hackmesser sauste hell klingend auf das Holzbrett nieder.
Sie schwiegen bis zum Abendessen. Als die Kinder in ihren Betten eingeschlafen waren, ging sie in ihr gemeinsames Zimmer, und er folgte ihr bedrückt und nervös, als warte er auf ihr Urteil, und fast hoffte er, sie möge sich umdrehen und ihn laut anschreien und heftig schlagen. Doch sie hatte beschlossen zu schweigen, und das bedrückte ihn mehr als jede Maßregelung und schnürte ihm regelrecht die Luft ab. Sie wußte, daß er hinter ihr stand und darauf wartete, daß sie etwas sagte, und daher wartete sie, daß er etwas sagte. Sie quälte ihn nicht absichtlich, sie konnte nichts sagen, da sie nichts wissen durfte. Gäbe sie zu, daß sie etwas wußte, so gestände sie ihre Verdächtigungen ein, und Verdacht zu hegen heißt, dem Mann zu mißtrauen und jedes Selbstvertrauen verloren zu haben. Und nichts ist schlimmer, als sein Selbstvertrauen zu verlieren.
Lange Zeit wollte keiner nachgeben, bis schließlich er es war, der einlenkte. Undeutlich sagte er: »Ich bin kein Mensch.« Es durchfuhr sie wie ein Blitz vom Kopf bis in die Zehenspitzen. Sie wußte längst alles, doch es aus seinem

Munde zu hören hieß, ihr jede Illusion zu rauben – selbst wenn sie nie Illusionen gehegt hatte. Nun konnte sie nicht mehr ausweichen, faßte sich mühsam und fragte:
»Wieso kein Mensch?«
Am liebsten hätte er um Gnade gefleht, doch sie ließ es nicht zu, sondern erwartete, daß er von A bis Z alles zugab. Er hatte seinen Vorgesetzten bereits Bericht erstatten müssen, dies war nun das zweite Mal, und es war von neuem eine Folter. Denn er mußte all das, was sie in ihrer Liebe ohne große Worte wußten und verstanden, anderen gegenüber aussprechen. Aber wie unangenehm ihm dies auch war – es war unausweichlich. Er schämte und erniedrigte sich und hatte jegliche Selbstachtung verloren.
Sie hatte einen Staubwedel in der Hand, mit dem sie sich auf dem Bettrand abstützte, und ihr Warten übte fast einen gewalttätigen Druck auf ihn aus.
Er spuckte alles aus, von Anfang bis Ende.
Während er sprach, wandte sie sich nicht um. Es entging ihr jedoch kein einziges Wort.
Als er geendet hatte, erwartete er ihr Urteil.
Sie wurde schließlich doch weich, drehte sich um und sank restlos erschöpft auf die Bettkante nieder. Auch er war am Ende seiner Kräfte, konnte sich aber nirgends hinsetzen.
Sie ließ ihren Blick langsam vom Scheitel bis zu den Zehen an ihm herunterwandern und fragte zögernd: »Was gedenkt ihr zu tun?«
Diese Frage hatte er nicht erwartet und wußte nichts zu erwidern.
Sie wartete einen Moment und fragte dann weiter: »Will sie dich heiraten?«
Er stutzte, darüber hatten sie nie nachgedacht. Sie standen beide so in ihrem Leben, daß diese Möglichkeit für beide ausschied und es für sie keinerlei Zukunft gab. Er antwortete aufrichtig: »Wir haben nie darüber nachgedacht.«
»Wir!« echote sie und lachte bitter.
Er wäre am liebsten im Boden versunken vor Scham.

Ich habe dir vertraut«, sagte sie »ich habe daran geglaubt, daß du unsere Gefühle und unsere Familie achten würdest.« Sie ließ ihren Blick durch das Zimmer wandern. »Ich bin sicher, daß du nur vorübergehend verwirrt bist. Und ich hoffe nichts mehr, als daß du wieder zu dir kommst und nüchtern wirst. Was geschehen ist, ist nicht mehr zu ändern, vergessen wir's. Aber in Zukunft ... ich ... ich hoffe, du versprichst mir ...« Sie hatte weniger zu ihm als zu sich selbst gesprochen. Sie wollte sich ermuntern, sich Zuversicht einflößen, wollte ihren Schmerz und ihre Hoffnungslosigkeit mildern. Und nur sie selbst konnte sich Trost zusprechen – denn in diesem Kampf stand sie ganz und gar allein da.
Nie hätte er damit gerechnet, daß sie so großherzig sein könnte. Er war ihr zutiefst dankbar. Er stürzte vor, fiel vor ihr auf die Knie und umklammerte ihre Beine. Durch den dünnen Stoff der Hose hindurch spürte er, daß sie zitterte. Es brach ihm schier das Herz, die Größe ihrer Liebe zu erkennen. Er vergrub sein Gesicht zwischen ihren Knien, kämpfte mit den Tränen und wiederholte wieder und wieder: »Gib mir noch eine Chance, gib mir noch eine Chance!«
Sie umfaßte seinen Kopf und ordnete mit den Lippen sein wirres Haar. Sie schätzte und liebte ihn über alles, doch tief in ihrem Innern war etwas endgültig zerbrochen. Sie weinte stumm.
Er war voller Gewissensbisse, voll Reue und Scham und voller Selbstvorwürfe, und doch war all das überschattet von dem Schmerz, sie nie wiedersehen zu können. Er verzehrte sich nach ihr, und es gab für ihn nur das eine auf der Welt: Sie und er als gleiche vereint – zwei Leidensgenossen, zwei Verbrecher. Neben der Sehnsucht nach ihr wurde alle andere Qual klein. Immer und überall konnte er sich ihre Umarmung ins Gedächtnis rufen, die Wärme ihres Körpers und ihrer Seele. Ihn schwindelte. Je mehr er wußte, daß es unmöglich war, desto mehr packte ihn die

Unruhe. Er wurde immer dürrer, immer melancholischer, und doch meinte er, wenn er sie wiedersehen könne, sei kein Preis dafür zu hoch. Aber ihm fehlte der Mut. Er wußte nicht ein noch aus und gab sich traurigen Träumereien und sinnlosen Quälereien hin.

Eines Nachmittags nach der Vorstellung nahm er sich einen Staubwedel, um in der zehnten Reihe mit dem Putzen des Kinos zu beginnen. Der Wedel war so kurz, daß er sich tief hinunterbeugen mußte, um den Boden zu erreichen. Bei dieser Körperhaltung wurde er zwar das Gefühl der Demütigung nicht los, doch war er froh, auf diese Weise wenigstens niemandem begegnen und ins Gesicht sehen zu müssen. Tief gebeugt bewegte er sich von links nach rechts vorwärts, richtete sich am Ende auf, um in der nächsten Reihe von rechts nach links vorzugehen. Als er wieder einmal am Ende einer Reihe aufrecht stand, erstarrte er. An der hinteren Wand des Kinos, von ihm getrennt durch Wolken von Staub, stand sie, stand dort wohl schon längere Zeit, stumm.

Es war das erste Wiedersehen, seit sie in jener Nacht ertappt worden waren. Sie hatte stark abgenommen, war aber viel gelassener. Dort vor der Wand stand sie und strahlte eine nie gekannte Ruhe und Schwermut aus. Er sah sie aus der Ferne an und konnte nicht hinübergehen, denn die anderen Arbeiter putzten mit großem Hallo das Kino, Staub wirbelte auf und bedeckte die Erde, und vulgäre Witze gingen in dem leeren Raum hin und her.

Sie blickte zu ihm hinüber, er sah so abgemagert aus, daß sie nur noch seinen Geist zu sehen meinte. Sie hatte das Gefühl, ihr Herz breche Stück um Stück entzwei, und das war ein Gefühl, das sie nie gekannt hatte, denn bisher hatte sie stets anderer Leute Herz gebrochen. Sie war zu vital und zu stark gewesen. Erst der Schmerz hatte sie weich gemacht, weich und ehrlich.

Über die Stuhlreihen des lärmenden, dreckigen Saales hinweg sahen sie einander an. Ihre Seelen lösten sich aus den sterblichen Hüllen und flogen über alle Hindernisse hinweg einander in die Arme. Sie kannten ihre Umarmung, und doch waren sie von Sinnen wie nie. Schmerz und Trennung hatten aus Spiel Ernst gemacht. Sie liebten sich wirklich.

Jetzt erst wußten sie, was Liebe war.

Am nächsten Vormittag saß er hinter dem Vorhang und spielte melancholisch auf dem Schifferklavier. Alle Schwermut seines Lebens kam wieder hervor. Er hatte nichts mehr zu erhoffen. In seiner grenzenlosen Traurigkeit konnte er sich auch nur an Trauriges erinnern, und er wurde noch beklommener und noch deprimierter. Und verlor das Interesse am Leben.

Die Lichter im Saal gingen aus, und in der Dunkelheit flogen Gesprächsfetzen hin und her. Da hob sich plötzlich der Vorhang über dem Notausgang, ein Lichtstrahl fiel herein, dann war es wieder dunkel. Eine Gestalt huschte die Bühnentreppe hinauf und wie vom Klang des Instrumentes angezogen auf ihn zu. »Los, auf die Beleuchtungsbrücke«, wurde ihm ins Ohr gezischt. Dann schlich die Gestalt im Schutz des dunklen Bühnenhimmels auf die gegenüberliegende Seite und löste sich im Dunkel auf.

Er hatte sein Spiel keine Sekunde unterbrochen, doch er zitterte am ganzen Leib, seine Knie schlugen gegeneinander, die Zähne klapperten. Schließlich brach er ab, legte die Ziehharmonika behutsam zur Seite, und indem er völlig unbeteiligt tat, blickte er sich prüfend um, bevor er aufsprang und im Schutz des Bühnenhimmels den Weg zu den Stufen der Beleuchtungsbrücke nahm.

Es war stockdunkel und eng und die Stiege sehr steil. Er krabbelte fast auf allen Vieren Stufe um Stufe empor, alle paar Augenblicke von einem kurzen Lichtstrahl so erschreckt, daß ihm der kalte Schweiß ausbrach. Der Schimmer reichte, um seine heimlich dahinrobbende Gestalt zu entdecken, doch er kroch ohne Rücksicht auf Verluste immer weiter.

Was hätte er sonst auch tun sollen? Er war von einer nie gekannten, verbissenen Entschlossenheit, etwas zog ihn, lockte ihn, er konnte nicht widerstehen, nein, er konnte einfach nicht widerstehen. Schließlich war er oben angelangt und stand am Ende der schmalen Beleuchtungsbrücke, unter ihm die leere Bühne, Stimmengewirr, laute Echos. Am anderen Ende stand sie und bewegte sich langsam auf ihn zu. Da begann er vorsichtig, einen Fuß vor den anderen zu setzen. Sie wanderten einander über den Bühnenvorhängen wie auf Wolken entgegen. Schließlich standen sie voreinander, ihre Hände und Füße pechschwarz, Körper und Gesicht staubbedeckt. Sie umarmten sich, ganz eng umschlangen sie einander und hätten sich am liebsten tief in die Haut des anderen eingegraben. Als sie zu schluchzen begann und er ihr hastig den Mund zuhielt, spürte er, wie sie zubiß, wie ihre scharfen Schneidezähne sich in sein Fleisch gruben. Da fing er an zu stöhnen, und nun war sie es, die ihm den Mund zuhielt, denn der leiseste Laut konnte in diesem Hohlraum zwischen Himmel und Erde ein endlos widerhallendes Echo nach sich ziehen. Sie hatten das Gefühl, daß es inmitten des großen, weiten Universums nur sie beide gab, die zueinanderhielten. Wie ein einsames Boot in den unendlichen Weiten eines Ozeans. Der Schmerz hatte sie verändert, hatte sie weich gemacht. Und die Hoffnungslosigkeit hatte ihn verändert, sie hatte ihn stark gemacht, wenn auch nur für kurze Zeit. Sie standen auf der schwankenden Beleuchtungsbrücke, sie standen über den ausgestorbenen Brettern der Bühne, sie hielten den Atem an und unterdrückten ihre Tränen, sie klammerten sich fest aneinander und vergaßen alles um sich her.

Sie nahmen ihre Treffen wieder auf. Ihre Tugend und ihr Schamgefühl hatten sie verloren. Es gab keinen anderen Weg mehr als diesen. Dennoch mußten sie Augen und Ohren der anderen meiden, und das wurde immer schwieriger, denn fast die ganze Stadt kannte sie. Sie war seit jeher keine Unbekannte gewesen, und nun hatte ihre Popularität auf ihn abgefärbt. Sie gingen immer weiter fort, ihre Treffpunkte waren immer abgelegener, und die Frage des Wie und Wo des nächsten Rendezvous beherrschte ihre Gedanken und Sinne. Eines Nachmittags brachen sie zum Berg der Blumen und Früchte auf, auf dem in Wahrheit weder Blumen noch Früchte gediehen – ein gänzlich kahler Berg.

Entblätterte Bäume, gelbes Gras, es war ein ehrfurchtgebietender Herbsttag. Der Wind strich über den Berg. In einer wild wuchernden Wiese auf der Schattenseite des Berges ließen sie sich nieder. Sie drückten das fast mannshohe, trockene Gras zu Boden und legten sich eng umschlungen darauf und sprachen leise über ihre verzweifelte Lage. Die Sonne wanderte langsam Richtung Westen, und als sie auf der Rückseite des Berges anlangte, stand sie bereits in tiefem Abendrot.

Sie waren schon beinah eingeschlafen, als der Herbstwind sie wieder aufschreckte. Der Himmel war fast schwarz, und sie hasteten den Berg hinunter. Da sie in ihren Schuhen Schwierigkeiten hatte, den unwegsamen Bergpfad zu bewältigen, versuchte er sie zu stützen, mußte aber eher noch von ihr gehalten werden. So stolperten sie einer sich am anderen festklammernd den Berg hinab, und ihre verschwitzten Kleider wurden vom Wind getrocknet. Es war ein kalter Herbstwind, der von drohendem Unheil erzählte.

Sie erreichten noch vor Einbruch der Nacht den Fuß des Berges, wagten sich nicht mehr anzusehen und stoben auseinander, jeder in Richtung seiner Wohnung. Dort war alles in Ordnung. Die ruhige Miene seiner Frau rief bittere Reue in ihm wach, und so verschloß er seine Gedanken noch fester in seinem Innern. Er wollte schwören, es nie wieder zu tun, doch hätte er seinem eigenen Eid keinen Glauben mehr geschenkt. Sein Selbstvertrauen war völlig in sich zusammengebrochen und ebenso sein Wille. Nur in

einer Sache war sein Wille entschlossener denn je: Er wollte die Beziehung aufrechterhalten.
Man versetzte ihn wieder zurück ins Büro, um zu beweisen, daß man keine Vorurteile hatte und den Menschen helfen wollte. Also kehrte er an seinen Schreibtisch zurück und sah sie täglich. Nie hätte er gedacht, daß sie zu sehen und wie Luft zu behandeln mehr Schmerz bedeutete, als sie gar nicht zu sehen. Jedesmal, da er ihr rotes, schon leicht verblichenes Fahrrad sah, krampfte sich sein Herz zusammen. Oft stellte er sich vor, daß es plötzlich stehenbliebe und auf diese Weise alles ein Ende habe. Dann wurde es langsam stumpf. Es gab das Zittern nicht mehr und nicht mehr den unaussprechlichen Schmerz. Im Gegenteil, als er sie täglich sah und treffen konnte, breitete sich ein Glücksgefühl in ihm aus. Das Glück des gelähmten Gewissens. Auch sein Kopf hörte auf zu arbeiten und konzentrierte sich einzig auf das Herumbringen des Tages. Nur nachts, wenn er nach einer Umarmung mit ihr an der Seite seiner Frau lag und ihren heißen Atem spürte, zerriß es ihm das Herz. Er raufte sich in seiner Verzweiflung regelrecht die Haare. Seine Frau wußte, weshalb sich ihr Mann im Schlaf die Haare ausriß und wollte ihm am liebsten auch welche ausreißen. Sie schrieb an ihre und seine Familie, daß sie in den Süden zurückkehren wollten und auf die Hilfe von Verwandten, Mitschülern und Freunden hofften. Mit den Beziehungen eines alten Schulkameraden gelang es ihr, in der Heimat Nanjing eine Einheit zu finden, die sie aufnehmen würde. Sie wußte um die Schwierigkeiten einer Versetzung, wußte, daß es einen langen, mühevollen Weg zu bewältigen galt und das Ergebnis fraglich war. Doch jetzt mußte sie die beiden einfach trennen, denn wie sie ihn kannte, würde es nur immer schwieriger werden, ganz davon zu schweigen, daß die Frau einen großen Willen und große Kraft hatte. Sie hatten einander nie getroffen, waren sich der Existenz der anderen aber bewußt und ließen es auf eine lautlose Kraft-

probe ankommen. Und all das wegen eines schwachen, feigen Mannes, der keiner von beiden das Wasser hätte reichen können. Aber wenn eine Frau einen Mann liebt, so meist nicht um seiner selbst, sondern um der Verwirklichung ihres eigenen Ideals willen, ihres Ideals der Liebe. Für dieses Ideal waren sie mit dem Mut der Verzweiflung bereit, jedes Opfer zu bringen.
Sie liebte ihn, es war nicht mehr zu ändern. Es war ihre erste und einzige Liebe, nie zuvor hatte sie jemanden so sehr geliebt, daß sich ihr Wesen veränderte. Doch warum es ausgerechnet er war, hätte sie nicht erklären können. Vielleicht war die Liebe in ihr erst jetzt wirklich erwacht, sie hatte es jemandem zeigen müssen, und er war der erste, der ihren Weg gekreuzt hatte. Das war sein Glück und sein Verhängnis. Aber wie dem auch sein mochte, sie liebte ihn, ohne Frage. Selbst ihr Mann hatte das begriffen, wollte es aber nicht wahrhaben. Er wollte nicht wahrhaben, daß es irgendwo auf der Welt einen ihm ebenbürtigen Mann gab, noch daß diese Frau zu irgend jemandem sonst gehören könnte außer zu ihm. Er schlug sie, und sie nahm es ohne Geheul und Geschrei hin, bis sie genug hatte und sagte, sie wolle sich von ihm scheiden lassen. Da nahm er das Hackmesser vom Gemüsebrett und sagte: »Meinetwegen, lassen wir uns scheiden, dann gehe ich und hacke ihn in Stücke.« Die Augen ihres Mannes blitzten, das Messer blitzte, und da schenkte sie den grausamen Worten Glauben und bekam Angst. Sie liebte ihn zu sehr, um ihn aufgeben zu können. Nie wieder kam das Wort »Scheidung« über ihre Lippen, hinter dem Rücken des Mannes aber besprach sie sich mit ihm:
»Laß uns fliehen!« flehte sie ihn an.
»Aber wohin denn, mein Schatz?« fragte er bitter.
»Weit, weit weg.« Sie umarmte ihn.
»Liebste!« Er küßte sie, als ginge es um sein Leben, und da begriff sie, daß es unmöglich war zu fliehen. Auch sie wurde bitter.

Man fand heraus, daß sie sich wieder trafen und versetzte ihn zurück ins Theater. Ein dicker Untersuchungsbericht wanderte in die in Rindsleder eingebundene Akte. Seine Frau vermehrte ihre Bemühungen um Versetzung, und da er wußte, daß sie nicht mehr lange an diesem Ort bleiben würden, nahmen ihre heimlichen Treffen zu. Ihr Mann seinerseits vermehrte die Schläge, und sie brachte erneut ihre Forderung »Scheidung!« vor.
»Sie werden nicht einverstanden sein, mein Schatz«, sagte er und fragte sich, wie man sich nur derart in eine Sackgasse verrennen konnte.
»Wir müssen auf Scheidung bestehen, dann schaffen wir es auch, wir dürfen nur nicht nachlassen«, spornte sie ihn an.
»Ach, Liebste, Liebste ...« Er liebkoste sie wie von Sinnen, und da begriff sie, daß auch Scheidung unmöglich war.

Er konnte weder sie noch seine Frau und die Töchter im Stich lassen. Die beiden Töchter wurden immer verständiger. Die ältere hatte eine Klasse übersprungen und war nun in der besten Mittelschule der Stadt, und die jüngere war hinreißend schön. Als er an die Kleine dachte, setzte sein Herz ein paar Schläge aus. Welche Bitternis, er war dazu verurteilt, sein Leben in Bitternis zu verbringen. Und ein Leben war so endlos lang, wie sollte er so viel Bitternis verkraften? Besser er dachte nicht über sein Leben nach, sondern über das Nächstliegende: Hielt er sie in seinen Armen, so konnte er die Augen schließen und mußte nichts sehen, nichts denken.

Tag für Tag verstrich, die Bemühungen um Versetzung und ihre heimlichen Treffen gingen gleichermaßen ihren Gang. Die Versetzung nahm langsam Konturen an, einmal mußte er sich sogar vorstellen. Zum Frühlingsfest beantragten sie Urlaub für Familienbesuche und fuhren für sechzehn Tage fort. Sie konnte seine Rückkehr so wenig erwarten, daß sie an jedem der letzten drei Tage zum Bahnhof ging und wartete. Der einzige aus der Kreisstadt kommende Zug fuhr ein, Menschenmassen strömten zum Ausgang, und erst als der letzte Reisende fort war, wandte auch sie sich zum Gehen. Am dritten Tag schließlich kam er. An einer Hand hatte er die kleine Tochter, in der anderen trug er eine Reisetasche. Die Tochter hatte eine Hand in die seine gelegt und zog an der anderen die große Schwester mit, deren andere Hand in der seiner Frau lag. Als er sie entdeckte, wurde er bleich, und seine Hand zitterte. Das Zittern wanderte durch die Hände der Töchter zu seiner Frau, und auch seine Frau erbleichte. Denn sie wußte, daß *sie* in der Nähe war, daß *sie* in der Nähe sein mußte. Sie sah nicht links und rechts, sondern ging zielstrebig durch die Menschenmenge. *Sie* aber lehnte an der Balustrade am Ausgang und starrte ihn unverwandt an. Er wich aus und warf ihr erst in der letzten Sekunde einen um Verzeihung flehenden Blick zu. Haßerfüllt und liebevoll sah sie ihm noch lange nach, bis sie plötzlich merkte, daß ihr unablässig die Tränen übers Gesicht rannen.

Schließlich kam der Tag, an dem der Versetzungsbescheid kam. Er solle zuerst fahren, sagte seine Frau, dann bekämen sie mit Sicherheit die Genehmigung, ihm nachzureisen. Völlig willenlos hatte er zugesehen, wie die beiden Frauen um ihn kämpften. Nun, da der Sieg auf der Seite seiner Frau zu sein schien, vermehrte *sie* ihre Offensive und verlangte täglich ein Treffen. Sie gingen weit, weit fort an einen Ort jenseits der Bahnlinie.
»Geh' nicht, bitte geh' nicht!« bat sie. Statt einer Antwort nahm er sie in den Arm.

Auch ihr Mann ergriff die Initiative. An diesem Abend folgte er ihr mit zehn anderen Männern an den Ort ihres Stelldicheins, sie bildeten einen Belagerungsring und stürzten ganz plötzlich hervor. Sie schlugen ihn zusammen

und zwangen sie zuzusehen. Ihr blieb keine andere Wahl als zu gehorchen, und sie weinte laut. Ihr Mann weinte ebenfalls – innerlich jedenfalls. Er weinte, weil sie weinte und weil er sie so hart strafte. Denn diese Bestrafung war das öffentliche Bekenntnis ihrer Untreue.
Er nahm die Schläge stumm hin, denn er hatte schon längst kein Gefühl mehr. Ihr Weinen drang von weither an sein Ohr und klang seltsam unwirklich. Sie heulte laut, bis ihre Tränen versiegt waren, und dann stand sie reglos da, und in ihrem Blick lagen Erregung und eine tiefe Hoffnungslosigkeit, die sogar ihrem Mann Angst einflößte. Ein Zug donnerte vorüber. Da erst ließen sie von ihm ab.
Er taumelte die Bahngeleise entlang, bis er an einer Bahnschranke merkte, daß er die falsche Richtung eingeschlagen hatte, und wieder zurücktorkelte. Um ein Uhr in der Nacht kehrte er heim. Mit einem Blick auf seinen hoffnungslosen Zustand wußte seine Frau alles. Sie stellte keine Fragen, als er sich neben sie legte. Sein unterkühlter Körper begann zu zittern wie im Schüttelfrost, so daß das ganze Bett bebte. Sie überwand ihren Kummer und umarmte ihn, rief stumm nach ihm, er möge doch zu ihr zurückkehren. Sie hoffte vergebens, ihn durch ihre Wärme zurückholen zu können. Seine kalten Gliedmaßen zitterten immer heftiger in ihrer Umarmung. Sie hatte nichts von ihrer Wärme abgegeben, sondern von seiner Kälte angenommen. So lagen sie eine Nacht frierend nebeneinander, er tief erschöpft schlafend, während sie kein Auge zutat.
Strahlend heiteres Blau, die Sonne goß ihr Licht vom wolkenlosen Himmel. Sonntag. Sie stand etwas benommen auf.
Auch er richtete sich auf, verharrte einen Moment reglos auf der Bettkante und ordnete dann das Bett. Beim Frühstück fragte seine Frau vorsichtig: »Gehst du heute wieder aus?«
Er schüttelte den Kopf: »Ich schrubbe den Fußboden.«

Sie holte ihm Wasser, und er begann quadratmeterweise den Zementboden zu scheuern. Danach legte er sich mit einem Buch aufs Bett. Die Sonne blendete ihn durchs geöffnete Fenster, ohne daß er es wahrnahm. Sie ließ im Vorbeigehen das Bambusrollo herunter und beruhigte sich allmählich wieder. Als sie sich gerade an das Wäschewaschen gemacht hatte, fiel ihr plötzlich ein, daß sie noch kein Gemüse gekauft hatte, und rief nach ihm. Er kam sofort, nahm Kleingeld und Einkaufskorb, um ihrer Anweisung Folge zu leisten. Sie rief ihm zu, er solle sein gefüttertes Hemd anziehen, und er sagte, der Markt sei doch nicht weit, und bei der Wärme draußen sei es nicht nötig. In langen Hosen, ärmellosem Hemd und Sandalen machte er sich auf den Weg.

Bei Tageslicht kamen ihm die Ereignisse der vergangenen Nacht vor wie ein Traum oder wie aus einer anderen Welt. Er hatte jedes Gefühl verloren, wie ein wandelnder Toter setzte er starr einen Fuß vor den anderen. Er fühlte sich winzig klein und von den Menschenmassen hin und her geschoben, kraftlos. Auf dem Gemüsemarkt ließ er sich von einem Ende zum anderen treiben, um hier und dort etwas zu kaufen. Zur gleichen Zeit suchte sie die ganze Welt nach ihm ab.

Sie suchte und suchte, sie mußte ihn einfach finden. Sie war früh am Morgen in einem weißen Leinenkleid aufgebrochen. Alle anderen Kleidungsstücke hatte sie mit einer Schere in Stücke geschnitten, die ganze Nacht hindurch hatte sie geschnippelt. Ihr Mann war nicht zu Hause gewesen. Freunde hatten ihn zu sich geholt, weil sie fürchteten, daß es ihm an den Kragen gehen könnte, und sie allein zurückgelassen.

Schließlich sah sie ihn an einer Kreuzung in der Nähe des Marktes mit einem Einkaufskorb unbekümmert dahinwandern. Sie verstellte ihm den Weg. Er blieb stehen und sah sie unsicher an.

»Komm mit mir«, sagte sie.

Also ging er hinter ihr her.
»Los, komm mit mir!« wandte sie sich mit Tränen in den Augen zu ihm um.
Mit dem Korb in der Hand beschleunigte er seinen Schritt. Sie hatten keine Angst mehr, gesehen zu werden, und fürchteten keine Spitzel mehr. Aus irgendeinem Grunde kannte sie wirklich niemand, und kein Mensch beachtete sie. Sie bahnten sich ihren Weg durch das fröhliche Sonntagsgedränge in Richtung Norden.
Sie ging immer schneller.
Er konnte kaum Schritt halten und verlor, ohne es zu merken, den Korb; das Gemüse kullerte auf den Boden, aber niemand schien es zu bemerken.
Als sie die vielen Menschen hinter sich gelassen hatten und an den Stadtrand kamen, holte er immer mehr auf und ging schließlich neben ihr her.
»Wenn du mit mir kommst, wirst du es nicht bereuen?«
Er schüttelte schwach lächelnd den Kopf. Wie ein entwurzelter Grashalm im Wind ließ er sich fortwehen.
»Zusammen leben können wir nicht – nur zusammen sterben!« sagte sie entschlossen. Sie war noch mehr abgemagert und entwickelte plötzlich eine große Wortgewandtheit.
Sie waren am Fuße des kahlen Berges angelangt und begannen ihn zu besteigen. Bergauf ging sie völlig mühelos in ihren weißen Pumps. Als er langsam nicht mehr mitkam, wandte sie sich zu ihm um und streckte ihm helfend ihre Hand entgegen: »Komm!« Seine Seele war ihrem zärtlichen Rufen bereits gefolgt.
Sie gelangten zu der Wiese, auf der sie vor gar nicht langer Zeit gelegen hatten, das Gras war trocken und gelb wie zuvor. Sie zog ihn zu sich herunter und hielt ihn wie einen Säugling im Arm, strich mit ihrer Wange zärtlich über sein Gesicht. Dann holte sie aus ihrem weißen Handtäschchen eine kleine Flasche heraus, schraubte sie auf und gab ihm zu trinken. Er schluckte gehorsam und ohne Fragen zu

stellen. Sie warf die leere Flasche fort und begann von neuem sein Gesicht zu liebkosen. Dann holte sie eine weitere Flasche hervor und flößte ihm wieder etwas ein, und so fort bis zur siebten Flasche. Danach begann sie selbst zu trinken, biß gierig eine Flasche nach der anderen auf und spülte den Inhalt samt Glassplittern hinunter. Dann holte sie eine Schnur aus ihrer Tasche, eine aus bunten Fäden von Hand gedrehte Schnur.

»Leg' mir deine Arme um den Hals«, flüsterte sie ihm ins Ohr.

Seine weichen Arme umschlangen zärtlich ihren Nacken, wie sie den seiner Mutter in lang vergangenen Tagen umschlungen hatten.

Sie begann ihre Körper sehr sorgfältig zusammenzubinden.

»Tut es weh?«

Er schüttelte kraftlos den Kopf. Sie küßte ihn.

Als das Ende der Schnur erreicht war, schlang sie mit Hilfe ihrer Zähne einen unauflösbaren Knoten und sagte leise: »Brav. Hinlegen.«

Gemeinsam legten sie sich ins kühle, weiche Gras.

Seine Sinne verwirrten sich, er sah die Adlernase seines Großvaters, die schneeweißen Augen mit ihrem stolzen Glanz; plötzlich wurde der Blick des Großvaters zärtlich, so als fordere er ihn auf zu gehen, und er ging. Doch kurz darauf ging er mit dem großen Bruder die belebte Huaihaistraße entlang, und es kam ihm der betörende Duft von Sahnetorten in die Nase. Die Schiffssirenen am Flußufer tuteten weithin, und dazwischen war die Übungsmelodie des Cellos, die sich zwei Schritt vor und einen zurück langsam gen Himmel wand und allmählich wieder herabstieg. Durch das Blätterwerk des kleinen Wäldchens brachen die Strahlen der Sonne wie wankende Säulen und wurden plötzlich zu Strahlen des Mondes. Der kühle Mond streichelte ihn sanft, es war die liebkosende Hand der kleinen Tochter. Dann wurde alles von einem gewaltigen Feuerschein überstrahlt, ein immer mächtiger lodern-des Feuer von immer tieferer Farbe, das am Ende schwarz wurde, so dunkel und schwarz, wie es eigentlich nur im Leib der Mutter sein konnte. Er fühlte sich sicher und geborgen, und ein Lächeln erschien auf seinem Gesicht. Auch ihr wurde wirr im Kopf. Vor ihren Augen erschienen Kleiderschnitte in allen Regenbogenfarben – rot, orange, schwarz, gelb, blau, grün, purpur – mit Blumenborte ein-gefaßte Jacken, Schühchen mit aufgestickten Mandarin-enten, weite Hosenbeine, elastische rosa Socken, silbrig weiße westliche Anzüge, die in der Hüfte einschnitten, lange Röcke – ein Farbenmeer. Tränen traten ihr in die Augen, kullerten an ihrem Ohr vorbei und fielen wie Tau-tropfen ins Gras.

4. Kapitel

37 Sieben Tage und Nächte später machte eine Schulklasse einen Ausflug auf den Berg. Mit ihrem lauten Gelärme schreckten sie alle Vögel auf.

Mit der Gründlichkeit eines Säuberungskommandos durchsuchten sie jedes Fleckchen Erde des öden, kahlen Berges, aber keine Stelle war ihnen aufregend genug zum Spielen. Erst auf der Rückseite wurden sie fündig: Lauter funkelnde kleine Fläschchen lagen da, und nicht weit davon, im hohen Gras verborgen, vier aneinandergebundene menschliche Füße. Sie schraken heftig zusammen (wie zuvor die wilden Vögel bei ihrem Geschrei) und rannten laut zeternd den Berg hinab.

38 Der große Bruder nahm den weiten Weg von Shanghai auf sich, um alles zu regeln. Als er den in einem weißen Tuch zu einem Bündel zusammengerollten Bruder ansah, dachte er bei sich: Wenn wir ihn damals nicht hätten studieren lassen – vielleicht wäre es besser gewesen. Seine beiden jüngeren Brüder sind jung gestorben, der eine an einer Krankheit, das ist der Wille des Himmels gewesen, aber dies, kann man das den Willen des Himmels nennen? Er wußte es nicht und fühlte sich schuldig.

39 Seine Frau hatte keine Tränen mehr. In ihrem Innern kämpften Zorn, Verzweiflung und Reue miteinander, ach, wären sie niemals hierhergekommen, vielleicht wäre alles nicht geschehen. Aber sie waren hergekommen, es war müßig, darüber nachzudenken.
Merkwürdig genug: Sie empfand keinen Haß gegen *sie.* Obwohl sie genau wußte, daß er, wäre *sie* nicht gewesen, nie zu diesem Entschluß gekommen wäre. Und das nicht etwa, weil er in irgendeiner Weise an dieser Welt gehangen hätte, sondern weil es ihm an Mut gefehlt hätte. *Sie* hatte ihn gut gekannt. Auch ihn haßte sie nicht, denn in all den Jahren, den -zig Jahren, hatte sie genug Kummer durchlebt, und nun war es zum Klagen zu spät.

40 Die Mutter war immer schwerhöriger geworden und hörte schon lange nicht mehr die Sirenen der Schiffe. An jenem Tage aber dröhnten sie von früh bis spät ohne Unterbrechung und drohten ihr Lunge und Herz zu zerreißen.
Als habe ihr jemand einen geheimen Wink gegeben, erwähnte sie ihn von dem Tag an mit keiner Silbe mehr und stellte keine Frage, so daß es unnötig war, ihr alles zu erklären.

41 Auch die Mutter des Mädchens aus der Gasse des Goldenen Tales weinte nicht. Das Mädchen hatte sein Leben lang den einen, den einzigen Mann gesucht, dachte die Mutter, hatte ihn gefunden und mit ihm gesprochen und Gedanken ausgetauscht und war endlich mit ihm gemeinsam fortgezogen – vielleicht war dies das Glück.

42 Im darauffolgenden Jahr gedieh die Wiese auf dem schattigen Rücken des Berges prächtig und wurde zu einem weiten, tiefgrünen Meer.

43 …

Nachbemerkung

Welches Thema, sagt Wang Anyi, könne besser geeignet sein, eine kulturübergreifende, menschenverbindende Literatur zu schaffen als jenes, das die Menschen rund um den Globus zu allen Zeiten beschäftigt habe und beschäftige: die Liebe. Denn nichts auf der Welt sei so schwierig wie die Liebe. Wang Anyis Figuren scheitern nicht etwa an den Untiefen und Stromschnellen eines Sozialismus oder den spezifisch chinesischen Gesellschaftsstrukturen (ihr Scheitern könnte genauso gut auch in New York, Sidney, Kalkutta, Kairo oder Hammerfest seinen Lauf nehmen), sondern fast unabhängig von den »Äußerlichkeiten« einer Gesellschaftsordnung an der menschlichen Psyche und den Konflikten, die das Zusammenleben von Menschen notwendigerweise produziert. »Mein Thema«, sagt Wang Anyi in einem Interview, »ist nicht die Erotik, sondern das Wesen des Menschen. Und, als Teil davon, seine Sexualität.«

Zu diesem Thema gehört für Wang Anyi auch die Grausamkeit, die nicht nur die geschlechtliche Liebe beherrscht, sondern auch alle anderen menschlichen Beziehungen. Ihre Figuren wirken so trostlos verlassen, als friste jede für sich ein bitteres Dasein auf einer einsamen Insel. Wirkliche Verständigung ist die Ausnahme, das Aneinandervorbeileben die Regel. Wie lange und wie eng die Menschen auch zusammenleben mögen, sie wissen selten etwas voneinander, interessieren sich kaum füreinander und scheinen unfähig zu einem wirklichen Miteinander. Grausamkeit, Kälte und Einsamkeit spielen eine zentrale Rolle in Wang Anyis Literatur, haben ein anderes ihr wichtiges Thema jedoch nicht überwuchern können: das der Macht und Stärke der Frau. Die beiden vorliegenden Erzählungen legen davon eindringlich Zeugnis ab. Sie selbst, sagt die Autorin, sei eher schwach und suche bei ihrem Mann »wie in einem schützenden Haus Zuflucht vor den Winden und Wettern des Lebens«. Ganz anders in ihren Erzählungen. Dort sind die Männer ängstliche Buben oder todlangweilige Ehemänner, die Frauen dagegen wagemutige Mütter, Ehefrauen und Geliebte.

Wang Anyi, eine hochgewachsene Frau Mitte dreißig (geboren 1954), ist selbstbewußt und kann wie ein Maschinengewehr reden, wenn sie erst einmal mit ihrer Umgebung vertraut und in Fahrt ist. Schwer zu sagen, warum sie Schriftstellerin geworden sei, meint sie, irgend etwas müsse der Mensch eben tun. Sie war zwölf Jahre alt, als die Wellen der Kulturrevolution über China zusammenschlugen und sie die Schule verlassen mußte. Nach dem Ende der Kulturrevolution und nach der Entmachtung der »Viererbande« war es für ihre Altersgenossen und sie zu spät, noch Schule und Universität nachzuholen. Dennoch möchte sie die Erfahrung, auf dem Lande gearbeitet zu haben, nicht missen: nie sonst, sagt sie, hätte sie Gelegenheit gehabt, Einblick in den bäuerlichen Alltag zu bekommen, sie hätte nur vom grünen Tisch aus über das Leben auf dem Lande schreiben können.

Im Ausland werden ihrer Meinung nach immer wieder nur die literarischen Werke besprochen und übersetzt, die politischen Zündstoff in sich bergen oder eine bestimmte politische Linie vertreten. Wang Anyi hält das für ein falsches Auswahlkriterium. Sie fordert von literarischen Werken Allgemeingültigkeit und Langlebigkeit. So setzt sie selbst sich aus der Perspektive einer Frau u. a. mit den Problemen der Jugendlichen in der modernen chinesischen Gesellschaft auseinander, mit der Wiedereingliederung der Landverschickten in die Städte, oder mit der traditionellen Heiratsvermittlung, mit den »Liebe-losen

Ehen«. Daß sich Männer und Frauen ihre Partner – wie in den beiden Erzählungen – frei auswählen, ist in China immer noch nicht die Regel.
Ihre Erzählungen teilt Wang Anyi in zwei Gruppen ein: die einen spielen in Shanghai, die anderen in Xuzhou am Ufer des Huai-Flusses. In diesen beiden Orten hat sich Wang Anyis Leben abgespielt. Die drei Jahre, die sie zur Landarbeit nach Anhui verschickt wurde (1969–1972), läßt sie in ihrer Aufzählung verschwinden. Im Anschluß an die Jahre auf dem Lande, 1972, trat sie einer Kultur- und Propagandagruppe in Xuzhou bei und begann 1975 zu schreiben. Heute gilt Wang Anyi als eine der begabtesten Schriftstellerinnen der jungen Generation in China.

Karin Hasselblatt

In deutscher Übersetzung sind von Wang Anyi erschienen: *Wege.* Erzählungen aus dem chinesischen Alltag (Bonn 1985); »Das Leben in einem kleinen Wohnhof.« In: *Frauen in China.* Erzählungen (München 1986); »Fühlen, Verstehen, zum Ausdruck bringen.« In: *Akzente,* Heft 2, April 1985 (München 1985).

Inhalt

Pu Yi

Ich war Kaiser von China

Vom Himmelssohn zum Neuen Menschen
Die Autobiographie des
letzten chinesischen Kaisers
(1906–1967)
Herausgegeben und aus dem Chinesischen übersetzt
von Richard Schirach und Mulan Lehner
520 Seiten mit 64 Seiten Abbildungen, Leinen

Das Leben Pu Yis, des letzten Kaisers von China, ist eine der unglaublichsten und aufregendsten Geschichten unseres Jahrhunderts. Im Dezember 1908 setzte man den Zweieinhalbjährigen als Kaiser auf den Drachenthron. Am 12. Februar 1912 – er hatte gerade seinen sechsten Geburtstag gefeiert – wird mit der Gründung der Republik auch seine Abdankung ausgerufen. Im Juli 1917 wird Pu Yi noch einmal für einige Tage zum Kaiser proklamiert, bevor er endgültig abdanken muß. Als die Japaner die Mandschurei erobern, ernennen sie Pu Yi zunächst zum Präsidenten und 1934 zum Kaiser des Satellitenstaates Mandschuko. 1945 wird er von den Sowjets gefangengenommen und 1950 als Kriegsverbrecher an die Volksrepublik China ausgeliefert.

Pu Yi sitzt neun Jahre lang im Gefängnis zum Zwecke der ›Umerziehung‹, bevor Mao Zedong ihn begnadigt. Er lebt zunächst als Gärtner, später als Literatur- und Geschichtsforscher in Peking und schreibt an seiner Autobiographie. 1967 stirbt er als loyaler Bürger der Volksrepublik China.

Die Lebensgeschichte des letzten chinesischen Kaisers, der nie regiert hat, läßt uns den ungeheuren Wandel vom kaiserlichen China zur Volksrepublik aus der Perspektive eines unmittelbar und existentiell Betroffenen miterleben. Sie ist nicht nur ein spannendes Abenteuerbuch und ein einzigartiges, historisches Dokument, sondern auch eine Parabel über den Gebrauch der Macht.

Akzente
Zeitschrift für Literaur

32. Jahrgang, Heft 2/April 1985
Schwarze Augen suchen nach dem Licht
Chinesische Schriftsteller der 80er Jahre

Aus dem Inhalt